理论的边际

中国现当代文学与美学探思

金浪◎著

THE MARGIN *of* THEORY

Exploration of Modern Chinese
Literature and Aesthetics

上海人民出版社

本书为重庆大学中央高校基本科研业务费专项（No.2022CDJSKJC33）资助成果。

美学与文学史的相互共生
——《理论的边际》序

王一川

执教于重庆大学的金浪教授，把他自己从北京求学时期到最近的相关学术论文结集出版，让我写点什么。我虽然对其中不少议题缺乏专门研究，不便说什么，但想到它们中的一些确实写于他在北京师范大学从本科生、硕士生到博士生的十年求学时光里，作为他那时的学位论文指导教师，不便推辞，就应了下来。

回想我跟金浪的师生缘和朋友缘，应当始于他的大二第一学期。那是 2003 年秋季，我奉新改制为文学院的院领导班子之命，也受童庆炳先生鼓励，回到本科生课堂讲"文学概论"，任务是吸引学校新近统招而又专业未定的人文实验班尖子生们，自己选择文学院汉语言文学专业。换句话说，这是去跟其他相关院系"争夺"优质本科生资源，只许成功不许失败。我的课堂被安排在那时师大最大教室之一的敬文讲堂（又叫"四百座"），选课学生总共有两个年级，包括金浪所在的人文实验班 2002 级学生和汉语言文学专业 2003 级新生，接近 400 人。阔别这门课多年，该怎么上并没有底，只能尽全力去做，还可以尝试运用那时正开始起势的互联网平台来辅助课堂教学，吸引和培育学生们对于文艺和文艺理论的研习兴趣。整整一学期里，我确实在互联网课程平台上耗费了莫大的教学互动热情，乃至废寝忘食的时光，随时随地参与学生们的匿名网络提问、议论和研讨。

　　有一次，我组织二年级硕士生 4 人在这个课堂上做教学实习，要求他们尝试用一些新方法（包括"文化研究"）去做文艺现象的文本分析，以便给本科生们一些学术示范。这同时也属于我那时尝试的"从游式本科教学"模式的一部分，也就是让本科生与研究生和教师一道相偕从游，涵育本科生的学术兴趣。这四位所讲应当说都中规中矩，效果良好。但没想到，在当晚及随后一段时间里的互联网平台上，选课学生们就此发起了持续的热烈讨论、尖锐质疑和激烈争辩，其核心是围绕文艺是审美的还是社会的这一问题。记得那天我临睡前在网上看到了一份署名"大浪淘沙"的帖子，尖锐地质问说，按照这几位研究生的讲解，文艺不再是审美的而成了社会的，甚至是可以被"文化研究"等新方法所拆解的了，文艺都不再美了，还需要研究吗？该帖子显然全力捍卫文艺的"纯审美"属性，反感"文化研究"等新引进方法对于文艺审美的消解倾向，颇有认真思考和凛冽提问的锐气，同时还有一种真理在手的自信和说理畅达的文气，触及到当时许多刚从中学上来的年轻学子的心坎上。这份与众不同的锐利帖子，引发了不少同学的热烈跟帖，也包括质疑。这让我有点意外，同时更有点小激动。于是几乎一夜没睡地浏览各种跟帖和思考对策。我想到学生们的质疑和提问值得重视，应当及时地引导到深入学习和钻研的

理 论 的 边 际

轨道上，等到他们确实进入到文艺研究过程中，就会明白"纯审美"只不过是空洞的幻觉，而包括"纯审美"在内的文艺的多视角、多方法研究，才是今后广阔的学术大道。想到这里，我熬夜写了一篇回应帖，表示欢迎"大浪淘沙"等好学同学发出的质疑和提问，鼓励同学们认真阅读相关书籍，继续讨论、相互切磋、扩宽视野和思路，让真理越辩越明，特别是知道自己今后该做什么和怎么做。这次网络质疑和研讨，产生了此前不大敢想象但又高度符合预期的教学效果，吸引了越来越多的选课学生喜欢上这门课以及文艺学专业（当然也由此而喜欢和选择了文学院）。后来我才知道，这个大号"大浪淘沙"者，正是金浪。

再后来，期中作业布置的是阅读李欧梵的学术名著《铁屋中的呐喊》并写一篇读书报告，目的是根据同学们在中学时就已经多少了解一些的鲁迅，学习怎样进入鲁迅研究之门。金浪为此而阅读了能够找到的若干鲁迅研究著作，写出了一篇读书报告长文，成绩优秀。期末考试，他的成绩同样名类前茅。

接下来的事就变得简短而又顺理成章了：金浪自己喜欢上文艺学了，选择由我指导做有关文艺学的毕业论文、后来攻读硕士学位以及博士学位，直到都顺利学成和毕业了。

在他本科毕业之前，我也做过一次看似无心而实有意的培养尝试，也就是想试一试这家伙到底有多少发展潜力。我把自己的挚友刘恪（1953—2023）的有些难啃的"先锋小说"新作《城与市》（2004）给了他一本，看他有无可能写一篇短评。没想到他很快就阅读了，并且写了一篇评论（已收入本书）。这篇评论让刘恪本人看后也感到后生可教。我不知金浪那时是否知道这些背后故事，但好在他经受住了考验，投入到有益的历练中。

转眼间金浪早已不再是课堂上那位敏锐而青涩的本科生，而是有着知名度的正教授了，这是让我欣慰的。翻看收入这本集子的论文，主要有两部分：一部分是美学的理论辨析，另一部分是中国现当代文学史（作家及其作品）专论。它们合起来可以反映金浪近20年来个人学术兴趣的特色之一：美学研究与中国现当代文学史研究之间。他一面延续了自己从本科生时代就有的美学兴趣，专攻美学理论问题；另一面注意将美学理论运用于中国现当代文学史现象的分析中。只不过，有所变化的是，他自己早已从最初的"纯审美"城堡走出来，走向更加开阔而又灵动的跨学科或跨门类视域中。例如，文集中的一篇就直接取名为《审美想象的政治局限》，显然是要尽力挖掘"审美"背后的"政治"性。想想蛮有意思：在我在20世纪80年代中后期选择审美本身作为博士论文题目后不到三十年，金浪这一代学人则走上了反思审美的新道路，颇有一点"三十年河东，三十年河西"的味道。这实际上也相当于是在跟他们自己早年所受"纯审美"熏陶相较劲。特别是他的近作《典型辩证法的三重意蕴》就直接将美学中的典型范畴所蕴含的性格、历史和政治三重意义拆解开来分析，揭示了其中的共性与个性、人物与环境和国民性与阶级性等丰富而又复杂的多义内涵。

至于《他者性视野下的美之省思与缺失——以朱利安〈美，这奇特的理念〉为中心》，我感觉是此文集中尤其值得关注的论文之一：既肯定法国美学家朱利安的基于异文化视角而对于中国美学和文化的反思的特长，又发现其存在的隔膜和缺失："将中国囚禁于'关系性思想'这一他者性的方法论牢笼中，也就等于否认了中国走向现代的内发可能，而这显然是将中国置于非历史的形而上学处境下的结果。"这一学术发现是清晰的和深刻的，洞悉了外国学者对于中国美学和文化的"误读"情形。他因此认识到，"尽管仍有必要借鉴朱利安的研究，清楚认识'美'之观念在西方的特殊生成，但对于将中国置于他者性牢笼中的危险，我们也不能不保持充分之警惕。"这就体现了中国学者应有的开放眼光、冷峻态度和应有的中国自主知识体系构建立场。

通览这本集子，尽管感觉所收论文主题比较分散，头绪较多，时间跨度较长，但仍然可以见出，金浪治学在方法上有着美学与文学史相互共生的鲜明特色，也就是将美学理论辨析与中国现当代文学史研究结合起来探讨。我曾经在三十年前写过《文艺理论的批评化》（1993）一文，明确倡导"理论的批评化"，说的是一种自我要求，即一面探索文艺理论或美学，一面注意将它们运用到当代文艺现象的批评中，以便在实际的批评中检验和重构理论，也就是在别林斯基所谓"行动的美学"中探索和检验新理论的可能性。我那时由此而主要关注的是中国 20 世纪 80 年代到 90 年代的文学和电影思潮，例如《中国形象诗学》（1998）一书。从这个视角看，相近而又有所不同的是，金浪的研究在美学理论与文学史相互共生方面迈出了坚实的步伐，走出了一条属于他自己的独特的学术道路。他的这种相互共生特色体现在，注意把中国现代美学问题探讨沉落到中国现当代文学史案例的重新分析中，尝试从中获取新的学术洞见。这样，他的研究既是现代美学的，同时又是现当代文学史的，属于现代美学与现当代文学史之间相互汇通和共生的合体。

不仅如此，这种相互汇通和共生还扩展到中国与西方、美学与政治学、学术与科普等多项议题之间。金浪想必正是希望在它们的多重汇通和共生处寻觅到一条属于自己的学术道路，进而建构自己的学术个性。

金浪教授眼下正逢年轻有为、意气风发之时，不妨依托现有积累，选择更加专门、细微而又冷僻的领域钻进去，在厚积和深耕中培育出新的学术果实。我对此有新期待。是为序。

2023 年 7 月 23 日于北京师范大学

理 论 的 边 际

目录

第二辑

美 学 的 困 惑

第三辑

批 评 的 跬 步

第 一 辑

文学史剪影

典型辩证法的三重意蕴

——重探 20 世纪中国文学批评中的典型论

典型作为 20 世纪中国文学批评史上的一个重要术语，从 20 世纪 20 年代随新文学的发生进入中国，到经由马克思主义文艺理论的传播而迅速崛起为左翼文学批评的重要范畴，再到新中国成立后晋升为文学创作与评论的主导规范，最后到新时期以后的走向解体与衰落，可谓经历了大起大落的命运。如今典型已然成了一个历史概念，似乎再难吸引理论界与评论界的注意。对于典型概念在 20 世纪中国的盛衰历史，已有学者从不同角度进行了卓有成效的梳理，[1] 本文不打算再作重复性的工作，而是尝试从理论层面对 20 世纪中国文学批评中典型论的变迁逻辑进行反思性整理。众所周知，辩证法是马克思、恩格斯从黑格尔哲学继承的重要遗产，而作为这一遗产在文艺领域的体现，典型概念同样与辩证法存在密不可分的联系，甚至可以说，辩证法正是典型论的思想内核。具体而言，这一思想内核不仅体现为西方典型论中已然存在的共性与个性、典型人物与典型环境的辩证关系，

---

1. 参见王一川：《典型东渐七十年及其启示》，《社会科学辑刊》2007 年第 3 期；旷新年：《典型概念的变迁》，《清华大学学报》(哲学社会科学版) 2013 年第 1 期。

也伴随 20 世纪中国文学的发展形成了国民性与阶级性这一独具特色的辩证法意蕴。作为典型在性格、历史、政治三个维度上的辩证法构造，这三重意蕴乃为典型论的开展提供了丰富的理论空间，因而也成为考察 20 世纪中国文学批评中典型论变迁的重要抓手。

一、共性与个性：典型辩证法的性格意蕴

共性与个性，作为典型论中最基本的一组辩证法意蕴，在理论源头上可追溯至黑格尔。恩格斯在 1885 年致明娜·考茨基的信中谈到典型时便特别强调了这一理论上的渊源关系："我认为您都用您平素的鲜明的个性的描写手法刻画出来了；每个人都是典型，但同时又是一定的单个人，正如老黑格尔所说的，是一个'这个'，而且应当是如此。"[1] 按照朱光潜的理解，黑格尔《精神现象学》中对一般与特殊的辩证关系的阐发，正是"这个"的理论依据。[2] 受黑格尔影响，别林斯基最早将这组辩证法意蕴运用于文学批评，他曾这样定义典型："何谓创作中的典型？——典型就是一个人，又是很多人，就是说：是这样的一种人物描写：在他身上包括了很多人，包括了那体现同一概念的一个范畴的人们。……在创作中，还有另一个法则：必须使人物一方面成为一个特殊世界的人们的代表，同时还是一个完整的、个别的人。"[3] 而在另一处他又换了一个角度强调称："典型人物是一整类人的代表，是很多对象的普通名词，却以专有名词表现出来。……这

1. 《恩格斯致明娜·考茨基》，《马克思恩格斯选集》第 4 卷，人民出版社 2012 年版，第 578 页。
2. 参见《谈美书简》，《朱光潜全集》第 5 卷，安徽教育出版社 1989 年版，第 325 页。
3. 《同时代人》，《别林斯基论文学》，梁真译，新文艺出版社 1958 年版，第 120—121 页。

是把普遍的概念在一个被艺术地创造出来的人物身上特殊化起来，他既是个人，又是概念；这个概念在现实中既然呈现为无数分歧的样子，所以，在那充分体现它的人物身上，也就可以看到很多个人。"[1] 后来高尔基对典型创造的阶级性阐发也同样沿用了这一辩证法意蕴："但是假如一个作家能从二十个到五十个，以至于几百个小店铺老板、官吏、工人中每个人的身上，把他们最具代表性的阶级特点、习惯、嗜好、姿势、信仰和谈吐等等抽取出来，再把它们综合在一个小店铺老板、官吏、工人的身上，那么这个作家就能用这种手法创作出'典型'来。"[2]

共性与个性的这种辩证法关系，作为典型在西方文艺批评史中形成的基本意蕴，在进入中国之初并未被充分认识，更多时候典型是被等同于类型来使用的。创造了新文学典型人物阿 Q 同时也是典型术语最早使用者的鲁迅，曾以典型来称颂阿尔志跋绥夫小说中的人物塑造："阿尔志跋绥夫是诗人，所以在一九〇五年之前，已经写出一个以性欲为第一义的典型人物来。"[3] 而成仿吾则运用这一术语对鲁迅《呐喊》中的人物塑造提出了批评："这些记述的目的，差不多全在筑成（build up）各种典型的性格（typical character）；作者的努力似乎在他所记述的世界，而在这世界的住民的典型，所以这一个个的典型筑成了，而他们所居住的世界反而是很模糊的。世人盛称作者的成功的原因，是因为他的典型筑成了，然而不知道作者的失败，也便是在

---

1. 《论人民的诗》，《别林斯基论文学》，梁真译，新文艺出版社 1958 年版，第 128—129 页。
2. ［俄］高尔基：《谈谈我怎样学习写作》，《论文学》，孟昌等译，人民文学出版社 1978 年版，第 160 页。
3. 《译了〈工人绥惠略夫〉之后》，《鲁迅全集》第 10 卷，人民文学出版社 2005 年版，第 182 页。

此处。作者太急了，太急于再现他的典型了；我以为作者若能不这样急于追求'典型的'，他总是可以寻得一点'普通的'（allgemein）出来。"[1] 这里与"普通的"相对立的"典型的"，凸显的正是对典型的抽象化、类型化的理解。对于典型的类型化理解所导致的问题，郁达夫曾在《小说论》里加以披露："这'典型的'三字，在小说的人物创造上，最要留意。大抵作家的人物，总系具有一阶级或一社会的特性者居多……但这一种代表性的抽象化，化得太厉害的时候，容易使得人物的个性失掉，变成寓话中的人物"，[2] 而茅盾则更是把典型直接等同为了类型："如果作家只描写了他的类性，而不于类性之外再描写他的个性，那么我们就得了一个'典型人物'。"[3]

典型的共性与个性的辩证法意蕴逐渐为国人所知与瞿秋白等对恩格斯论典型书信的译介有关。1933年4月，瞿秋白在《马克思、恩格斯和文学上的现实主义》一文中便大力介绍了恩格斯的典型论，并以"典型化的个性"和"个性化的典型"[4] 来指称巴尔扎克的现实主义小说，紧随其后，1934年《译文》第1卷第4期上发表了胡风翻译恩格斯致明娜·考茨基的信。如果说典型的共性与个性的辩证法意蕴通过1933、1934年间的译介活动进入了中文世界的话，那么，20世纪30年代中期发生于胡风与周扬之间围绕典型理解的一场争论，则更是成为促成这一辩证法意蕴广为人知的文坛事件。1935年5月，

---

1. 成仿吾：《〈呐喊〉的评论》，《创造季刊》1924年第2卷第2期。
2. 《小说论》，《郁达夫全集》第4卷，浙江大学出版社2007年版，第171—172页。
3. 《小说研究ABC》，《茅盾全集》第19卷，人民文学出版社1991年版，第63页。
4. 《马克思、恩格斯和文学上的现实主义》，《瞿秋白文集》文学编第4卷，人民文学出版社1986年版，第13页。

胡风应《文学百题》的邀请撰写了《什么是"典型"与"类型"》一文。文章的主旨在于区分常被混为一谈的"典型"与"类型":"一个典型,是一个具体的活生生的人物,然而却又是本质上具有某一群体的特征,代表了那个群体的"[1],而类型则是那些仅仅打上了群体记号却缺乏个性的人物。虽然文章也强调了典型必须是"一个具体的活生生的人物",但在具体论述典型的特殊性时却又不经意间发生了偏离:

> 它含有普遍的和特殊的这两个看起来好像是互相矛盾的观念。然而,所谓普遍的是对于那人物所属的社会群里的各个个体说的;所谓特殊的,是对于别的社会群或别的社会群里的各个个体而说的。就辛亥前后以及现在的少数落后地方的农民说,阿Q这个人物的性格是普遍的;对于商人群地主群工人群或者各个地主各个工人以及现在不同的社会关系里的农民而说,那他的性格就是特殊的了。[2]

在胡风的这一表述中,特殊性不是被理解为恩格斯所说的"这一个",而是被解释为不同群体间的性格差异,这显然偏离了前述从黑格尔到恩格斯的对典型的特殊性理解。胡风文章发表后很快引来了周扬的批评。在1936年1月发表于《文学》上的《现实主义试论》一文中,周扬不仅借助恩格斯对黑格尔的表彰强调了个性之于典型的重要性:"所以典型具有某一特定的时代,某一特定的社会群所共有

---

1. 《什么是"典型"和"类型"》,《胡风全集》第2卷,湖北人民出版社1999年版,第105页。
2. 同上。

的特性，同时又具有异于他所代表的社会群的个别的风貌。借一位思想家的说法，就是'每个人物都是典型，而同时又是全然独特的个性——这个人（This one），如老赫格尔所说的那样'"，[1] 而且还抓住了胡风的典型在特殊性解释上的失误，提出了自己的修正意见：

> 这解释是应该加以修正的。阿Q的性格就辛亥前后以及现在落后的农民而言是普遍的，但是他的特别却并不在于对于他所代表的农民以外的人群而言，而是就在他所代表的农民中，他也是一个特殊的存在。他有他自己独特的肌理，独特的生活样式，自己特殊的心理的容貌，习惯，姿势，语调等，一句话，阿Q真是一个阿Q，即所谓的"This one"了。如果阿Q的性格单单是不同于商人或地主，那末他就不会以这么活跃生动的姿态而深印在人们的脑里吧。因为即使是在一个最拙劣的艺术家的笔下，农民也总不至于被描写成和商人或地主相同的。[2]

相较于胡风把阿Q作为农民的特殊性解释为与商人、地主、工人群体的差异不同，周扬直接引述了黑格尔的"这一个"（This one）来解释阿Q的特殊性，显然更为准确地把握了共性与个性的辩证法意蕴。尽管这场往复论辩的论战并未取得结论便因抗战的爆发戛然而止，但经此论战，共性与个性的辩证法意蕴却产生了广泛的影响。到了抗战时期，这一意蕴已然成为左翼文学批评中的常识，只不过在共性与个性的偏重上，不同的批评家又存在着不同的理解，譬如蔡仪在

---

1. 《现实主义试论》，《周扬文集》第1卷，人民文学出版社1984年版，第160页。
2. 同上书，第161页。

对艺术典型与现实典型的区分中便更为偏重共性："艺术的典型，虽然也是个别的东西与一般的东西的统一，却不仅是现实的典型一样，只是一般的东西是优越的突出而已，它的一般的东西，简直是又决定性的，个别的东西都是从属于它的。"[1] 在其看来，艺术典型既非对个别的客观现实事物的单纯摹写，也非对现实典型的再现，而是"客观现实事物的一般性的扩大、加深、中心化，也就是个别客观现实事物在艺术中的改造"[2]。而另一些批评家则试图通过对个性化的强调来对抗战文学人物塑造上的类型化、公式化问题进行纠偏，譬如李南桌便批评了仅仅把典型视作类型性的简单理解，并提出真正的典型应是人性、类型性和个性的动态统一的看法；[3] 张天翼也批评了仅仅把典型等同于共性的做法，并指出"个性和典型性——这两者并不是不可并存的冤家。这两者倒是不可分的，相依为命的一对，那些好作品里的人物，都是由他那典型性（原文意应为个性，笔者注）里表现出来他的典型性。"[4] 而祝秀侠则更全面地阐述了典型中共性与个性的辩证关系："典型一方面固然是概括相同的人物而抽出它的一般性的特征加以深化，扩大。但一方面也必须注重个别的特殊性，个人的性格。典型不是单纯的一般化，而是一般化中仍有特殊性的存在，假如误会了典型就是一般化，就变成公式了。"[5]

由上可知，典型术语的进入中国始终是与新文学对人物性格塑造的关切联系在一起的，共性与个性的辩证法意蕴便是这一关切的具体

1. 《新艺术论》，《蔡仪文集》第 1 卷，中国文联出版社 2002 年版，第 97 页。
2. 同上书，第 98 页。
3. 李南桌：《论典型》，《文艺阵地》1938 年第 1 卷第 12 期。
4. 张天翼：《谈人物的描写》，《抗战文艺》1942 年第 7 卷第 4 期。
5. 祝秀侠：《现实主义的抗战文学论》，《文艺阵地》1938 年第 1 卷第 4 期。

呈现，只不过这一意蕴的成型又经历了一个逐渐被认识的过程：20 年代仅仅着眼于共性的理解使得典型被等同为类型，进入三四十年代后，随着恩格斯论典型书信的传播，批评家才开始认识到个性之于典型塑造的重要性，并试图将之与类型区别开来。在抗战语境下，这种对典型的个性化方面的强调乃为批评公式主义的泛滥提供了理论依据。新中国成立后，随着典型作为社会主义现实主义文学中人物性格塑造标准的确立，共性与个性的辩证法意蕴也被写入了文学理论教材，譬如以群主编的《文学的基本原理》中便写道："成功的典型总是通过鲜明的个性在一定程度上表现某一个阶级、阶层或集团的共同本质，是鲜明的个性，又是某种范围的共性的概括。"[1]而蔡仪主编的《文学概论》中也写道："文学形象既是对社会生活从现象到本质、从个别性到普遍性的具体反映，它就有可能描写出鲜明而生动的现象。个别性以充分地表现它的本质、普遍性，使它具有突出的特征而又有普遍的社会意义。这样的形象就是典型的或有一定的典型性的。"[2]尽管共性与个性的辩证法意蕴被写入了教材而成为了典型的流行理解，但这一理解却又未能从根本上扭转典型论在追求共性道路上越来越极端化的趋向，而深究之，这一辩证法意蕴走向对共性的极端化追求其实又与典型辩证法的另外两重意蕴存在密不可分之联系。

二、人物与环境：典型辩证法的历史意蕴

如果说典型辩证法中共性与个性的性格意蕴可以追溯至黑格尔，

---

1. 以群主编：《文学的基本原理》上册，作家出版社上海编辑所 1964 年版，第 213 页。
2. 蔡仪主编：《文学概论》，人民文学出版社 1979 年版，第 23 页。

那么，典型的人物与环境的辩证法意蕴则与恩格斯联系在一起。在1888年致英国女作家玛·哈克奈斯的信中，恩格斯给出了马克思主义文论中关于现实主义的经典定义——"据我看来，现实主义的意思是，除细节的真实外，还要真实地再现典型环境中的典型人物"[1]，而这一定义对于典型的论述也常常被认为是人物与环境的辩证法意蕴的肇端。尽管按照朱光潜的考察，恩格斯从典型人物与典型环境来说明典型的说法同样可以追溯至黑格尔，后者在《美学》第一卷第三章中对"理想人格"（其实也就是典型人物）与作为"情境"（Situation）的"世界情况"（Welt Zustand）之关系的阐述，便被朱光潜认为已然开启了典型人物与典型环境关系的论述，如其所言："他认识到了歌德还没有认识到或没有充分强调过的典型人物性格与典型环境的统一，而典型环境起着决定典型人物性格的作用。"[2] 然而，将典型的人物性格与典型环境的辩证统一关系从唯心主义的方法论基础颠转为唯物主义的方法论基础，并通过将之明确表述为"典型环境中的典型人物"而对后世文学产生重大影响，却仍然属于恩格斯的功绩。我们不妨先来看一看他在评价玛格丽特·哈克奈斯的小说《城市姑娘》还不够现实主义时写下的著名评论：

> 如果我要提出什么批评的话，那就是，您的小说也许还不够现实主义。据我看来，现实主义的意思是，除细节的真实外，还要真实地再现典型环境中的典型人物。您的人物，就他们本身而言，是够典型的；但是环绕着这些人物并促使他们行动的环境，也许就不是那样典型了。在《城市姑娘》里，工人阶级是以消极

---

1. 《恩格斯致玛·哈克奈斯》，《马克思恩格斯选集》第4卷，人民出版社2012年版，第590页。
2. 《谈美书简》，《朱光潜全集》第5卷，安徽教育出版社1989年版，第323页。

群众的形象出现的，他们无力自助，甚至没有试图作出自助的努力。想使这样的工人阶级摆脱其贫困而麻木的处境的一切企图都来自外面，来自上面。如果这是对 1800 年前后或 1810 年前后，即圣西门和罗伯特·欧文的时代的恰如其分的描写，那么，在 1887 年，在一个有幸参加了战斗物产积极的大部分斗争差不多 50 年之久的人看来，就不可能是恰如其分的了。工人阶级对他们四周的压迫环境所进行的叛逆的反抗，他们为恢复自己做人的地位所作的极度的努力——半自觉的或自觉的，都属于历史，因而也应当有权在现实主义领域内要求占有一席之地。[1]

从中不难见出，恩格斯之所以指出《城市姑娘》中的工人形象是典型的但环境却不够典型正是出于对"历史真实"的考虑。在恩格斯看来，哈克奈斯把 19 世纪 80 年代的工人描写成了 1800 或 1810 年前后的工人，这显然不符合"历史真实"。这种对"文学真实"必须符合"历史真实"的要求，正是马克思、恩格斯在评价现实主义文学时一以贯之的标准。在 1859 年答复拉萨尔的两封信中，马克思、恩格斯便不约而同地将这一标准运用于对《济金根》的批评。他们认为拉萨尔所谓的"革命悲剧"《济金根》其实是把一个已经没落而仍然想要维护其特权的封建骑士，写成了一个要求宗教自由和民族统一的新兴资产阶级代言人，与罗马教廷和封建领主进行斗争。由于没有看到革命势力是闵泽尔领导的农民和城市平民，拉萨尔歪曲了历史发展的真实情况。由此可见，所谓"典型环境中的典型人物"同样是将典

---

1. 《恩格斯致玛·哈克奈斯》，《马克思恩格斯选集》第 4 卷，人民出版社 2012 年版，第 590 页。

型的塑造放置于历史进程中来加以考量。虽然强调了作为现实主义的"文学真实"必须符合"历史真实"，但马克思、恩格斯却从未要求现实主义典型只能塑造那些引领时代方向的人物，相反，恰恰是政治立场上属于保皇党的巴尔扎克受到了马克思、恩格斯的赞赏。把恩格斯"典型环境中的典型人物"窄化为只能描写引领时代方向的先进人物，其实是苏联社会主义现实主义文艺政策对典型论的进一步窄化，在这一窄化中，"典型环境"也从检验"典型人物"的历史视野升级为"典型人物"的决定性因素。

1932年，恩格斯致玛格丽特·哈克奈斯的信在苏联《文学遗产》上首度问世后，陆侃如和瞿秋白便分别从法文与俄文将之译为了中文，前者即发表在1933年《读书杂志》第3卷第6期上的《恩格斯未发表的两封信》，后者则收入了1936年由鲁迅整理出版的《海上述林》中，而在此之前，瞿秋白其实已经在发表于1933年4月《现代》第2卷第6期上的《马克思、恩格斯与文学上的现实主义》一文中对恩格斯的这一命题作了介绍。在这篇文章中，恩格斯关于现实主义的定义被译为"除开详细情节的真实性，还要表现典型的环境之中的典型的性格"[1]。随着左翼文学运动的深入开展，恩格斯"典型环境中的典型人物"命题也很快在左翼文学批评中获得了广泛传播，到了抗战时期，这一命题不仅频繁出现于左翼文学批评家笔端，将典型创造与历史视野相关联也成为左翼文学批评在阐述典型问题上的常识，不只是前述围绕个性解释争论不休的胡风与周扬在这一命题的认识上高度

---

1. 《马克思、恩格斯和文学上的现实主义》，《瞿秋白文集》（文学编第4卷），人民文学出版社1986年版，第13—14页。

一致，李南桌、张天翼、祝秀侠等左翼作家和批评家也都积极地将恩格斯的这一命题引入自己的文学批评实践，而其中最精彩的又莫过于冯雪峰在《论典型的创造》中的这段论述：

> 艺术家倘若不将自己放在社会的，世界的，历史的矛盾的斗争中，他就不能算是在进行着兰活的历史的实践；正是社会的，世界的，历史的矛盾的斗争和对二这种斗争的感觉和认识，在推动着艺术家的艺术创造进到生活的历史的实践。正是这种矛盾的斗争和这种实践，才造成了和发挥了艺术家的天才。典型的精子倘若不是从社会的，世界的，历史的矛盾的斗争中吸取出来，也不是放在这种矛盾中去孕育，展开和锻炼，那么典型就不能获得巨大的生命；正是社会的，世界的，历史的矛盾的斗争和在这斗争中的人的实践，基于了典型的种子，雏形，并给予滋长和展开的条件。只有在这种斗争和在斗争中的人的实践中，典型才能获得它的生命，才能扩大它的生命和展开它的特征，正和一个社会上的人在他和社会的矛盾的奋斗中才露出了他的生气，展开了他的性格一样。我们可以说，艺术家的热血的心是一个母亲的子宫，同时又是一个宇宙，一个世界，一个社会和一个战场；他是在生产着一个世界，现实的世界经过艺术家的复生产，将它的矛盾的斗争的状态显露得更清楚，更凸出了，而典型总是和它的矛盾地斗争着的世界而俱来的。正是这样，所以艺术的生产与现实的认识是一致的。（也只有这样去看，才能理解"典型环境中的典型性格"这句名言的真意。）[1]

---

1. 《论典型的创造》，《冯雪峰全集》第 3 卷，人民文学出版社 2016 年版，第 360 页。

理 论 的 边 际

作为"典型环境中的典型人物"的具体阐发，这段文字极为精彩地描述了典型的创造与"社会的、世界的和历史的矛盾斗争"过程的紧密关系。此外，蔡仪在《新艺术论》中也专列了"典型的性格与典型的环境"一节来讨论典型塑造与历史发展方向的关系问题。在其看来，所谓"典型的环境""狭义指的是普遍的社会环境，而广义的是指深刻的社会发展情势。要之是代表社会主关系的一种倾向，或者是主要的倾向。"[1] 正是通过揭示"典型环境"与社会历史发展方向的关系，蔡仪创造性地把典型区分为了"正的典型"与"负的典型"。他认为，马克思、恩格斯批评《济金根》的真正原因乃在于后者错误地把"负的典型"当作了"正的典型"来塑造，因而也完全颠倒了历史的真实方向。虽然一方面蔡仪从艺术创造角度宣称"正的典型"和"负的典型"并不存在高下之别："不过无论客观现实的正的部分和负的部分即都是构成客观现实的部分，也都能成为艺术的典型，它们从社会的观点来看虽有正负之分，然而从艺术的观点来看却无高下之别。因为艺术是认识客观现实的本质、真理的；只要所认识的是客观现实的本质、真理，不管它原来的社会意义是正是负，都是艺术。"[2] 但另一方面，他又从典型的社会历史意义强调"负的典型"的塑造已然跟不上时代步伐："而据我们今天的现实情况和艺术要求来说，毋宁说主要是在于创造正的典型。"[3] 其中透露出的正是来自苏联社会主义现实主义文学政策的影响。

尽管"典型环境下的典型人物"已然在抗战时期左翼文学批评中

---

1. 《新艺术论》，《蔡仪文集》第 1 卷，中国文联出版社 2002 年版，第 106 页。
2. 同上书，第 114 页。
3. 同上书，第 116 页。

扎下根来，但以历史发展方向来要求文学必须塑造正面典型却是在新中国文学中达到极致，这一方面是受苏联文艺政策的影响，另一方面也是中国社会主义建设事业的现实需要使然，在十七年文学中，新文学中的农民典型阿Q、闰土已然为社会主义新人梁生宝所取代。然而，以"典型环境"来要求"典型人物"的塑造也很快产生了脸谱化的弊端，而这又激发了个性化方面的纠偏。借助1955年苏联文坛对马林科夫典型论的清算，国内评论家也发表了不少讨论典型的文章。王愚指出："作者看到某些个性，在分析的过程中，洞察他们和生活本质发展过程的联系。然后凭借艺术想象把它们按各自不同的内容构成完成的形象。这就是典型……他们决不是一些阶级特征的简单的综合，而且，也只能是同一个社会力量中不同方面的完整的个性。"[1]李幼苏则认为："现实主义作家必须具有把合乎社会发展规律的本质现象的概括，高度集中地体现在有个性的人物身上的本领，他才能创造出富有艺术魅力的典型形象。"[2]耐人寻味的是，这些批评近乎一致地认为典型塑造的症结在于共性压抑了个性，因而重新启用了典型论中个性的方面来加以纠偏，却未能真正质疑这一倾向背后的"典型环境"决定"典型人物"的历史决定论。历史，尤其是阶级斗争的历史，仍然被认为是典型塑造上理所当然的决定性因素。

作为当代文学创作铁律的"典型环境中的典型人物"真正受到质疑和冲击其实是"文革"结束后的事情。随着以阶级斗争为纲的政治路线转向以经济建设为中心，已然僵化了的典型论构造也开始松动，在典型塑造上不仅重申了个性的重要性，而且还进一步指向了"典型

---

1. 王愚：《艺术形象的个性化》，《文艺报》1956年第10号。
2. 李幼苏：《艺术中的个别与一般》，《文艺报》1956年第10号。

环境中的典型人物"背后的历史决定论。1982 年《北京文学》上发表的一组文章便把"典型环境中的典型人物"作为了反思对象。王蒙在《关于塑造典型人物的一些探讨》一文中力图把"典型环境中的典型人物"这一定律重新相对化:"尽管塑造'典型环境中的典型人物'的命题,是一个总结性很强、意义很大,甚至可以说是对于现实主义的叙事文学创作具有根本性意义的命题,但它毕竟不是无所不包的,更不是唯一的创作规律,它并不具有排他性,并不能成为主宰全部文学史和文学现象、衡量一切文学作品的独一无二的'核心命题'。它的适用性和有效性,仍然是有限度的。"[1] 如果说王蒙质疑了"典型环境中的典型人物"的适用限度,那么,青年批评家李陀则以违反历史辩证法之名对之进行了鞭挞:"以一个恒定不变的定义去解释、限定、约束处于无限生动活泼的发展中的现实主义,显然是不适合的,是违反历史的辩证发展的。"[2] 不同于以个性来修补典型的思路,王蒙和李陀显然已意识到问题症结乃在于"典型环境中的典型人物"背后的历史决定论,而让"典型人物"与"典型环境"解绑,也便成为新时期文学批评迫在眉睫的任务。

三、国民性与阶级性:典型辩证法的政治意蕴

与前两重意蕴能从西方典型论中找到源头不同,典型论中的国民性与阶级性的辩证法意蕴更多植根于 20 世纪中国的社会文化土壤。前面已然提到,典型概念在登陆中国之初因为单方面强调共性而与类

---

1. 王蒙:《关于塑造典型人物问题的一些探讨》,《北京文学》1982 年第 12 期。
2. 李陀:《是方法,还是目的?》,《北京文学》1982 年第 12 期。

型混为一谈，而彼时这种对典型的特殊理解其实又是与国民性批判主题联系在一起的。鲁迅在《阿Q正传》中塑造的经典形象阿Q便常常被指认为国民性的典型。无论是茅盾"中国人品性的结晶"[1]，还是周作人"中国的一切'谱'的结晶"[2]，乃至于鲁迅"画出这样沉默的国人的灵魂来"[3]等说法，其实都是从代表性角度将阿Q理解为国民性的典型。20世纪30年代中期以后，随着马克思主义文论的传播，典型的阶级性意蕴受到越来越多的重视，这不仅体现为将阿Q指认为农民典型说的大量涌现，甚至于还把国民性典型视作批评对象，譬如胡风与周扬论辩时便顺道批评了国民性的典型，他写道："还有一种误解，或者以为典型所包含的是永久的'人性'，例如哈姆雷特代表了某一种人性，堂吉诃德代表了某一种人性；或者以为典型所包含的是'国民性'，例如阿Q代表了中国人。这是很有害的误解，却正是最流行最有势力的意见。……这个误解是因为不了解典型的对于他所代表的社会群以外的社会群的特殊性，我明确地指出阿Q是落后的浮浪人（Lumpen）中国贫民的典型，就是因为这个原故。"[4]虽然遭遇来自阶级性意蕴的冲击，但国民性意蕴并未消失，而如何处理阿Q作为农民的阶级身份和他身上令人难以接受的国民劣根性，也便成为左翼文学批评在阿Q典型问题上不得不面对的难题。

---

1. 《对〈沉沦〉和〈阿Q正传〉的讨论》，《茅盾全集》第18卷，人民文学出版社1989年版，第160页。
2. 仲密（周作人）：《阿Q正传》，李宗英、张梦阳编：《六十年来鲁迅研究论文选》（上），中国社会科学出版社2010年版，第10页。
3. 《俄文译本〈阿Q正传〉序及著者自叙传略》，《鲁迅全集》第7卷，人民文学出版社2005年版，第84页。
4. 《现实主义的一"修正"——现实主义论之一节：关于"典型"的普遍性与特殊性问题》，《胡风全集》第2卷，湖北人民出版社1999年版，第375—376页。

在 1937 年鲁迅逝世一周年纪念会的演讲中，冯雪峰便试图通过对阿 Q 与阿 Q 主义的区分来回应这一难题。他指出，阿 Q 身上虽然存在着精神胜利法、自贱贱人等缺点，但这些缺点却并非阿 Q 所独有，而是近代以来中国人受压迫、被奴隶处境下的产物，他将之概括为阿 Q 主义："在这史图里，我们首先就分明地看见，在征服者和给征服者办人肉酒筵的厨师的合力统治之下，中国的民众——奴隶，是在反叛着的，奴隶的反叛！当然大都逃不出失败的命运。在这之下，就产生了奴隶主义和奴隶失败主义——阿 Q 主义。阿 Q 主义，那精义，不过是奴隶的自欺欺人主义，阿 Q 的有名的精神胜利法，就是奴隶的失败主义的精华。是的，阿 Q 本人不过是奴隶的一份子，是中国的被剥削了几千年的农民的代表，他本人只是给人到处做短工的一个流浪的雇农；正因为如此，倘将阿 Q 的自欺欺人办法，仅仅和他自己——一个奴隶，一个做短工的人相联结，这办法就反而教人同情，因为这也是他的一种自卫的战术，否则他就不能生存，而且终于不能生存。"[1] 简言之，"奴隶的被压迫史，才真是阿 Q 主义的产生史"[2]，而阿 Q 只不过是阿 Q 主义的受害者，由此冯雪峰不仅阐明了阿 Q 身上民族性与阶级性长期纠缠不清的关系，而且还揭示出鲁迅在对待二者时的不同态度："鲁迅先生以最大的爱给予大众，给予阿 Q。然而他对阿 Q 的阿 Q 主义愤怒了，并且真的憎恨了——这是最伟大的愤怒和憎恨！这是民族的和阶级的爱！"[3]

受到冯雪峰的启发，邵荃麟同样在对阿 Q 典型的分析中致力于

---

1. 《鲁迅论》，《冯雪峰全集》第 3 卷，人民文学出版社 2016 年版，第 316—317 页。

2. 同上书，第 317 页。

3. 同上。

区分阿 Q 与阿 Q 主义。在 1940 年的《也谈阿 Q》一文中，他曾这样概括阿 Q 主义："作为阿 Q 性格中的主要特征——阿 Q 主义，不仅存在中国各阶层的人民中间，而且是中国人民中间最普遍最严重的一个毛病。我们常常说的阿 Q 相或阿 Q 主义，也并不限于指阿 Q 所代表的那个阶级的人。但是我们如果不把阿 Q 这个典型人物或代表的阶级的特征，阿 Q 和阿 Q 所代表的阶级对整个社会的矛盾关系，以及阿 Q 主义对阿 Q 这个阶级所具有的特殊意义挖掘出来，则很容易把阿 Q 单纯地看做代表中国国民的一个典型，而把典型的误解——说典型是代表国民性的误解，混淆起来。"[1]从中不难见出，作为左翼文学批评家的邵荃麟与胡风、冯雪峰一样，反对仅仅把阿 Q 理解为国民性典型的做法，而是试图通过对阿 Q 与阿 Q 主义的区分来将阿 Q 典型中的阶级性意蕴与国民性意蕴进行区别对待。在这一区分的基础上，他还继续分析了阿 Q 主义对于阿 Q 这样生活在社会底层的人的伤害："阿 Q 以及阿 Q 同样的人是社会最底层的人了，他们并不能压迫人。他们的精神胜利法只是一种可怜的愚昧的自欺自慰，除了自害以外，并不能害人。对于他们，阿 Q 主义固然也是奴隶的失败主义，然而这失败主义的另一面，却是说明奴隶是在反叛着。阿 Q 主义是奴隶失败史的血的结晶；阿 Q 的历史是中国底层的愚昧无知的人民被压迫的一幅史图。"[2]

可以说，正是通过区分阿 Q 与阿 Q 主义，冯雪峰和邵荃麟不仅拆解了阿 Q 典型中国民性意蕴与阶级性意蕴长期存在的纠缠不清，

---

1. 《也谈阿 Q》，《邵荃麟评论选集》（下），人民文学出版社 1981 年版，第 413 页。
2. 同上书，第 416 页。

理论的边际

而且经由对二者关系的分析回应了前述左翼文学批评在阿 Q 典型论阐释上遭遇的难题。[1] 如果说抗战时期的典型论已然呈现出从国民性意蕴向阶级性意蕴的转变的话，那么，新中国成立后，由于受苏联文艺政策尤其是马林科夫在苏共十九大上的报告的影响，典型的塑造被认为是一个政治问题，由此也导致典型辩证法中阶级性意蕴逐渐占据主导性优势，甚而出现了"一个阶级一个典型，一个时代一个主题"理解的泛滥，譬如曾经主张典型与个性关系的周扬便强化了对典型的阶级性与政治性理解："应该把典型问题，当作立场问题、政治问题、党性问题，不创造典型就是政治不行。"[2] 虽然如前所述，这种阶级性意蕴的片面发展也激发了从个性化方面的纠偏，却又因为未能真正触动典型论失衡的辩证法内核而如同隔靴搔痒，而在此方面，1956 年何其芳的《论阿 Q》一文算是个例外。文章开篇便重提了阿 Q 的典型解释史上的老问题："阿 Q 是一个农民，但阿 Q 精神却是一种消极的可耻的现象。"[3] 在回顾了众多解释后，何其芳直截了当批评了把典型与阶级性划等号的做法：

> 许多评论者的心目中好象都有这样一个想法，以为典型性就等于阶级性。然而在实际的生活中，在文学的现象中，人物的性格和阶级性之间都并不能划一个数学上的全等号。道理是容易理解的。如果典型性完全等于阶级性，那么从每个阶

---

1. 抗战时期左翼文学批评围绕阿 Q 的典型论述可参见拙作《阿 Q 在抗战中——抗战时期左翼文学批评中的"典型"问题》，《文艺理论与批评》2017 年第 6 期。
2. 《论艺术创作的规律》，《周扬文集》第 2 卷，人民文学出版社 1985 年版，第 341 页。
3. 《论阿 Q》，《何其芳文集》第 5 卷，人民文学出版社 1982 年版，第 173 页。

级就只能写出一种典型人物，而且在阶级消灭以后，就再也写不出典型人物了。这样，文学艺术在创造人物性格方面的用武之地就异常狭小了。在阶级社会里，真实的人都是有阶级身份，都是有阶级性的。文学作品所描写的阶级社会的人物因而也就不能不有阶级性，而且典型人物的性格的确常常是表现了某些阶级的本质的特点。然而在同一阶级里面却有阶级不同、政治倾向不同、思想不同、性格不同的人物，这就决定了文学从一个阶级中也可以写出多种多样的典型来。这大概谁也不会否认。生活中还有一种现象，某些性格上的特点，是可以在不同的阶级的人物身上都见到的。文学作品如果描写这样的人物，而且突出地描写了这种特点，尽管他也有他的阶级身份和阶级性，但他性格上的这种特点却显得不仅仅是一个阶级的现象了。诸葛亮、堂·吉诃德和阿Q都是这样的典型。[1]

在何其芳看来，无论是阿Q的精神胜利、诸葛亮的聪明睿智，还是堂·吉诃德的主观主义，都与阶级无关，而是跨越阶级的"共名"现象。如果说前述冯雪峰、邵荃麟等人的努力还旨在实现典型中的国民性与阶级性的调和的话，那么，何其芳的共名说则试图突破完全从阶级性来要求典型塑造的局限，只不过这种努力在当时并未能获得成功。随着20世纪60年代政治领域阶级斗争形势的高涨，典型的阶级性意蕴非但没有弱化，反而得到了加强。1966年《部队文艺座

---

1. 《论阿Q》，《何其芳文集》第5卷，人民文学出版社1982年版，第181—182页。

谈会纪要》的出炉便再度强调了阶级斗争作为典型塑造的唯一标准。"文化大革命"中化名"江天"的写作班子便将典型塑造与阶级斗争紧密联系:"阶级斗争是历史的直接动力。文艺创作只有以阶级斗争为纲,把实际生活中的矛盾和斗争典型化,深刻反映两个阶级,两条路线的斗争,才能在典型环境中塑造无产阶级英雄典型。"[1]"革命样板戏从塑造无产阶级的英雄典型这一根本任务出发,按照革命的现实主义和革命的浪漫主义相结合的创作方法的要求,在处理人物关系方面,总结出了在所有任务中突出正面人物,在正面人物中突出英雄人物,在英雄人物中突出主要英雄人物的创作经验。主要英雄人物是阶级的代表、群众的代表,在他身上,集中体现了阶级的意志、理想和愿望。社会主义文艺作品的主题思想,主要也是由作品中的无产阶级英雄典型来体现的,所以在创作过程中,所有任务(包括正面人物和反面人物)的安排和处理,都要复兴突出主要英雄人物这一前提。"[2]正是在人物塑造的"三突出"、"高大全"标准中,典型的阶级性意蕴达至巅峰。

由上可知,与前述的共性和个性、人物和环境的辩证法意蕴一样,国民性和阶级性同样构成了 20 世纪中国文学典型论中一组重要的辩证法意蕴。与前两组辩证法意蕴分别在性格与历史的维度上展开不同,国民性和阶级性的辩证法意蕴更多是与政治维度上的现代国家想象联系在一起的。简单地说,典型中的国民性意蕴与阶级性意蕴,乃分别对应于 20 世纪中国文学在现代国家想象上的两大方向,前者

---

1. 江天:《社会主义文艺创作理论的宝贵财富——坚持学习革命样板戏的经验》,《北京日报》1976 年 6 月 10 日。

2. 江天:《努力塑造无产阶级英雄典型》,《人民日报》1974 年 7 月 2 日。

把国民视作现代国家的主体，而后者则在阶级的基石上构想新的社会主义中国。实际上，自进入中国文学以来，典型论便始终徘徊在这两种不同的现代国家想象之间，而由此 20 世纪中国文学中典型论变迁也可视作国民性与阶级性两种意蕴的变奏关系。虽然起步于国民性意蕴在新文学中的勃兴，但随着现代中国革命的推进，典型中的国民性意蕴却逐渐被阶级性意蕴所扬弃，前述对阿 Q 与阿 Q 主义的区分便是这一扬弃的重要体现。在 20 世纪五六十年代典型的阶级性意蕴最为强劲的时代，国民性意蕴也便被指认为不符合马克思主义的超阶级观点而遭到挞伐。"文化大革命"结束后，阶级性与国民性在典型中的关系又再度发生了位移，而阿 Q 也再次成为这一思想位移的焦点。围绕如何理解阿 Q 作为国民性典型这一问题，鲁迅研究界展开了热议，出版于 1982 年的《鲁迅"国民性思想"讨论集》便汇集了这方面的成果。[1] 随着典型论中的阶级性意蕴走向式微，国民性意蕴又得以复苏并成了鲁迅研究中的重要方向。典型看似绕了一圈又回到了起点，其实却悄然拉开了走向衰落的序幕。

结　语

上文简要梳理了典型中的共性与个性、人物与环境、国民性与阶级性这三重辩证法意蕴在 20 世纪中国文学批评中的大致历程，从中已不难见出，这三重辩证法意蕴之间并非泾渭分明、各自独立，而是环环相扣、相互缠绕的关系。一方面，三重辩证法意蕴的环环相扣、

1.　相关论述可参见鲍晶编：《鲁迅"国民性思想"讨论集》，天津人民出版社 1982 年版。

　　　　　　　　　　　　　　　　　　　　理论的边际

相互缠绕，为 20 世纪中国文学批评中典型论的开展提供了充足的理论空间：当典型对共性的追求产生弊端时，批评家可以转而从个性方面获得纠偏的可能，这在前述抗战时期和新中国的文艺批评实践中都能见到大量实例；但另一方面也必须看到，三重辩证法意蕴的环环相扣、相互缠绕，也为后来典型论走向极端埋下了伏笔：随着 20 世纪中国文学中的现代国家想象的推进，典型辩证法在政治维度上的国民性意蕴逐渐被阶级性意蕴所取代，这一变化在历史维度导致的便是"典型环境"对"典型人物"的决定论，而这传导到了性格维度上又继续强化了在追求共性道路上的狂飙突进。当"一个阶级一个典型，一个时代一个主题"成为文学创作的主导标准，典型辩证法也便走向了典型机械论。而新时期以后对典型论的纠偏，则无异于对这种环环相扣、相互缠绕关系的层层剥离，不仅国民性意蕴重获新生，"典型环境"对"典型人物"的决定论遭到了质疑，典型的个性化原则也为"性格组合论"、"向内转"等更为重视人性复杂性的思潮所取代。虽然层层剥除了典型塑造在历史和政治维度上的负担之后，典型终于又被还原为了人物形象塑造上的一种创作方法，但其经由性格、历史、政治的三重辩证法而获得的文学能量也逐渐退去，在这一过程中，典型论终于不可避免地在新时期以后的文学批评中走向了衰落。今天如何重新激活典型概念的现实能量，也许还需要更多另辟蹊径的努力。

（原刊于《中国文学批评》2021 年第 4 期）

阿 Q 在抗战中

——抗战时期左翼文学批评中的"典型"问题

阿 Q 与"典型"理论之关联作为贯穿中国现当代文学批评的重要线索之一，存在着国民性与阶级论两大理论范式，前者在五四新文化运动之后曾长期占据主流，后者则伴随左翼文艺运动勃兴并在新中国获得主导性地位，而从前者到后者的转换其实离不开抗战时期左翼文学批评所做的贡献。随着抗战时期各地纪念鲁迅活动的持续高涨，《阿 Q 正传》不仅备受关注，被改编为漫画、戏剧、弹词等多种文艺形式，也促成了阿 Q 在文学批评领域的"走红"。冯雪峰、周立波、张天翼、艾芜、欧阳凡海、邵荃麟等都相继写下了专论阿 Q 的文章，路沙更将其中部分编入《鲁迅名著评论集：阿 Q》和《论〈阿 Q 正传〉》在重庆与桂林两地出版，[1] 使这些批评话语得以在抗战中集体亮相。本文对抗战时期左翼文学批评中的阿 Q 论述的考察，便将重点围绕其与"典型"理论从国民性范式到阶级论范式的发展线索进行。

---

1. 《鲁迅名著评论集：阿 Q》(新生图书文具公司，1940 年版）与《论〈阿 Q 正传〉》(草原书店，1941 年版）收录篇目基本相同，前者收录共六篇，分别为：艾芜《论阿 Q》、张天翼《论〈阿 Q 正传〉》、立波《谈阿 Q》、冶秋《〈阿 Q 正传〉〈读书随笔〉》、许钦文《漫画阿 Q》、雨村《新旧阿 Q》，后者在前者基础上又增补了荃麟的《也谈阿 Q》。

不过要真正理解其中的演进线索，还必须从抗战爆发之前周扬与胡风关于"典型"的一场论战谈起。

一、阶级论的战前初构：周扬与胡风的"典型"论战

虽然关于《阿Q正传》的早期评论中已然蕴含着某种原始的"典型"运用，如"中国人品性的结晶"[1]，"中国的一切的'谱'的结晶"[2]等说法，都将阿Q视作中国国民性的"典型"，但严格而论，这一用法与马克思主义文艺理论中的"典型"概念尚存在距离。随着20世纪30年代左翼文学批评的蓬勃开展，尤其是马克思、恩格斯论文艺书信的译介发表，"典型"才开始以马克思主义文艺理论概念的面目被运用于对阿Q的批评实践，但由此也引发了左翼文学批评内部在理解阿Q与"典型"关系上的分歧。1935年5月，胡风在为《文学百题》所撰的《什么是"典型"与"类型"》一文中，首次对"典型"概念作了系统性介绍，指出"一个典型，是一个具体的活生生的人物，然而却又是本质上具有某一群体的特征，代表了那个群体的"[3]，在论述"典型"四大理论特征之一的"普遍性与特殊性之关系"时，更以阿Q为例作了如下解释：

它含有普遍的和特殊的这两个看起来好像是互相矛盾的观

---

1. 雁冰（茅盾）：《通信》，《小说月报》，1922年第13卷第22号。
2. 仲密（周作人）：《阿Q正传》，李宗英、张梦阳编：《六十年来鲁迅研究论文选》（上），中国社会科学出版社1982年版，第10页。
3. 《什么是"典型"和"类型"》，《胡风全集》第2卷，湖北人民出版社1999年版，第104页。

念。然而，所谓普遍的是对于那人物所属的社会群里的各个个体说的；所谓特殊的，是对于别的社会群或别的社会群里的各个个体而说的。就辛亥前后以及现在的少数落后地方的农民说，阿Q这个人物的性格是普遍的；对于商人群地主群工人群或者各个地主各个工人以及现在不同的社会关系里的农民而说，那他的性格就是特殊的了。[1]

这一解释随即引来了周扬的批评：

    这解释是应该加以修正的。阿Q的性格就辛亥前后以及现在落后的农民而言是普遍的，但是他的特别却并不在于对于他所代表的农民以外的人群而言，而是就在他所代表的农民中，他也是一个特殊的存在。他有他自己独特的肌理，独特的生活样式，自己特殊的心理的容貌，习惯，姿势，语调等，一句话，阿Q真是一个阿Q，即所谓的"This one"了。如果阿Q的性格单单是不同于商人或地主，那末他就不会以这么活跃生动的姿态而深印在人们的脑里吧。因为即使是在一个最拙劣的艺术家的笔下，农民也总不至于被描写成和商人或地主相同的。[2]

    不难发现，周、胡二人的争论焦点在于对"典型"之特殊性的理解：胡风认为阿Q的特殊性是相对于其他阶层或群体而言的，周扬则认为特殊性指的是阿Q作为个体的独特存在。在随后题为《现

1. 《什么是"典型"和"类型"》，《胡风全集》第2卷，湖北人民出版社1999年版，第105页。
2. 《现实主义试论》，《周扬文集》第1卷，人民文学出版社1984年版，第181页。

实主义的一"修正"：现实主义论之一节——关于"典型"的普遍性和特殊性问题》的回应文章中，胡风一方面强调自己并不否认"典型"创造包含了个性化原则，其所谓"典型"与"类型"之分别便基于此，另一方面又反过头来批评周扬对特殊性的偏爱导致对普遍性的否定："既然组成性格的习惯等等是由一个特定的社会群里抽出来的，那这些东西就一定是那个特定的社会群里的其他许多个体所分有的，既然是其他许多个体所分有的，就不能是被创造出来的典型的独有的或独特的东西，我不懂他的论点为什么这样混乱"[1]，进而胡风又区分了"典型"的普遍性、特殊性与个性三个不同层面，尤其指出特殊性与个性不应混为一谈。

　　针对胡风的"修正"，周扬撰文回应称，胡风所谓共性与个性不能共存不过是在玩形式逻辑的游戏，作为文艺表现之对象的人总是兼具着社会共同性与个人多样性，且"这种个人的多样性并不和社会的共同性相排斥，社会的共同性正通过各个个体而显现出来"[2]。文中再次以阿Q为例分析道："胡风先生说我既认阿Q有独特的地方，那阿Q就不能代表农民，为什么阿Q有独特的地方就不能代表农民，这意见实在奇怪得很。……旁的不讲，成为阿Q性格之一大特点的那种浮浪人性在农民中就并不能说是普遍的。记得作者在什么地方说过这样的话，如果当做纯粹农民的话，他一定要把阿Q描写得更老实一些。但是阿Q的这些特殊性并不妨碍他做辛亥革命前后的农民的代表，并不必'农民们写一纸请愿书或什么揣在他怀里派他到什么地

<hr>

1. 《现实主义的一"修正"——现实主义论之一节：关于"典型"的普遍性和特殊性问题》，《胡风全集》第2卷，湖北人民出版社1999年版，第368页。
2. 《典型与个性》，《周扬文集》第1卷，人民文学出版社1984年版，第164页。

方去',因为在他的个人的特殊性格和风貌上浮雕一般地刻画出了一般农民的无力和弱点。"[1]

周扬的申辩也再次引发了胡风的还击。在继续重申"典型"之普遍性的同时,胡风继续批评周扬对于人之多样性的强调是对"艺术的概括作用"的否定,并将争论引向阿Q究竟能不能代表农民以及代表何种农民的问题上来:"阿Q的作者说阿Q不是纯粹的农民,这在什么地方说的我不知道,但我以为并不难懂。我说阿Q所代表的是他'那一类的农民',也就是落后的带浮浪人(Lupmen)性的中国贫农;作者说他不是纯粹的农民,我想不外指的是他和佃农自耕农富农等固守在土地上的农民的不同。所以,阿Q的浮浪人性虽然对于那些农民是特殊的,但对于他所代表的'那一类农民'却一定是普通的。"[2] 阿Q中作为中国农民的"典型"与作为"落后的浮浪人中国贫农"的"典型",乃成为"典型"普遍性与特殊性上各执一端的产物。

胡风与周扬这场抗战前爆发的"典型"论争,虽然因与"两个口号"的宗派主义相纠缠而陷入意气之争,却构成了阶级论范式的初步尝试。尽管在阿Q是中国农民的"典型"还是"落后的浮浪人中国贫民"的"典型"上存在分歧,但二人强调从"阶级和社会关系的总和"视野来分析阿Q"典型"的阶级论思路,又都显示出与国民性范式下的阿Q认识的差异,这种差异甚至被胡风表述为了对后者的不满。在澄清"典型"之三大误解时,胡风便指出:"还有一种误解,或者以为典型所包含的是永久的'人性',例如哈孟雷特代表了某一

---

1. 《典型与个性》,《周扬文集》第1卷,人民文学出版社1984年版,第167页。
2. 《典型论的混乱——现实主义论之一节:论社会的物事与个人的物事》,《胡风全集》第2卷,湖北人民出版社1999年版,第386页。

理 论 的 边 际

种人性，堂吉诃德代表了某一种人性；或者以为典型所包含的是'国民性'，例如阿Q代表了中国人，这是很有害的误解，却正是最流行最有势力的意见。"[1] 可以说，正是这个阶级论的战前初构及其对国民性范式的不满，预示了抗战时期左翼文学批评在阿Q"典型"论述上的推进方向。

二、从民族性到世界性：国民性范式的延与变

尽管胡风批评五四新文化运动以来的国民性范式是对"典型"的误解，但这一范式在抗战左翼文学批评中仍然得到了相当程度的延续。许钦文《漫画阿Q》一文便重申了国民性批判的现实意义："虽然早有人说阿Q的时代已经过去；事实上却仍然不时的有人提起他，鲁迅先生去世以来，'阿Q阿Q，'更是风行的了"[2]，而"劣根性不铲除的不配做新国民；我们要建设新国家，必须改进国民性，所以以后，对于阿Q正传中所描写的劣根性，无论是在阿Q本身上和在旁人身上，大家都值得注意，有则改之，无则加勉。"[3] 阿Q时代不仅被认为没有过去，[4] 甚至还有了发展壮大之势："阿Q的子孙现在可也学起时髦来！他已不再像他的祖宗样的拖着辫儿，挂着鼻涕到处惹人讨厌了。'抗战建国'论这一套尽唱着高调，他也学会了'批判'，他喜

---

1. 《现实主义的一"修正"——现实主义论之一节：关于"典型"的普遍性和特殊性问题》，《胡风全集》第2卷，湖北人民出版社1999年版，第375—376页。

2. 许钦文：《漫画阿Q》，李宗英、张梦阳编：《六十年来鲁迅研究论文选》(上)，中国社会科学出版社1982年版，第602页。

3. 同上书，第605页。

4. 冶秋：《〈阿Q正传〉(读书随笔)》，《抗战文艺》1940年第6卷第4期。

欢高谈阔论地批判别的人和事，更高兴在背地里说闲话，吹牛皮，而在现在，他也穿上着一身军装，威武地像煞有介事，瞧！看样儿谁能不说他是一个捍土卫国的勇士呢？可是他却始终不愿意参加到实际的工作中去，他更不高兴让自己上前线去跟鬼子拼一下，他以为做工作，真打仗，那是应该有别的人去做。'天下之大，人群中难道就少我一个吗？'"[1]

即便国民性批判在抗战中依旧存在自己的社会基础，战时国人心态的变化仍不可避免地使之承受着压力，即便是继续尊奉国民性范式的批评家，也意识到过度渲染国民劣根性对于民族自信心重建的不利。有论者便撰文指出《阿 Q 正传》暴露与批判国民劣根性的做法并不符合抗战文学的需要："我们要明白这是自然主义时期的产品，重在黑暗方面的描写，暴露内在的缺点，以讽刺作攻击，是再现的。抗战文学要有光明的示范，应该是宣传的、表现的，而且要能够鼓动，有着根本不同的地方。具体说起来，就是阿 Q 做着有许多劣根性的代表的人物，是个否定的典型，希望读者对着像阿 Q 所有的坏脾气和坏习惯，有则改之，无则加勉，重在消极的警戒。抗战文学却要以积极的指导为主，写出模范的人物来，而且要加以激励，使得读者会得照所提示的实行做去。"[2]因此，就算认可阿 Q 存在"典型"塑造上的借鉴意义，也必须把对"否定的典型"塑造转化到"正面典型"上来。如果说这一呼吁仍立足于对民族性方面的强调，那么，适应抗战的另一种结果便体现为世界性在"典型"理解上的凸显。

---

1. 鲁力：《阿 Q 并没有绝种》，《王曲》1941 年第 5 卷第 10 期。
2. 钦文：《抗战文学与阿 Q 正传》，《战时中学生》1940 年第 2 卷第 8 期。

阿Q"典型"存在世界性的提法几乎与国民性批判同时诞生，茅盾在1923年的《读〈呐喊〉》中便写道："但或者是由于急于饰非的心理，我又觉得'阿Q相'未必全然是中国民族所特具，似人类的普遍弱点的一种。至少，在'色厉而内荏'这一点上，作者写出了人性的普遍弱点来了。"[1] 然而，这一话语却在抗战中出现了爆炸性增长。1939年许幸之版话剧《阿Q正传》公演之际，许广平便撰文称："阿Q不但是代表中国国民性的弱点，同时也代表世界性的一般民族弱点，尤其是农村或被压迫民族方面，这种典型很可以随时随地找得到。"[2] 艾芜的《谈阿Q》（1940年）一文在指明"阿Q是综合中国国民精神方面的毛病写成的，而其中最大的毛病，则是精神胜利法"之后，也从民族性转向了世界性："阿Q最特征的毛病，精神胜利，这一点在外国人里面害这种病的，实亦不少。欧美人非常信仰基督教，圣经上的名言，当时深深印在他们的心里。富人进天国比骆驼钻针眼还难，穷人只消大摇大摆就可以进去。像这样的话，不是精神胜利是什么？实际的幸福让人去享受，自己只得意于渺茫的幻想，正跟阿Q老兄差不了多少。"[3] 类似言论亦见于张天翼《论〈阿Q正传〉》（1941年）：

> 阿Q是中国人，所赋给阿Q灵魂的血肉，是中国的。表现这些典型人物的那些形象，全是道地的中国派头，例如"儿子打老子"之类。

---

1. 茅盾：《读〈呐喊〉》，李宗英、张梦阳编：《六十年来鲁迅研究论文选》（上），中国社会科学出版社1982年版，第14页。
2. 景宋（许广平）：《阿Q的上演》，《现实》1939年第1期。
3. 艾芜：《论阿Q》，李宗英、张梦阳编：《六十年来鲁迅研究论文选》（上），中国社会科学出版社1982年版，第439页。

可是——也像现实界中阿Q的存在，不仅限于革命时期，不仅限于未庄一样，阿Q这样的人，也不仅只我们中国才有。

外国也有许许多多阿Q。比如那家太阳牌帝国主义，它也欺软怕硬，而它的侵略我们，已经深陷泥潭而不能自拔，它可还要打肿脸装胖子；这一点不明明是个阿Q吗？又如卓别林在他片子里演的角色，也十足是一个可怜的阿Q。

说"儿子打老子"，这是中国阿Q的派头。外国阿Q并不以做人家的老子为讨便宜，但他们另有洋式的"精神胜利法"。

阿Q这一种"儿子打老子"的胜利方式，是民族的。但他所表现的本质（精神胜利法），是世界性的。[1]

在这段论述中，张天翼对阿Q形象的民族性与世界性之关系的表述，恰恰是以在胡风与周扬那里争论不休的"典型"的普遍性与特殊性之关系为依据："关于阿Q形象——民族性，局限性。仅属于'这一个'阿Q。所表现的阿Q的灵魂，则有一般性，甚至世界性；只要或多或少有造成阿Q灵魂的那些条件的时间内，就会有这些或多或少带阿Q性的人物在。"[2] 通过把普遍性的设定标准从民族性提升至世界性，精神胜利法也就自然从国民劣根性升级为了普遍人性的缺陷。这种通过普遍性设定的提升来论证阿Q"典型"之世界性的做法，亦见于同时期蔡仪对阿Q的论述："典型本来有高级和低级之分，而且这是艺术评价的一切正确的基础。一个伟大作品的人物是可以成为全民族的典型，这是没有问题的。不但可以成为全民族的

---

1. 张天翼：《论〈阿Q正传〉》，《文艺阵地》1941年第6卷第1期。
2. 同上。

典型，而且可以成为全人类的典型"[1]，而阿Q作为中国全民族的"典型"，自然也可以如哈姆雷特和堂·吉诃德一样，成为全人类的"典型"。虽然二者都试图利用"典型"理论来为阿Q的世界性提供理据，但仅仅诉诸普遍性的提升并未构成对国民性范式的本质突破。

同样是运用"典型"理论来说明阿Q的民族性与世界性的关系，邵荃麟却将阶级作为不可或缺的视野："典型是把某一阶层或某一集体的本质的特征统一在一个形象上，而经过个性化过程的人物创造。这句话大概是正确的吧。因此每一个典型人物所代表的必然是他自己所属的一个阶层的特征，这种特征在本质上是超越了民族的界限，而具有其世界的共同性的。只有在这个意义上，所谓典型的世界性才能存在。阿Q这样人物和阿Q主义这种特征，不仅在中国有，在世界各国和阿Q同样阶层中间也有。"[2]在邵荃麟看来，谈阿Q"典型"的世界性意义必须与"阿Q是现代的中国的浮浪性贫农的典型"联系在一起，这不仅说明了"典型环境中的典型人物"，更说明了社会本质与民族特质的矛盾统一关系，"阿Q是世界的，这是说，阿Q具有人类中被压迫在最底层的奴隶生活的特征。更明确地说，是具有人类中被压迫在最底层的，而又缺乏坚决反抗的意识与组织能力底浮浪性贫农阶层的特征。阿Q是现代中国的，也是说，阿Q是帝国主义侵入中国以后，半殖民地半封建性的中国历史时代的一个社会产物。"[3]由此可见，在从民族性到世界性的转变中，阶级视野不仅已然无法回

---

1. 《阿Q是怎样的一个典型》，《蔡仪文集》第1卷，中国文联出版社2002年版，第179—180页。
2. 《也谈阿Q》，《邵荃麟评论选集》（下），人民文学出版社1981年版，第413—414页。
3. 同上书，第414页。

避，而且可以说是呼之欲出了。

三、区分阿 Q 与阿 Q 主义：阶级论对国民性范式的重构

抗战时期左翼文学批评在阿 Q "典型"问题上的另一重要推进体现为对阿 Q 与阿 Q 主义的区分，而此区分乃基于阶级论构建上一个绕不过去的问题：既然鲁迅充满了对于无产阶级的爱，可他为何还要将对国民劣根性的批判安放到一个饱受压迫的无产者阿 Q 身上呢？尽管前述胡风与周扬关于阿 Q 究竟是中国农民的"典型"还是"落后的浮浪人中国贫农"的"典型"之分歧中已然隐含了相关的意识，但该问题的集中提出乃拜抗战时期左翼文学批评所赐。周立波《谈阿Q》（1941 年）一文在列数了阿 Q 身上的精神胜利法等国民劣根性之后不禁疑问："但是鲁迅为什么要把整个旧中国的缺点，栽在一个农民身上呢？"[1] 而艾芜在《论阿 Q》（1941 年）中同样在肯定阿 Q 是国民精神病状的综合之后也忍不住质疑道："作者为什么不把精神胜利这一毛病，具象在知识分子身上，而要找个卑微的人物呢？当时精神胜利的毛病，害得最厉害的，不就是那些在朝在野的读书人么？"[2] 这些疑问意味着抗战时期左翼文学批评家们已然意识到阿 Q 的农民出身与其身上的国民劣根性并非一回事儿，而是必须对之严加区分。

事实上，将阿 Q 与阿 Q 主义加以区分的做法，在 1937 年 10 月

---

1. 立波：《谈阿 Q》，李宗英、张梦阳编：《六十年来鲁迅研究论文选》（上），中国社会科学出版社 1982 年版，第 346—347 页。
2. 艾芜：《论阿 Q》，李宗英、张梦阳编：《六十年来鲁迅研究论文选》（上），中国社会科学出版社 1982 年版，第 439 页。

鲁迅逝世一周年纪念会上冯雪峰的演讲中便已出现。冯雪峰指出《阿Q正传》是鲁迅以毕生之力描绘的一幅民族的史图："在这史图里，我们首先就分明地看见，在征服者和给征服者办人肉酒筵的厨师的合力统治之下，中国的民众——奴隶，是在反叛着的，奴隶的反叛！当然大都逃不出失败的命运。在这之下，就产生了奴隶主义和奴隶失败主义——阿Q主义。阿Q主义，那精义，不过是奴隶的自欺欺人主义，阿Q的有名的精神胜利法，就是奴隶的失败主义的净化。是的，阿Q本人不过是奴隶的一份子，是中国的被剥削了几千年的农民的代表，他本人只是给人到处做短工的一个流浪的雇农。"[1]换言之，阿Q主义乃近代中国遭受帝国主义侵略的写照，"奴隶的被压迫史，才真是阿Q主义的产生史。阿Q主义也依然是血所教训成的，依然是血的结晶"，而阿Q不过是阿Q主义的受害者。由此冯雪峰不仅说明了阿Q与阿Q主义的关系，也揭示了鲁迅对待二者的不同态度："鲁迅先生以最大的爱给予大众，给予阿Q。然而他对阿Q的阿Q主义愤怒了，并且真的憎恨了——这是最伟大的愤怒和憎恨！这是民族的和阶级的爱！"[2]

这一区分不仅为抗战时期的邵荃麟所沿用，还被直接运用于对国民性范式的批判："作为阿Q性格中的主要特征——阿Q主义，不仅存在中国各阶层的人民中间，而且是中国人民中间最普遍最严重的一个毛病。我们常常说的阿Q相或阿Q主义，也并不限于指阿Q所代表的那个阶级的人。但是我们如果不把阿Q这个典型人物或

---

1. 《鲁迅与中国民族及文学上的鲁迅主义》，《冯雪峰全集》第3卷，人民文学出版社2016年版，第317页。
2. 同上。

代表的阶级的特征，阿Q和阿Q所代表的阶级对整个社会的矛盾关系，以及阿Q主义对阿Q这个阶级所具有的特殊意义挖掘出来，则很容易把阿Q单纯地看做代表中国国民的一个典型，而把典型的误解——说典型是代表国民性的误解，混淆起来。"[1] 因此，要将对阿Q"典型"的理解从国民性范式下解放出来，就不仅要对阿Q和阿Q主义进行区分，还必须深入分析阿Q主义对于阿Q这个阶层的特定意涵："阿Q以及阿Q同样的人是社会最底层的人了，他们并不能压迫人。他们的精神胜利法只是一种可怜的愚昧的自欺自慰，除了自害以外，并不能害人。对于他们，阿Q主义固然也是奴隶的失败主义，然而这失败主义的另一面，却是说明奴隶是在反叛着。阿Q主义是奴隶失败史的血的结晶；阿Q的历史是中国底层的愚昧无知的人民被压迫的一幅史图。"[2]

如果说冯雪峰、邵荃麟对阿Q与阿Q主义的区分中已然包含了将国民性与阶级论区别对待但又对二者之关系进行分析的努力，那么，端木蕻良的《阿Q论拾遗》(1940年)一文对作为国民劣根性的阿Q性的深入分析，则不仅同样立足于对阿Q与阿Q主义的区分，而且还更进一步地着眼于挖掘阿Q性在半封建半殖民地中国的阶级来源。在以"出不得乡进不得城"作为半封建半殖民地之隐喻的基础上，端木蕻良指出："哪一位先生出不得乡进不得城的成分多些，就是阿Q性多些。哪一伙人出不得乡进不得城的成分多些，就是阿Q性多些。哪一个阶级出不得乡进不得城的成分多些，就是阿Q性多

---

1. 《也谈阿Q》，《邵荃麟评论选集》(下)，人民文学出版社1981年版，第413页。
2. 同上书，第416页。

　　　　　　　　　　　　　　　　　　　　　　　理 论 的 边 际

些。所以这么一来，阿Q性最多的恐怕要轮到我们鄙国可敬的小资产阶级这方面来了。因为我们知道'中等阶级，频经激变，尤为困苦。'出不得乡进不得城的成分似乎也以他们为多。"[1] 而阿Q尽管属于赤贫的无产者阶层，但由于"阿Q既是从农村游离的劳动群，又是从宗法社会下挤出的子弟群"，也就难免不沾染上"出不得乡进不得城"的小资产阶级品性，并与"真正的农民典型闰土"存在着本质的不同。[2]

将阿Q性格的阶级起源归诸小资产阶级的观点，也同样为抗战时期的蔡仪所分享。1943年11月，正致力于营构《新美学》的蔡仪在重庆《新蜀报》上发表了题为"阿Q是怎样的一个典型"的文章。文章开篇便总结了关于阿Q"典型"的三种流行观点：第一种认为阿Q是农民的典型，而且是浮浪人性的贫农的典型，第二种认为阿Q是现代中国没落的小资产阶级的典型，第三种认为阿Q是中国全民族的典型。[3] 在此基础上，蔡仪进一步指出，第一种说法并不确切，因为阿Q的性格不仅与闰土截然不同，反倒能在孔乙己身上被发现，所以绝不能说是中国农民所特有的性格，而又因为农民属于小资产者，阿Q乃没落了的小资产者的代表，故第二种说法并非没有道理，但更为重要的是，由于中国社会里资产阶级与无产阶级都不发达，小资产阶级便成为能够代表全民族的阶层，第三种说法也就因之成立。在蔡仪看来，阿Q之所以能够作为国民劣根性的代表，正是

---

1. 端木蕻良：《阿Q论拾遗》，李宗英、张梦阳编：《六十年来鲁迅研究论文选》（上），中国社会科学出版社1982年版，第615页。
2. 同上书，第616—617页。
3. 《阿Q是怎样的一个典型》，《蔡仪文集》第1卷，中国文联出版社2002年版，第175页。

因为他的小资产阶级属性使然。最后，蔡仪得出结论称："阿Q性格的特征，是现代中国没落的小资产阶级最性格的特征，而这种性格在现代中国资产阶级及无产阶级都是有的，却未必是最性格的特征。因此严格地说，阿Q是现代中国没落的小资产阶层的典型，但也可以广泛地说，阿Q是现代中国人的典型。"[1]

要言之，上述对阿Q和阿Q主义的区分在阿Q"典型"的论述上乃以双管齐下的方式进行了推进：一方面，阶级论视野得到了拓深。相较前述胡风与周扬在阿Q属于何种农民上的纠缠，无论是冯雪峰与邵荃麟强调阿Q主义作为奴隶失败主义在中国近代史上的产生及其对于阿Q这一阶层的伤害，还是端木蕻良和蔡仪将阿Q主义的阶级起源追溯至小资产阶级，都不仅以阶级作为"典型"论述的内在视野，还深入分析了其与辛亥革命的关联。另一方面，这一区分又没有简单摒弃国民性范式，而是在阶级论下为之保留了一席之地。前述所谓阿Q主义、阿Q性、阿Q性格等说法，其实都可视作国民劣根性在阶级论范式下的新延续，不过其存在的理由已非单纯的国民性批判，而是出于革命动员的现实需要。在彼时的左翼文学批评家眼中，作为无产者的阿Q虽然是革命的潜在力量，但要唤醒其革命潜能就必须对其身上的阿Q主义进行持续批判。如果说阶级因素是被动地纳入了国民性范式从民族性向世界性的自我拓展的话，那么，抗战时期时期左翼文学批评对阿Q与阿Q主义的区分，则通过更加主动地对精神胜利法的阶级分析，实现了阶级论对国民性范式的重构。

---

1. 《阿Q是怎样的一个典型》,《蔡仪文集》第1卷，中国文联出版社2002年版，第181页。

40   理 论 的 边 际

四、"为革命"与"写真实":"典型"塑造的标准分歧

对阿 Q 与阿 Q 主义的区分虽然解释了为何鲁迅要将国民性批判安放在一个饱受压迫的无产者阿 Q 身上,从而有助于从阶级论立场出发对国民性范式下的鲁迅解释进行修正与重构,然而,按照左翼批评家尊奉的文学标准,这一"典型"塑造又能否算成功的呢?在此方面,欧阳凡海出版于 1942 年的专著《鲁迅的书》便力图提供一种解释。欧阳凡海指出,《阿 Q 正传》并不能简单视作鲁迅的集大成之作,而是应该放置到鲁迅思想发展的进程中来考察。通过与稍早的《知识即罪恶》一文相联系,欧阳凡海指出,在写作《阿 Q 正传》前的看似沉闷的时期,鲁迅思想正在经历一种根本性的变化。如果说从《狂人日记》到《风波》中一直隐含着两种势力的纠葛,然而,"他有这种感觉,但还不能利用此种感觉作为思想的武器",那么,《知识即罪恶》一文的出炉则标志着鲁迅以两种势力的斗争来解释人类一切社会纠葛的思想自觉,"他明白地认识,榨取者和被榨取者之间的利害冲突,已经不是口舌可以解决的了,现在需要一种斗争,而且是一种决死的充满感情的斗争。"[1] 在欧阳凡海看来,这一思想上的变化在《阿 Q 正传》中的直接体现便是"想从阿 Q 身上去发掘革命的种子"[2]。

虽然同样试图回答前述同时期左翼文学批评家们都共同面对的问题:"为什么鲁迅不到闰土型的农民身上去发掘,而要到那带有农

---

1. 欧阳凡海:《论〈阿 Q 正传〉》,李宗英、张梦阳编:《六十年来鲁迅研究论文选》(上),中国社会科学出版社 1982 年版,第 520 页。
2. 同上书,第 581 页。

村流氓无产者性的阿 Q 身上发掘呢？"但与对阿 Q 与阿 Q 主义的区分不同，欧阳凡海更进一步地将这一问题视为鲁迅的进步思想（发掘革命的种子）与其小说艺术形式（滑稽与讽刺）之间的不一致所致："阿 Q 趋向革命的流于滑稽，不是由于鲁迅对革命取旁观的态度，而是因为鲁迅思想跨进了，他想使他的同情心发生积极的合理作用，而欲在阿 Q 身上发掘革命的种子，然而对革命形成过程的认识还嫌不够，因而他的艺术形式没有跟着他的思想跨进而一同跨进，以求得适切的配合，却相反的为了要切合'开心'二字，在他一贯的冷峻作风上加以滑稽，加强地阻止了他那艺术形式的那种跨进，所以发生的破绽。"[1] 由此，阿 Q 的糊涂也被认为因缺乏一般性而有损于对农民"典型"的塑造。这一分析视野虽然受到马克思在批评巴尔扎克时指出的落后世界观与先进创作方法之不一致的启发，但在鲁迅身上，这一情况却颠倒了过来，是先进世界观与落后创作方法的不一致。

欧阳凡海对《阿 Q 正传》的解读，迅速引来同为左翼阵营的邵荃麟的不同意见。在专门为评论欧阳凡海《关于〈阿 Q 正传〉》（1942 年）的文章中，邵荃麟指出，虽然欧阳凡海的解读动机是良善的，且其从社会历史发展与鲁迅思想发展之关系来认识鲁迅作品的方法也是好的，但先入为主地把"追求革命动力和发掘革命种子"设定为一切评价之归宿，也就难免陷入观念先行的陷阱。具体到对阿 Q 形象的分析上，这种观念先行体现在从一开始就预设了革命农民的"典型"，因而不仅无法忍受作为流氓无产者的阿 Q 形象及对之进

---

1. 欧阳凡海：《论〈阿 Q 正传〉》，李宗英、张梦阳编：《六十年来鲁迅研究论文选》（上），中国社会科学出版社 1982 年版，第 533 页。

理 论 的 边 际

行滑稽描写的"破绽",而且还据此宣称其在"典型"塑造上的失败。在邵荃麟看来,这种观念先行的批评无异于全然抹杀了《阿Q正传》的艺术价值,而最大的毛病便在于把阿Q"典型"从辛亥革命的历史语境中抽离出来:"如果鲁迅先生在当时把阿Q这典型真的写成一个意识觉醒的、充满愤怒的与仇恨的革命农民,那倒和历史真实不符合,成为'欠真实性'了。"[1]与欧阳凡海因鲁迅对阿Q的滑稽描写不符合革命农民之理想形象而批评其"欠真实性"的观点针锋相对,邵荃麟恰恰反过来肯定这一滑稽描写构成了历史真实性的写照:

> 鲁迅先生替当时中国人民画下了一幅最真实的史图。在今天,确实能够帮助我们更清楚地去理解中国革命的许多问题,然而当时鲁迅先生自己却并不是一个革命的指导者,他只是一个战斗的实践者罢了。因此,我们并不能那么机械地把他当时的思想过程和创作过程切成若干细碎阶段来研究,我们只能看到他创作上一个总的发展趋向,即是他愈深入到我们斗争的实践中间,他的认识也更突入到现实的本质,因而在创作的现实主义上获得更大程度的真实性。阿Q便是这些真实形象中间最杰出的一个。《阿Q正传》的伟大,我以为不在作者在这篇作品中所表现的思想是较前"跨进一步",而是在于它所反映的现实较之前作品更本质地深入,因而在作品的思想上,显露出更大的真实性。[2]

不难见出,"写真实"与"为革命"确乎构成了邵荃麟与欧阳凡

---

1. 《关于〈阿Q正传〉》,《邵荃麟评论选集》(下),人民文学出版社1981年版,第440页。
2. 同上书,第435页。

海在阿 Q"典型"理解上的根本分歧所在。"为革命"的追求导致了欧阳凡海以"典型"塑造上的"不够积极"为由对鲁迅颇有微词，"写真实"原则则提供了邵荃麟反对以文学形式是否积极来衡量作品的理由，而这背后其实是两种截然不同的现实主义姿态："所谓积极和消极，是应该以作者对于现实所取的态度来决定的，并不是决定于作品的形式，作家可以从种种不同侧面去描写现实，不管是正面的描写或反面的暴露，只要作者对于现实不是悲观绝望，而是取积极的斗争的态度，那么这种主观的情感和思想，通过艺术的表现，都足以唤起两者的积极情感。一个成功的艺术家往往是从社会的本质的矛盾关系上，去展开他的主题，和创造他的典型人物，并不一定要从正面去描写斗争现象或创造革命的典型人物而算是表示积极——那只是一种庸俗的见解罢了。所谓暴露，这意思并不仅只限于暴露黑暗的现象，主要的倒是从这种黑暗现象的里面去抉发社会的本质矛盾，从这里使人们去认识历史的真实。因此，暴露也并不能说是消极的。"[1]

如果联系 1938 年国统区由张天翼《华威先生》引发的"暴露与讽刺"问题的争论和 20 世纪 40 年代初延安文艺界关于"歌颂与暴露"的讨论，便不难发现发生在 1942 年的这场围绕阿 Q"典型"的争论并非偶然，其背后乃隐含着五四新文学传统与正在形成中的延安文艺方向的冲突。虽然行迹穿梭于解放区与国统区之间（1937 年奔赴延安，1938 年春赴桂林，1941 年调重庆，1943 年调回延安）[2]，但欧阳凡海据以批评《阿 Q 正传》的"为革命"标准及其写"正面典

---

1. 《关于〈阿 Q 正传〉》，《邵荃麟评论选集》（下），人民文学出版社 1981 年版，第 433—434 页。
2. 参见沈素芒：《欧阳凡海的一生》，《新文学史料》1990 年第 2 期。

型"的主张，无疑更接近于以《讲话》为标志的延安文艺所确立的方向，而邵荃麟从真实性角度为《阿Q正传》所作的辩护及其为暴露文学保留一席之地，则更多透露出其对以鲁迅为代表的五四新文学之批判传统的继承。虽然随着抗战后期延安文艺所确立的新方向向其他区域扩散，邵荃麟等国统区左翼文学批评家开始有意识地调整自己在抗战中的观点，然而，"为革命"与"写真实"这两种不同路径仍旧保留了下来，并被纳入即将取得主导性地位的阶级论范式。在新中国有关阿Q"典型"的讨论中，我们仍将听见其不绝于缕的回响。

结　语

通过上述梳理，本文认为抗战时期左翼文学批评围绕阿Q"典型"的批评话语，至少从三个面向推进了战前胡风与周扬的"典型"论争：一是国民性范式在国家危机中经历了从民族性到世界性的蜕变；二是通过对阿Q与阿Q主义的区分，不仅拓宽了阶级论的适用范围，而且还立足于阶级论视野对国民性范式进行重构，从而为新中国成立后的阶级论范式主导格局奠定了基础；三是围绕"典型"塑造标准形成的"为革命"和"写真实"的分歧，而这也埋下了后来阶级论范式下继续论争的线索。总而言之，正是通过围绕阿Q展开的文学批评论述，抗战时期的左翼文学批评不仅深化了对"典型"这一马克思主义文艺理论范畴的理解，更经此推动了新文学批评话语从国民性向阶级论的范式转型，成为马克思主义文艺理论中国化不容错过的一环。

（原刊于《文艺理论与批评》2017年第6期）

生活与革命的辩证法
——《青春万岁》与王蒙早期小说的思想主题

    生活是作家王蒙最为钟爱的话题。"文革"结束后的归来者王蒙便时常高举生活的旗帜:"生活是多么美好!这一直是我的心灵的一个主旋律,甚至于当生活被扭曲、被践踏的时刻,我也每每惊异于生活本身的那种力量,那种魅力,那种不可遏止、不可抹杀、不可改变的清新活泼。即使被错戴上'帽子',即使被关进了牛棚,即使我们走过的道路有过太多的曲折和坎坷,然而,生活正像长江大河,被阻挡以后它可能多拐几个弯,但始终在流动、在前进,归根到底它是不可阻挡的。"[1]在这段热情洋溢的文字中,生活不仅被视作治疗政治创伤的良药,也被王蒙推崇为自己文学创作的主旋律。虽然以生活来突破政治的思路打上了新时期思想解放的烙印,但王蒙对生活的歌颂并不能简单化约为新时期的时代精神,而是常常被他追溯至《青春万岁》:"生活是美好的,这是《青春万岁》的主旋律,也是我至今的许多作品的主旋律……"[2]而这个小说又被认为诞生于对生活的热爱:"我完

---

1. 《倾听着生活的声息》,《王蒙文集》第 6 卷,华艺出版社 1993 年版,第 113 页。
2. 《感谢你,爱读〈青春万岁〉的朋友》,《王蒙文集》第 7 卷,华艺出版社 1993 年版,第 616 页。

全忘记了是在写小说，我是在写生活，写我的心对于生活的感受、怀念、向往。"这提示了王蒙关于生活的理解存在着更早的思想源头。

近年来，在对《组织部新来的青年人》[1]这一经典文本的考察中，已有研究者开始关注王蒙关于生活的理解在文本机制中发挥的作用。朱羽通过对《组织部新来的青年人》的批评史的梳理，从"革命"与"常态"之关系的角度提出了对小说的新解读，指出"林震以其少年式的'一元性'，遭遇到刘世吾式的'二元性'与'常态性'，这关联着这部小说最为基本的'成长经验'。"[2]这里的"常态"便是日常生活的另一表述。而罗岗在尚未发表的一篇论文中亦强调小说的反官僚主义问题包含了来自日常生活挑战下的主体焦虑，尤其体现为"男性革命主体"面对"夜晚"和"欲望"时的危机。[3]二者都不同程度地指出了这个小说在惯常的反官僚主义解读之外，同样传达了青年王蒙关于日常生活的理解。不过，在聚焦《组织部新来的青年人》的同时，二者又都忽视了其与《青春万岁》的互文关系。事实上，正是在1956年利用"创作假"修改《青春万岁》的间隙，王蒙作为调剂写出了《组织部新来的青年人》。[4]这不仅意味着《青春万岁》可能是

---

1. 需要说明的是小说存在两个不同题目的版本：一是《人民文学》1956年9月号上秦兆阳未经作者同意修改发表的版本，题为《组织部新来的青年人》；二是收入《短篇小说选：1956》中的版本，这个版本的题目由王蒙改为了《组织部来了个年轻人》。为方便起见，本文统一写作《组织部新来的青年人》。

2. 朱羽：《成长、革命与常态——〈组织部来了个年轻人〉之批评的批评》，《中国现代文学研究丛刊》2018年第7期。

3. 参见罗岗：《革命的"第二天"、左翼男性主体与"情感政治"的焦虑——重读王蒙〈组织部新来的青年人〉》，收入《1957历史实践的社会、思想、文化、生活意涵》（会议论文集，2018年4月28—29日）。

4. 参见《王蒙自传》第一部《半生多事》，花城出版社2006年版，第136—137页。

《组织部新来的青年人》的"母体",甚至还包藏着理解王蒙从事文学创作起源的秘密。因此,对王蒙早期小说思想主题的考察便不能不从《青春万岁》入手。

一、历史门坎上的《青春万岁》: 当革命转入生活世界

《青春万岁》作为王蒙文学创作的处女作,早在 1953 年便已动笔,并于 1956 年夏天修改完毕,1957 年曾在《文汇报》上连载过部分章节,但与同时期《组织部新来的青年人》的顺利发表并引发轰动效应相比,《青春万岁》的出版可称得上是命运多舛。尽管 1957 年、1962 年曾两度排印,但都因政治形势的变化而中辍,直到"文革"结束后的 1979 年,小说才由人民文学出版社正式出版。[1] 从 1953 年动笔到 1979 年出版,这部小说足足延宕了四分之一个世纪之久。尽管小说出版后获得了不错的反响,1982 年被《语文报》评为"最受中学生喜爱的小说",1983 年还被拍成了同名电影,甚至于最后战胜了时间,"平均每三年就要印一次,从未中断,前后已经发行了四十多万册"[2],成了令王蒙颇为自豪的长销书。但相较于《组织部新来的青年人》在当代文学史上的显赫地位,《青春万岁》较少受到研究界的重视。尽管有研究者试图将之重新放置回 20 世纪 50 年代来加以讨论,譬如董之林便将之与《青春之歌》一起列为"青春体小说"的代

---

1. 需要说明的是,在人民文学出版社 1979 年初版的基础上,1997 年王蒙又参照 1957 年《文汇报》上发表的内容对之进行"恢复原貌的工作",形成了《青春万岁》的通行版本。本文引用的便是这一版本。
2. 《王蒙自传》第一部《半生多事》,花城出版社 2006 年版,第 148 页。

表作，¹但后来的读者似乎更愿意将青春从历史中抽离出来，将之读作自身青春的投影，从而使得《青春万岁》记录历史的自觉意识被忽视了。在 1982 年回顾这篇小说时，王蒙曾如此交代自己的创作初衷：

> 眼看着我所熟悉的那批从地下时期就参加了人民革命运动的"少共布尔什维克"也都转向了和平建设时期的文化科学与各门业务的攻关学习，我预感到了一个旧的历史时期的结束与新的历史时期的到来。我怀恋革命运动中慷慨激越、神圣庄严，我欢呼大规模、有计划的社会主义建设的绚丽多彩、蓬勃兴旺，我注视着历史的转变当中生活与人们的内心世界的微妙变化与大千信息，我为我们这一代人、经历了旧社会的土崩瓦解、解放的欢欣，解放初期的民主改革与随后的经济建设的高潮的一代少年——青年人感到无比幸福与充实，我以为这一切是不会原封不动地重现的了，我想把这样的生活和人记录下来。²

不难见出，王蒙以《青春万岁》来记录历史的创作初衷乃是与他身处 1953 年的历史感知密切联系在一起的。随着三反五反的平稳结束，抗美援朝战局的渐趋明朗以及第一个五年计划的开始制定，新中国的政治目标正在从以战争与肃反为中心转向以经济建设为中心。作为对这一政策变化的响应，团中央开始要求各级中小学加强文化学习。担任北京东四区团区委副书记的王蒙不仅对国家政策的调整感受强烈，而且还将之直接写入了小说："现在，社会民主改革运动已经

---

1. 董之林：《论青春体小说——50 年代小说艺术类型之一》，《文学评论》1998 年第 2 期。
2. 《我的第一篇小说》，《王蒙文集》第 7 卷，华艺出版社 1993 年版，第 619—620 页。

基本完成，朝鲜战场上也取得了伟大的胜利，建设的任务日益提在首位，在各种文件、报告、谈论里，大家普遍提到即将开始的'大规模的、有计划的、全面的经济建设与文化建设高潮。'可是，人们来不及去欢迎、吟味和欣赏生活的变化，就被卷到生活的变化中去了。"[1]"被卷到生活的变化中去"，简明扼要地概括出了小说中的女中学生的共同处境："这一年五一节，北京的女学生第一次普遍穿上花衣服、花裙子，打扮得漂漂亮亮；还有呢，'少年布尔什维克'们也开始对自己的学生时代做长远的打算了；他们在高唱'兄弟们，向太阳，向自由！'的同时，也入迷地唱：'生活是多么幸福，生活是多么美好……让蓝色的星儿照耀着我……'他们感觉到了：我们的生活不仅有严峻的战斗，而且也有了从来没有过的规模壮阔的社会主义建设。"[2]小说中甚至更为精炼地将这一状态概括为"我们的中学生，站在新的历史时期的门坎上。"[3]

如果说在国家任务转型的意义上，1953年构成了"新的历史时期的门坎"，那么，生活世界的大量涌现，便是王蒙站在这个门坎上敏锐体察到的变化。即便是在晚年的回忆录中，王蒙仍然对当时的感受进行了清晰回顾："我们的生活中出现了世界、和平、生活、幸福、岁月、日子这些字眼，这些字眼令我感动莫名。"[4]不过，对于作为"少年布尔什维克"的王蒙而言，和平的幸福生活的突然降临带来的并不仅仅是"感动莫名"，而是同样包含了不可避免的挫败感："参

1. 王蒙:《青春万岁》，人民文学出版社 1979 年版，第 19 页。

2. 同上。

3. 同上。

4. 《王蒙自传》第一部《半生多事》，花城出版社 2006 年版，第 105—106 页。

加革命的时候我从来没有考虑过胜利以后的事情，北京的解放使我一直处于革命的大兴奋中，我甚至于想，由于我年纪小便于隐蔽，我也许会被派到台湾去从事地下革命活动。我喜欢地下的革命生活，传单、印刷所、秘密接头、暗号、群众运动与情报传递……我看苏联影片《马克辛三部曲》，对彼得堡的工人运动如醉如痴……俱往矣。直到此时，我才明白人民掌握了政权的和平的日子有多么美好，多么快乐，多么迷人——但是回忆地下工作者的豪情与神秘，我又略感失落。"[1] 这意味着《青春万岁》并非对历史的客观记录，而是作者激动与失落的交织情绪下的产物。若深究之，这种激动与失落交织的复杂情绪其实又源于"少年布尔什维克"在"新的历史时期的门坎上"遭遇的挑战。

挑战首先来自前述国家政治任务转型的要求。随着经济建设时期的到来，团中央对"少年布尔什维克"的要求也从政治斗争转向了文化学习，小说中体现这一挑战的人物便是郑波。作为对作者王蒙本人经历的复制，郑波在小说中也被设置为思想进步的"少年布尔什维克"，14 岁便加入了青年团，不仅做过地下工作，甚至为此作好了牺牲准备。小说开篇不久便借助郑波交代了"少年布尔什维克"在新中国的经历："一九五〇年，学校生活刚刚开始正常，人们瞻望和平幸福的明天。这时，朝鲜战争的炮火又惊动了她们……接着是'三反'运动……"，"在接连紧张的运动里，郑波和其他学生中的优秀分子习惯了一种非同寻常的生活：晚上不自习去听打报告，课外活动时间召开各种会议，上课的时候一边听讲一边注意着教员们有什么'糊涂

---

1. 《王蒙自传》第一部《半生多事》，花城出版社 2006 年版，第 106 页。

观念'……并且，似乎没想到自己要按部就班地读下书去，而是'时刻准备着'听候组织的调动，当干部，参军，下江南或者去朝鲜。"[1]然而，国家政治任务的转型却使得这些充满激情的想象全都落了空，"愈是美妙的向往，愈使人觉得遥远；而当生活飞跃，向往变成现实的时候，人们却又发现自己还缺少准备了。"[2]因此，讲述尚未做好准备的"少年布尔什维克"如何转入生活领域继续战斗，也便成为小说的主导线索。

在国家政治任务转型的挑战外，"少年布尔什维克"还面对着一场更为隐秘的挑战，这便是丹尼尔·贝尔所说的"革命的第二天"问题。丹尼尔·贝尔指出，当革命取得胜利之后，世俗生活对革命意识的侵犯，往往构成对革命的真正威胁。[3]按照这一说法，生活世界在1953年的全面到来，会不会也对中国革命造成威胁呢？事实上，正是这一隐秘挑战使得"少年布尔什维克"在欢呼幸福生活的同时也对日常生活充满了困惑与警惕。小说中的杨蔷云在看到国营商店中琳琅满目的商品时，便脱口而出批评道："净是资产阶级的玩艺儿！"[4]于是，在革命转入生活世界的时刻，"少年布尔什维克"又忍不住怀念革命年代的激情岁月，并借此确认自己革命意志的纯粹性，而这恰恰构成了王蒙创作《青春万岁》的隐秘动因："一九五三年以后，当国家局势变得更加安定、正常，学校生活日益恢复了自己惯有的以教学

---

1. 王蒙：《青春万岁》，人民文学出版社 1979 年版，第 18 页。
2. 同上书，第 19 页。
3. ［美］丹尼尔·贝尔：《资本主义文化矛盾》，赵一凡等译，生活·读书·新知三联书店 1989 年版，第 75 页。
4. 王蒙：《青春万岁》，人民文学出版社 1979 年版，第 37 页。

为中心的日常秩序，而当中学生们纷纷回到课堂里坐稳自己的座位，埋头学文化、向科学进军的时候，我在欢呼中学生的新生活的同时，又十分怀念处在解放前后历史的大变革的风暴中的激越的年轻孩子，于是我决定写《青春万岁》。"[1]就此而言，讲述革命如何转入生活世界并遭遇到来自后者的挑战，也便成为《青春万岁》所要处理的重大问题。

二、重新定义生活：政治世界与生活世界的互动

生活世界的出现，作为王蒙在"新的历史时期的门坎上"体察到的变化，促成了他在《青春万岁》中把一群高三女中学生看似平淡却又充满斗争的学习生活处理成了小说题材。在新中国成立初期以战争、土改或工厂题材为主流的创作氛围下，《青春万岁》对中学生学习生活题材的处理可以说是别开生面的，这一点也曾获得小说审稿人萧殷的高度肯定。[2]王蒙之所以能成功驾驭这一题材，一方面固然是他在青年团区支委与学生打交道的工作经验使然，"虽然我不是中学生，却是中学生的朋友、同龄人，我没有离开中学生活。"[3]另一方面，也与他本人作为"少年布尔什维克"的青春热情有关。"所有的日子，所有的日子都来吧，/让我编织你们，用青春的金线，/和幸福的璎

1. 《谢谢你，爱读〈青春万岁〉的朋友》，《王蒙文集》第 7 卷，华艺出版社 1993 年版，第 616 页。
2. 萧殷：《读〈青春万岁〉》，《王蒙研究资料》(上)，天津人民出版社 2009 年版，第 295 页。
3. 《谢谢你，爱读〈青春万岁〉的朋友》，《王蒙文集》第 7 卷，华艺出版社 1993 年版，第 615 页。

珞，编织你们。"[1] 序诗的开篇不仅直接奠定了整个小说的青春热情的基调，也将小说的题旨揭呈而出，所谓用"青春的金线"和"幸福的璎珞"来编织"日子"乃意味着要打造一种新的生活观，而由此形成的新旧两种生活观的对峙，也便暗中构成了推动小说情节发展的内在冲突。在小说中，这种冲突被戏剧化处理成杨蔷云与苏宁哥哥苏君之间的一场辩论。针对苏君对当时中学生"无谓的忙碌和虚妄的热情"的批评，杨蔷忍不住向苏君发出"你认为生活应该是什么样"的质问：

"这样问便错了。生活是怎么样就是怎么样，而不是'应该'怎么样。人，生为万物之灵，生活于天地之间，栖息于日月之下，固然免不了外部与内部的种种困扰。但是也必须有闲暇恬淡，自在逍遥的快乐。譬如，"苏君随手拿起藤桌上的笔筒，指着笔筒上的字、画给蔷云看。上面画着古装的一男一女举杯饮酒。题字："花中真富贵，无事小神仙"。字纹中长着绿霉，"这样一种自然的、无忧无虑的生活情趣，难道不是一种理想么？"

蔷云低下头，沉思。苏宁给她倒水，她根本不接，然后严肃而自信地向着苏君摇头："您说的一点都不对，也许我还听不懂，那些名词对我还很陌生。不过我觉着，你一点也不了解我们的、我的和苏宁的生活。您的话和这个笔筒一样，过时了，陈旧了，黯淡无光了。说什么沉重的负担，我们过着有目的的积极的

---

1. 王蒙:《青春万岁》，人民文学出版社 1979 年版，第 1 页。

生活，我们担起的不是沉重的负担，是做人的光荣责任。我们忙碌也不无谓，就说学俄文，原来不会，忙了一阵，会拼音也会造句，这怎么是无谓？相反，那些无所事事地浪费生命的人，他们的清闲，倒真是无谓得可怕。还有热情，一个人像一把火。火烧完了就只剩下灰。火能发光发热，它不是虚妄的。灰尘呢，风一吹就没了。至于您那个'无事小神仙'，说起他们就像说起男人的辫子和女人的小脚，不但虚妄，简直是可笑！"于是蔷云轻蔑地、胜利地大笑，公然地嘲笑苏君的议论。[1]

　　从上述对话中不难见出，苏君所代表的旧生活观与杨蔷云所代表的新生活观的对立恰恰在于前者主张退守于个人生活的小天地，后者则充满了到广阔天地中搏斗的青春热情，而这两种生活观的差异归根结底又体现为对生活世界与政治世界关系的不同理解。在苏君这里，生活世界与政治世界是截然分离的，他之所以批评中学生"无谓的忙碌和虚妄的热情"，便在于认为他们的生活受到了政治的过多干扰："在你们的生活里，口号和号召非常之多，固然生活可以热烈一点，但是任意激发青年人的廉价的热情确实一种罪过……"[2]而在杨蔷云这里，"敢于到漩涡的中心进行搏斗"恰恰源于个人生活与新生的国家的紧密联系。为了表现这种新生活观的胜利，小说特别设置了杨蔷云与伙伴们一起帮助苏宁对卧室空间进行改造的情节："清扫了所有角落的尘埃后，摆上了毛主席的石膏胸像。贴上了一张《列宁和孩子在一起》的铅笔画和一张卓娅的画像。她们送给苏宁几本书：《普通

---

1. 王蒙：《青春万岁》，人民文学出版社 1979 年版，第 57 页。
2. 同上。

一兵》、《刘胡兰小传》、《青年团基本知识讲话》。苏宁把它们放在书架上最显著的地方。根据周小玲的提议，差点儿要在墙上贴上标语：'迎接祖国的建设高潮！''学习，学习，再学习！'"[1]这个布置卧室的过程，其实也是政治世界进入生活世界并对之进行重塑的过程。通过这种空间改造，"那个绝大的光明的世界，就在姑娘们的笑声中，胜利地冲击到这里。"[2]

不过，政治世界对生活世界的重塑并不见得处处都能奏效，譬如在李春身上便遭遇了难度。在小说中李春虽然是个人主义的落后典型，但曾在初中担任支部书记的经历却使之同样能够熟练掌握新中国的革命话语。借助着1953年团中央学习文化的号召，李春理直气壮地对团支部过多的政治活动提出了批评。当杨蔷云把自己学习不好归结为学习目标不够明确时，李春嘲讽她不过是在说"漂亮话"："请问你考试发慌的时候嘴里念一句'我为了祖国而学习'，就能驱散邪魔，不慌不忙吗？""我真心劝郑波，当然听不听在你，别开那些个会去了，也用不着找个别人谈话，先自己念好书吧。我也劝杨蔷云，我知道杨蔷云恨我。你呀，也别净讲些政治名词了，有功夫多制几个图好不好？还有咱们全班，大伙好好地念书吧，什么你选我我选你呀，谈谈思想情况呀，你批评我我批评你呀，申请入党呀——还远着呢，——往后搁一搁，不碍事。"[3]尽管李春也曾是革命的受益者，但革命话语仅仅被她视作帮助自己实现个人理想的手段，当革命话语阻碍个人理想的实现时，便可以被弃之不顾。因此，即便革命话语可

---

1. 王蒙：《青春万岁》，人民文学出版社 1979 年版，第 59 页。
2. 同上。
3. 同上书，第 45 页。

以使她无法反驳，却无法从根本上说服她、改变她。这在李春对杨蔷云的回答中被表达得很清楚："你们硬想改变我是办不到的，要改变得等我自己改变。如果我想改变了，我自然就会好好地变。如果我高兴，也可以为集体做点事情。"[1]

革命话语在李春身上的失效恰恰揭示了仅靠革命话语进行思想改造的局限。杨蔷云与郑波用革命话语来对李春进行批评改造非但没有使之妥协，反而加深了她的对抗心理。虽然小说后来也描述了李春的思想变化，但这种变化并非革命话语单方面作用下的结果，而是源自她在集体生活氛围触发下的反躬自省。尽管把个人理想看得比集体利益更重要，但在集体生活中的孤立处境却难免不使李春的内心发生动摇："她念自己的书，她不稀罕这个。不，不要骗自己了吧，她稀罕这个，她像饥渴一样地需要朋友，需要集体的温暖，需要为大家办事的光荣。"[2]直到在与呼玛丽的交往中，"一种质朴的、对于朋友的衷心的关心和爱护在她心底产生了"，由此也促成了李春的自我反省："她终日沉浸在冷静的计算和个人的进取中，她根本不了解自己的同学，根本不是自己同学的好朋友，（郑波说：'还是我和她谈得来。'瞧！）在同学们各自的生活和命运中做一个可有可无的同伴是不妙的，甚至于，她很少自己对自己讲讲知心话……"[3]就此而言，《青春万岁》不仅讲述了政治世界对生活世界的重塑，更重要的是还反过来揭示了政治世界的良性运转同样离不开生活世界的支撑。一旦从生活世界中抽离出来，革命话语便有沦为口号的危险。如果说《青春万岁》致力于

---

1. 王蒙：《青春万岁》，人民文学出版社 1979 年版，第 250 页。
2. 同上书，第 84 页。
3. 同上书，第 266 页。

提供一种新的生活观，那么，政治世界与生活世界的良性互动恰恰是这种新生活的基础。

三、受阻的恋爱与暧昧的日常：烫头发时也能保持火热斗志？

虽然政治世界与生活世界的互动为重新定义生活提供了前提，但严格而论，二者作为不同的领域又无法完全同一。在哈贝马斯的社会理论中，政治世界便被认为属于系统整合的领域，而生活世界则属于以交往行为为基础构筑起来的社会整合的领域。正是通过对二者的结构性关系的分析，哈贝马斯指出晚期资本主义的病症在于系统入侵生活世界造成的"生活世界的殖民化"，其具体表现便是用系统整合取代社会整合，工具理性凌驾于交往理性之上，日常交往行为遭到扭曲，文化系统受到损害："一旦传统受到破坏，而变得不再是毫无问题，有效性要求就只有通过话语才能保持稳定，因此，对文化自我特性的干扰，促进了原来属于私人领域的生活领域变得政治化。"[1] 虽然 1953 年刚刚进入社会主义改造阶段的新中国与哈贝马斯所分析的晚期资本主义状况不可同日而语，但通过政治世界与生活世界的互动来打造新生活观的同时，也确实使得生活世界为政治世界的进入打开了大门。一方面，通过与政治世界的互动，生活世界的面貌得到了重塑，但另一方面，生活世界中那些私人性的日常领域，不仅无法被政治世界完全同化，反而对后者的进入与征用产生了反弹，而最能体现这种私人性的日常领域莫过于婚姻与恋爱关系。《青春万岁》对两段

---

1. ［德］尤尔根·哈贝马斯：《合法化危机》，刘北成、曹卫东译，上海人民出版社 2009 年版，第 78 页。

恋爱（郑波与田林、杨蔷云与张世群）的处理，便透露了那些无法在互动中被合理安放的剩余物。

在小说讲述的女中学生中，身为团支委书记的郑波，不仅最具革命信念，也是性格上最为理性和沉稳的女孩，然而，在面对田林的示爱时，郑波的心扉也不免发生波动。这些内心波动在小说中以郑波日记的方式得到了呈现：

> 这些日子，不论是天气，不论是日月星辰，不论是花鸟虫鱼，不论是我的同学、老师还是街上走过的一个工人，都给我一种浑然一体的激动。我的心像是燃烧着，烧得发焦。每天都经历了许多难忘的事，每天都有数不清的喜乐哀怒。最细微的一点声音，对于我却像雷鸣，像战鼓，像交响乐。白天匆匆地过去了，我觉得自己仿佛比前一天长得高大了些。又微微有些惧怕：难道这一天这样简简单单地过去了吗？（所以我非要写日记不可）我有时候觉得生活是一幅画，我在这幅画里是什么颜色？我愿意设想我静坐读书的姿势，高声唱歌的神情，以及如何说笑、沉思……我过去很少想自己，想，也往往是一二三，上中下，分开优点与缺点，"应注意的问题"与"今后努力的方向"。那时候比现在好，比现在轻松。不，不，那时候我太傻，还像个流着鼻涕的小丫头……[1]

在这段对恋爱心理的描写中，让人印象最为深刻的莫过于对作

---

1. 王蒙：《青春万岁》，人民文学出版社 1979 年版，第 194 页。

为风景的日常生活的发现。在柄谷行人的理论中,风景的发现作为一种认识论装置,是与"内面的人"同时出现的,"只有在对周围外部的东西没有关心的'内在的人'(inner man)那里,风景才能得以发现。"[1]过去作为"少年布尔什维克"的郑波从未留意过身边的日常生活,田林的示爱不仅使她重新发现了日常生活的风景,也同时发现了自我,甚至于开始关注起了自己的容貌:"我美不美呢?今天我换了一件浅色的衣服。梳头的时候,我照了半天镜子,我向着镜子笑。我的眉毛还是挺长的,眼睛也很秀气,可是,我的鼻子那么矮。我不美,我一点也不美。可是,我也不丑吧?我哪儿能丑呢?照着镜子,我觉得郑波她还是挺可爱的。"[2]然而,"少年布尔什维克"的政治觉悟立刻便使郑波警觉到了问题,并及时打断了自己的遐想,由此显示了恋爱与革命的紧张关系。在郑波的意识中,恋爱以及婚姻都意味着进入日常生活的领域,正因为如此,遭遇田林的示爱才使得郑波"觉察自己有一种被生活强烈的吸引的感情"[3],但日常生活与革命又被认为是相互排斥的,接受恋爱也便意味着要放弃革命的纯粹性。正是基于这一认识,郑波不仅在内心不断质疑人为什么要结婚,而且还以拒绝生活的名义来拒绝恋爱:"我的生活还没有开始"[4],"但那不是我的,还不是我的!"[5]

郑波关于恋爱、婚姻与日常生活的困惑,在她与解放前一起战斗

---

1. 〔日〕柄谷行人:《日本现代文学的起源》,赵京华译,生活·读书·新知三联书店 2003 年版,第 15 页。
2. 王蒙:《青春万岁》,人民文学出版社 1979 年版,第 194 页。
3. 同上书,第 195 页。
4. 同上书,第 253 页。
5. 同上书,第 256 页。

过的上级、已婚青年黄丽程的对话中，被直接抛到了前台。面对刚结婚不久的黄丽程，郑波不仅质问人为什么会结婚的问题，而且还直言不讳地讲出了自己认为结婚与作为职业革命者之间存在冲突的想法。正由于担心结婚之后会变得庸俗，郑波无法接受田林的求爱，并希望以此继续保持自身革命的纯粹性。为了宽慰郑波，黄丽程则发表了一番有关革命与日常生活之关系的精彩言论："要永远记住我们最初走向革命的时候所受到的教育，使我们不仅是在战斗中，而且要在和平建设中，不仅在冲破宪兵包围的时候，而且在烫着头发的时候，（她撩一撩头发）都有一样的火热的斗志。"[1]虽然宣称烫头发与革命斗志可以并行不悖，但事实上日常生活与革命的紧张并不会因此消逝，在说完这番话后，黄丽程也随即补充道："当然，这不容易。"事实上，郑波和黄丽程面对日常生活时的这种紧张感，也同样来自身为"少年布尔什维克"的王蒙自己。小说中讲述郑波拒绝了田林的示爱后，日常生活风景不仅再度大量涌现，叙述人（也是王蒙自己）也忍不住直接现身说法地评说道："为什么郑波不能够静静地享受这奔流不息的生活的美妙呢？为什么她的心不能平静？为什么她要使田林——她所尊敬和喜爱的人含泪走开？难道事情不能是另一个样子么？假使……啊！"[2]

如果说郑波对恋爱的拒绝展现了"少年布尔什维克"的革命觉悟，那么，小说中杨蔷云的恋爱则更多展现了被革命压抑的私人情感。相较于带有革命禁欲主义倾向的郑波，热烈开朗、个性冲动的杨蔷云，无疑能更为自由地面对自己的情感世界。在与大学生张世群的

---

1. 王蒙：《青春万岁》，人民文学出版社 1979 年版，第 243 页。
2. 同上书，第 256 页。

交往中，杨蔷云非但没有如郑波一般将爱情拒之门外，反而表现出了主动追求的姿态。她不仅在五一劳动节游行庆典的人群中到处寻找张世群的身影，后来更在情感驱使下主动前往地质大学面见张世群。与借助日记来表现郑波的内心波动不同，小说更为直接地以梦境的方式描写了杨蔷云的恋爱心理。梦中杨蔷云穿越一个又一个陌生的庭院（在苏宁家的感受），遇见了宿舍门卫老侯的阻挡（规章制度的限制）与团总支书记吕晨（来自政治的阻扰），终于见到病中的张世群和他的表姐——"一个美丽的、高大的、成熟的女人"[1]（来自日常生活的竞争），这极具弗洛伊德意味的心理描写充分揭示了杨蔷云在革命意识压抑下的情感世界。即便小说中对杨蔷云恋爱心理的描写没有在1978年"抓纲治国"氛围下被视作"感情不健康"的内容而遭删减，王蒙也自觉地安排了这段恋爱以并不完美的结局。当张世群告诉杨蔷云他爱上了同班女同学，杨蔷云心中的爱情火花被瞬间扑灭，并为革命友谊所填充。这一情节处理的背后，仍然是"少年布尔什维克"在面对日常生活时的恐惧。

由此可见，虽然《青春万岁》把政治世界与生活世界的互动视作打造新生活的出发点，但小说中两段恋爱却又透露了这一互动中无法安放的部分——以恋爱面目出现的"少年布尔什维克"在面对日常生活时的困惑。尽管两段恋爱分别以自觉（郑波）和不自觉（杨蔷云）的方式呈现了这一困惑，但无论是文本内的"少年布尔什维克"郑波对于恋爱的拒绝，还是文本外的"少年布尔什维克"王蒙对于杨蔷云恋爱的打断，其实又都构成了对这一困惑的象征性解决。正是通过文

---

1. 王蒙：《青春万岁》，人民文学出版社 1979 年版，第 291 页。

　　　　　　　　　　　　　　　　　理 论 的 边 际

本内外的合力，恋爱被迫停止在了青春期懵懂情愫的阶段，而未能真正进入日常生活的领域。这个被阻断了的青春期恋情打动了一代又一代的读者，但小说中被象征性地压抑下去的日常生活，难道真的可以一劳永逸地被排除在革命激情之外吗？或者换用黄丽程的话来说，烫头发的时候真的可以毫无扦格地保持火热的革命斗志吗？事实上，王蒙出版于1992年小说《恋爱的季节》便可视作这一问题的回答。虽然这部小说常被视作对《青春万岁》的重写，但从题目中便可得知，恋爱已然在重写中取得了支配性的地位，而与恋爱同时复归的便是日常生活的正当性。通过讲述一群怀抱浪漫革命理想的"少年布尔什维克"如何接受日常生活的再教育，《恋爱的季节》在对《青春万岁》进行反讽性重写的同时，也等于彻底否定了烫头发时也能保持火热斗志的可能性。

四、反官僚主义的思想起源：生活对政治的介入及其失败

《青春万岁》作为王蒙文学创作的起点，体现了"少年布尔什维克"站在1953年"新的历史时期的门槛上"对于生活与革命之关系的理解，亦即通过政治世界与生活世界的互动来打造新的生活观的尝试，但小说中的两段恋爱描写以中断的方式使得日常生活的困惑得到了象征性解决，却又透露了生活世界中那些无法在与政治世界的互动中合理安放的部分。这种打造新生活观的努力及其困惑不仅构成了《青春万岁》的精神底蕴，同样也被带入了同时期《组织部新来的青年人》的写作。晚年王蒙在回顾《组织部新来的青年人》的写作时，便特别强调了它与《青春万岁》的关系："它也是青春小说，与

《青春万岁》一脉相承。"[1] 这意味着对《组织部新来的青年人》的考察应该放置到《青春万岁》的延长线上来进行。尽管《组织部新来的青年人》一经发表便被解读为了反官僚主义的作品，无论是对这个小说的批评还是肯定，甚至是毛泽东对王蒙的保护，[2] 都立足于反官僚主义的问题视域，但事实上，王蒙本人未必认同于这一理解。他不仅在当时便撰文进行了有限的申辩与回应，此后更多次表达了不同看法。在其复出后第一部小说集《冬雨》后记中，王蒙便集中阐述了自己的意见：

> 小说中我对于两个年轻人走向生活，走向社会，走向机关工作以后的心灵的变化，他们的幻想、追求、真诚、失望、苦恼和自责的描写，远远超过了对于官僚主义的揭露和解剖。如果说小说的主题仅仅是"反官僚主义"，我本来应该着力写好工厂里王清泉厂长与以魏鹤鸣为代表的广大职工之间的矛盾和斗争。但是，请看，作品花在这条线上的笔墨，甚至还没有花在林震与赵慧文的"感情波流"上的多。我有意地简化和虚化关于工厂的描写，免得把读者的注意力吸引在某个具体事件上。再说，作为林震的主要对立面的刘世吾的形象，如果冠之以"官僚主义"的称号，显然帽子的号码与脑袋不尽符合。但作品的客观效果是不能不承认的，于是人们说起反官僚主义就要举出它来。这真令人不知是荣幸、烦恼还是惭愧。当然，这也不是说反官僚主义不是小

---

1. 《王蒙自传》第一部《半生多事》，花城出版社 2009 年版，第 142 页。
2. 参见《毛泽东在颐年堂上的讲话》，洪子诚整理，洪子诚：《材料与注释》，北京大学出版社 2016 年版，第 10 页。

理论的边际

说的内容的一个重要方面。[1]

　　确如这段论述中所指出的，在说明反官僚主义并非小说主旨的问题上，刘世吾形象是一个关键。与反官僚主义解读常常将林震与刘世吾视作对立面的做法不同，小说其实反讽性地揭示了二者的共同点。刘世吾不仅与林震一样爱好文学，而且还因之而充满了浪漫想象："当我读一本好小说的时候，我梦想一种单纯的、美妙的、透明的生活。我想去当水手，或者穿上白衣服研究白血球，或者当一个花匠，专门培植十样锦……"[2] 对刘世吾的另一面的发现，在令林震震惊的同时也拉近了与之的距离。事实上，在 1957 年对各方批评的回应中，王蒙已然道出了刘世吾形象的玄机："我着重写的不是他工作中怎样'官僚主义'（有些描写也不见得宜于简单地列入官僚主义的概念之下），而是他的'就那么回事'的精神状态。形成刘世吾的原因许多同志已经做了分析，除了同意他们的看法以外，我觉得刘世吾所以称为刘世吾，还在于他脱离了群众、脱离了生活。"[3] 如果说这里的"脱离了群众"尚与官僚主义有关系，那么，"脱离了生活"传达的则是王蒙关于刘世吾形象的独特理解：将政治世界与生活世界截然分离，而这也体现为小说中刘世吾的名言——"一个布尔什维克，经验要丰富，但是心还要单纯……"[4] 在此意义上，林震与刘世吾的真正区别乃体现为前者要求生活与政治互动的青春稚气，后者则立足于将生

---

1. 《〈冬雨〉后记》，《王蒙文集》第 7 卷，华艺出版社 1993 年版，第 685 页。

2. 《组织部来了个年轻人》，《王蒙文集》第 4 卷，华艺出版社 1993 年版，第 51 页。

3. 《关于〈组织部新来的青年人〉》，《王蒙文集》第 7 卷，华艺出版社 1993 年版，第 588 页。

4. 《组织部来了个年轻人》，《王蒙文集》第 4 卷，华艺出版社 1993 年版，第 54 页。

活与政治截然分离的世故圆滑。

事实上，不仅《组织部新来的青年人》中对刘世吾与林震形象的塑造，共享着《青春万岁》中以政治世界与生活世界的互动来构筑新生活观的理解，小说在林震与赵慧文"情感波流"上花费的笔墨，同样也与日常生活中那些无法在政治世界与生活世界的互动中合理安放的困惑有关。无论是小说中的吃馄饨、听柴科夫斯基作品，还是"我们把荸荠皮扔得满地都是"这些与官僚主义毫无关系的细节，其实都传达了"少年布尔什维克"王蒙关于日常生活的理解。尽管在《青春万岁》中以恋爱中断的方式被象征性地解决，但在对林震与赵慧文的"情感波流"的描写中，这些困惑不仅再度回归，而且还带来了更为直接的呈现。在《组织部新来的年轻人》发表后所招致的批评中，这些对生活细节与恋爱心理的描写便常常被批评为小资产阶级情绪作祟，而这一批评甚至也为王蒙本人所接受。在《关于〈组织部新来的青年人〉》一文中，王蒙便从这一角度对自己的问题进行了反省："由于作者的心灵深处还存在着一些和林震'相通'的东西——它们是对于生活的'单纯透明'的幻想，对与小资产阶级知识分子的孤芳自赏、与狂热心理的玩味，不喜欢'伤感'却又伤感点缀自己的'精神世界'等等，又由于作者放弃了自觉地评价自己任务的努力——于是，违背了作者的初衷，作者钻到了林、赵的心理，一味去体验他们的喜怒哀乐，渲染地表现他们的情绪，替他们诉苦……掌握不住他们，反而成为他们的思想感情的俘虏。"[1]

由此可见，即便小说发表后围绕反官僚主义开展的讨论使得王

---

1. 《关于〈组织部新来的青年人〉》，《王蒙文集》第 7 卷，华艺出版社 1993 年版，第 587 页。

蒙无法否认"反官僚主义不是小说的内容的一个重要方面",但至少其出发点并非反官僚主义,而是源于前述作为"青年布尔什维克"的王蒙通过政治世界与生活世界的互动来构想新的生活观的努力及其困惑。与《青春万岁》不同的是,《组织部新来的青年人》将故事场景设定在组织部这个具有代表性的行政机关中,在很大程度上也可视作其从新生活观及其困惑出发来介入政治的尝试。在对各方批评的回应中,王蒙便明确地将小说的复杂性归结为生活的复杂性,只不过这一理解已然被反过来指认为了自己的问题所在:"没有努力依靠马克思列宁主义的光辉照亮自己的航路,却在这观点、思想、情绪波流组成的大海中淹没了"[1],由此王蒙进一步围绕生活与政治的关系对自己进行了检讨:

> 作者以为有了生活的真实就一定有了社会主义精神,其实是不去自觉地追求社会主义精神;以为有了现实的艺术感受就可以替代无产阶级的立场、观点、方法,似乎那只是写政策论文的时候才需要,写小说的时候用不上;以为反映了生活就一定能教育读者,其实是不去自觉地评论生活,教育群众。作者是坚决反对把社会主义精神与生活真实割裂开来的,反对作品中外加的"教育意义"的。但因此作者陷于另一种片面性中,只要"生活真实",不要社会主义精神,其实,这也正是把社会主义精神与生活真实割裂开,把"生活真实"孤立地"圣化"起来。[2]

---

1. 《关于〈组织部新来的青年人〉》,《王蒙文集》第 7 卷,华艺出版社 1993 年版,第 589 页。
2. 同上书,第 590 页。

这段自我批评中所谓的"坚决反对把社会主义精神与生活真实割裂开来的",再次透露了王蒙从政治世界与生活世界的互动来构建新生活观的出发点,只不过,当他在舆论压力下承认自己的问题出在"只要'生活真实',不要社会主义精神",并认为这一做法导致"把社会主义精神与生活真实割裂开"的时候,其实又是以颠倒的方式揭示了真相:如果说《组织部新来的青年人》延续了《青春万岁》中以政治世界与生活世界的互动来打造新生活观的思路并以之反过来介入对政治的尝试,那么,王蒙的这一自我批判则无疑昭示了这一尝试的失败。认定自己的问题在于"只要'生活真实',不要社会主义精神"时,意味着王蒙不仅接受了政治世界与生活世界的分裂,而且还承认了政治在二者中的支配性地位。如果把这种分裂视作"成长"的话,那么,获得"成长"的也就不只是小说中的林震,而是同样包含了作者本人。然而,"少年布尔什维克"通过"成长"走向"政治成熟"的同时,也等于宣告了前述构造新生活观努力的终结。通过将"少年布尔什维克"面对日常生活的困惑指认为小资产阶级情绪,那些曾经无法被合理安放的困惑被视作危险的、需要被压抑的因素,从而获得了属于政治正确的安放:"当自觉的、强有力的马列主义的思想武器被解除了之后,自发的、隐藏的小资产阶级(或其他错误的)思想情绪就要起作用了,这种作用,恰恰可悲地损害了生活的真实。"[1]不过,正如《青春万岁》中被压抑下去的恋爱会在《组织部新来的青年人》中复归一样,在政治批判中被压抑下去的困惑并不会真的消逝,此后的社会主义实践仍将经历它们卷土重来的时刻。

---

1. 《关于〈组织部新来的青年人〉》,《王蒙文集》第7卷,华艺出版社1993年版,第590页。

余　论

　　《青春万岁》作为王蒙的小说处女作，包藏着王蒙从事文学创作的起源性密码，其核心正在于对生活与革命之关系的理解。正如王蒙在回顾自己的创作初衷时所说的："正是这种对于生活的爱，这种被生活所强烈地吸引、强烈地触动着的感觉，使我走向了文学。"[1] 无论是立足于通过政治世界与生活世界的互动来构建新生活观的努力，还是以恋爱中断的象征性解决把日常生活的危险排斥在外的文学处理，都传达了"少年布尔什维克"王蒙站在 1953 年"新的历史时期的门槛上"对生活的理解与困惑。这种理解与困惑不仅构成了《青春万岁》的底蕴，也被带入了《组织部新来的青年人》。后者不仅以体现政治世界与生活世界互动的青春稚气来克服将二者分离的圆滑世故，那些曾经被象征性地压抑下去的关于日常生活的困惑也借助于对林震与赵慧文"情感波流"的描写得以复归。虽然体现了以新生活观及其困惑来介入政治的努力，但小说发表后遭遇的批判却昭示这一努力的挫败。在自我批评中，王蒙不仅接受了政治世界与生活世界的分离，而且还认同了政治的支配性地位，而这也便为后来的倒转积蓄了势能。

　　如果说通过政治世界与生活世界的互动来构建新的生活观构成了王蒙文学的思想起源的话，那么，接受二者的断裂无异于其精神结构上的一次重大转折。虽然"文革"结束后作为归来者的王蒙再度高举

---

1. 《倾听着生活的声息》，《王蒙文集》第 6 卷，华艺出版社 1993 年版，第 113 页。

生活的大旗，热烈歌颂生活的美好，并将之追溯至自己的小说处女作《青春万岁》，但这种对生活的理解已然是政治世界与生活世界发生断裂之后的产物。只不过，与 1957 年政治世界凌驾于生活世界之上的状况不同，二者的关系在新时期初已然发生了倒转：日常生活被视作自在的、自足的、恒常的领域，而政治世界则被视作危险的、充满破坏性甚至被认为是荒谬感的来源。这个独立于政治世界之外的生活世界的合法性的再度确立，作为新时期初中国思想领域的重大事件，不仅赋予了生活以治愈政治创伤的功能，甚至还成为了用以对抗政治的领域。就此而言，不仅是王蒙，甚至于整个新时期初的文学都多少可视作这一思想转变的注脚。虽然通过将政治世界与生活世界相分离以及对生活世界合法性地位的确立，新时期文学的历史车轮得以再次启动，但它在 20 世纪 50 年代的思想起源却被遗忘了。

（原刊于《文艺争鸣》2020 年第 4 期）

逃逸内面中的浪漫鬼魂

——徐訏《鬼恋》与中国现代文学的忧郁书写

一、重释"浪漫"：作为逃逸的内面

　　作为新时期以来被重新发现的现代作家之一，徐訏因其兼容雅俗的风格常被冠以"后期浪漫派""新浪漫派""消极浪漫派""后浪漫派"的名号。[1] 这些围绕"浪漫"出现的命名策略，除了用以指涉徐訏小说题材上对浪漫传奇的偏爱外，都诉诸于已在新文学中确立经典地位的五四浪漫主义的关联来为其文学史定位提供依据。对于徐訏身上这种独具特色的浪漫主义，徐訏研究的重要开拓者吴义勤曾加以概括道："在40年代，徐訏再次举起浪漫主义大旗，创作了一大批小说，重振了浪漫主义的雄风，并且揉进了现实主义和现代主义成分，

---

1. "后期浪漫派"出自严家炎：《中国现代小说流派史》，北京大学出版社1989年版；"新浪漫派"出自朱德发：《二十世纪中国文学流派论纲》，山东教育出版社1992年版；"消极浪漫派"出自陈思和：《试论〈无名书〉》，《当代作家评论》1998年第6期；"后浪漫派"则出自李晓宁：《后浪漫派简论》，《青海师范大学学报》1998年第1期。除了围绕"浪漫"展开的命名之外，还存在着"后期现代派"（孔范今）、"通俗的现代派"（吴义勤）、"后期海派"（吴福辉）、"新海派"（王晓初）、"后期鸳鸯蝴蝶派"（解志熙）、"外雅内俗"（孔庆东）等众多命名方式。

有意识地对浪漫主义加以提升。他的作品在激情中注进理性、哲理的思考，注重情感的过滤和净化，再无现实主义的直白，又无浪漫主义的滥情，以现实主义丰富着浪漫主义的厚度，以现代主义加强着浪漫主义的深度，真正完成了以'浪漫主义'对'浪漫主义'的超越。"[1]无论是前述命名策略中运用"后期"、"后"、"新"、"消极"等进行的标示，还是"以'浪漫主义'对'浪漫主义'的超越"进行的概括，其实又都旨在揭示徐訏式浪漫与五四浪漫主义的不同。

事实上，将徐訏式浪漫与五四浪漫主义区分开来的做法还可追溯至更早。1948年，一篇题为《蝴蝶·梦·徐訏》的文章便通过区分两种浪漫对徐訏进行批评。文中指出，徐訏小说"追求神秘，歪曲现实，不幸他的浪漫没有力量，没有时代和他配合"，"真正的浪漫归结为爆发革命与强烈的对抗性，而徐訏的浪漫是逃避、麻醉、出世、宿命、投降"，并名之为"新鸳鸯蝴蝶派"。[2]虽然出于对通俗娱乐性的贬低而将徐訏目为鸳鸯蝴蝶派的批评并不罕见，但该文的独特之处却在于不仅强调了其对时代政治的"歪曲"与"不配合"，而且还将之与特殊的浪漫相联系。而对于指认自己疏离于政治的批评，徐訏并不讳言，他不仅将文艺为政治服务树立为抨击对象，甚至还将娱乐性的缺失追溯为五四新文学走向政治功利主义的先天缺陷，[3]只不过，他并不同意对自己"新鸳鸯蝴蝶派"的指认，在其眼中，浪漫主义与鸳鸯蝴蝶派可谓风马牛不相及。对此他在《启蒙时期的所谓写实主义与浪

---

1. 吴义勤：《徐訏的意义——为徐訏诞辰100年而作》，《文学评论》2008年第6期。
2. 孟超等：《蝴蝶·梦·徐訏》，《大公报》1948年12月16、17日。
3. 徐訏：《五四以后文艺运动中的道学头巾气》，《场边文学》，上海印书馆1971年版，第35页。

漫主义》一文中专门强调称:

> 我们从严肃的艺术的角度,从历史上的伟大的作品来看,文学与艺术一样,伟大的作品一方面固然可以是社会的。另一方面则往往是生命的。前者是外在的、社会的、政治的、经济的,后者则是内在的、生物的、生理的、心理的。前者可以说是唯物的,后者可以说是唯生的。这可以说是因作家的气质风格趣味而不同。写实主义多数属于前者,浪漫主义多数属于后者。至于鸳鸯蝴蝶派那就两样都不是,是一种脱离社会而又不接触生命的把戏。[1]

虽然同样反对鸳鸯蝴蝶派,但徐讦的批评却显示出了不同于五四新文学的思路:如果说后者依赖于新旧对立逻辑的话,那么,徐讦的批评则源于他对写实主义与浪漫主义的特殊理解:现实主义是"外在的、社会的、政治的、经济的",浪漫主义则是"内在的、生物的、生理的、心理的"。在徐讦这里,浪漫主义作为体现"唯生"哲学的先进创作方法被推崇备至,而被视为落后的"唯物的"写实主义则被宣判为把握客观世界的一种失败尝试:"写实主义认为艺术家的任务就是反映真实的外界,但那是追求外界的真实到了极点,这真实就变得非常空虚……所以我们的表达,既不能真实地表示外界,还不如老老实实地表达我所获得印象或我的感觉。这又从外界回返到

---

1. 徐讦:《启蒙时期的所谓写实主义与浪漫主义》,《徐讦文集》第 10 卷,上海三联书店 2003 年版,第 29 页。

我了。"[1] 这个由印象和感觉所构成的"我",作为现实主义与浪漫主义之共同起源的现代文学视景,早就为波德莱尔所揭示:"浪漫主义恰恰即不在题材的选择,也不在准确的真实,而在感受的方式。他们在外部寻找它,而它只有在内部才有可能找到。"[2]

柄谷行人在对现代文学起源的分析中则进一步指出,所谓现实主义与浪漫主义的对立其实诞生于共同的事态,即两者都以颠倒的方式参与了内面的人的生产:"风景并不是一开始就存在于外部的,而须通过对'作为与人类疏远化了的风景之风景'的发现才得以存在"[3],"不是有了应隐蔽的事情而自白,而是自白之义务造出了应隐蔽的事物或'内面'。"[4] 这种"内面的发明"同样存在于中国现代文学,浪漫主义的自白便被推崇为个性解放的文体形式。然而,与柄谷行人强调"内面的人"的出现有意隐藏其与政治的关联不同,[5] 中国现代文学中的"内面的人"的出现则呈现出詹姆逊所说的民族寓言性:"第三世界文学,甚至是那些表面上看起来好像是关于个人和力比多驱力的文本,总是以民族寓言的形式来投射一种政治:关于个人命运的故事包含着第三世界大众文化和社会受到冲击的寓言。"[6] 如果说詹姆逊所说的民族寓言性暗中构成了新文学浪漫主义的特点,那么,徐訏式浪漫则以内

---

1. 转引自吴义勤:《徐訏的意义——为徐訏诞辰 100 年而作》,《文学评论》2008 年第 6 期。
2. 〔法〕波德莱尔:《一八四六年的沙龙》,《波德莱尔美学论文选》,郭宏安译,人民文学出版社 1987 年版,第 218 页。
3. 〔日〕柄谷行人:《日本现代文学的起源》,赵京华译,生活·读书·新知三联书店 2003 年版,第 19 页。
4. 同上书,第 70 页。
5. 同上书,第 89 页。
6. 〔美〕弗雷德里克·詹明信:《处于跨国资本主义时代中的第三世界文学》,张旭东编:《晚期资本主义的文化逻辑》,生活·读书·新知三联书店 1997 年版,第 523 页。

外世界的断裂为前提：只有切断了与"外在的、社会的、政治的、经济的"联系，"内在的、生物的、生理的、心理的"才得以呈现。

虽然同样立足于"内面的人"来重新定义其心目中的浪漫主义，在这一点上，徐訏分享了与新文学的共同追求，但当他严格地将"外在的、社会的、政治的、经济的"与"内在的、生理的、生物的、心理的"加以区分，并作为写实主义与浪漫主义的分野，却有意切断了"内面的人"与政治的寓言性关系，由此形成的乃是区别于五四浪漫主义的一种特殊的内面：对"内在的、生理的、生物的、心理的"世界的沉溺，同时也是对"外在的、社会的、政治的、经济的"世界的非寓言性的逃逸。这个作为逃逸的内面，对于理解徐訏及其文学世界而言极为重要，因为它不仅提供了徐訏式浪漫在艺术形式上的自觉，即确立用"唯生的"心理真实来取代"唯物的"社会现实的创作方法，而且也促成了其政治态度上告别革命的自觉。问题在于这种作为逃逸的"内面"是如何出现，其背后又存在何种机制？如果"内面的发明"在中国现代文学中的出现诚如詹姆逊所指出的那样关乎政治主体的生产，那么，作为逃逸的内面又将塑造出什么样的主体呢？对于这些问题的回答必须回到《鬼恋》，正是这个开启徐訏成熟风格并为之赢得"鬼才"称号的小说，为考察作为逃逸的内面提供了重要文本。

二、"鬼"之起源：逆写"革命加恋爱"

《鬼恋》的故事情节并不复杂："我"路遇一名自称为"鬼"的女子，并被其美貌与神秘气质所吸引。在与"鬼"的交往中，"我"越来越深陷情网难以自拔，而"鬼"却总是以自己是鬼为由拒绝"我"的求爱。虽然"我"最终揭穿了女子的真实身份，但真相大白非但没有促成这段恋爱，反而加剧了"鬼"的逃避，而"我"则在这段感情的折磨下病得奄奄一息，苦苦憧憬着"鬼"的眷顾，小说便在这种凄苦哀婉的等待中结束。虽然是一部讲述男女情爱的小说，《鬼恋》却胜在能够不拘一格地吸收多种元素来营造神秘奇幻的氛围，尤其是对传统人鬼恋题材（如《聊斋志异》）的借用与戏仿，更是为小说增添了扑朔迷离的神秘色彩。与"鬼"之身份的暴露往往构成传统人鬼恋故事的转折类似，《鬼恋》也存在这样一个情节上的转折点："鬼"并非真的鬼，而是一位受挫遁世的革命者。然而，也正是"鬼"作为革命者这一真相的浮出水面，向我们提示了《鬼恋》与中国现代文学中"革命加恋爱"小说的互文关系。

作为五四新文学向革命文学转型过程中出现的一种小说类型，"革命加恋爱"曾经由蒋光慈、洪灵菲、茅盾、丁玲等人的创作而在20世纪20年代末30年代初的文坛上风靡一时。虽然"革命加恋爱"小说旨在倡导革命，但无论是被描述为与革命的冲突还是与革命的相因相成，恋爱总是被设定为进步青年走向革命的必由之路，而革命则"有淹没在恋爱的海洋里"[1]的危险。正是出于对这一危险的认识，1932年"左联"对"革命的浪漫蒂克"进行了清算，重新摆正恋爱与革命的关系，将革命确立为主导方向。作为清算"革命加恋爱"小说的经典文献之一，茅盾的《"革命"与"恋爱"的公式》一文中便总结了"革命加恋爱"小说三种模式——"为了革命放弃恋爱"、"革

---

1. 沈端先：《叶永榛的〈小小十年〉》，《拓荒者》1930年第1卷第1期。

命决定了恋爱"和"革命产生了恋爱",它们在恋爱与革命关系的认识上乃分别对应于"恋爱比革命重要"、"恋爱与革命同样重要"和"革命战胜了恋爱"三个阶段,在茅盾看来,经由这三个阶段的进化活成,"革命加恋爱"实现了对自身的扬弃。[1]

由于这一扬弃关涉知识青年的自我转变,因此,"左联"对"革命加恋爱"的清算同样可以从"内面的发明"角度来加以理解。虽然作为五四时期主流话语的"恋爱"在青年人中有着强大的召唤力,它作为新文学的内面的,但在大革命中接受了无产阶级革命理论的革命文学倡导者眼中,这一"内面"已然成了转向革命的阻碍。瞿秋白便批评"革命加恋爱"小说"不能够深刻的写到这些人物的真正的转变过程,不能够揭穿这些人物的'假面具'——他们自己意识上的浪漫蒂克的意味:自欺欺人的'高尚理想'"[2],而冯雪峰更是从阶级分析的高度指出"所谓恋爱自由、热情,以至恋爱至上主义,又是什么呢?它只能是资产阶级的东西。"[3]可以说,正是"内面"的这个(小)资产阶级属性构成"左联"批判"革命加恋爱"小说的深层理由。对于 30 年代急于"向左转"的知识分子而言,要融入革命的洪流就必须放弃由五四恋爱话语构造出来的浪漫"内面",而投入革命则成为走出这一"内面"的有效途径。

与"左联"对"革命的浪漫蒂克"的清算不同,徐訏对"革命加

---

1. 《"革命"与"恋爱"的公式》,《茅盾全集》第 20 卷,人民文学出版社 1990 年版,第 337—338 页。
2. 《革命的浪漫蒂克》,《瞿秋白文集》(文学编)第 1 卷,人民文学出版社 1998 年版,第 457 页。
3. 冯雪峰:《从〈梦柯〉到〈夜〉》,《中国作家》1948 年第 1 卷第 2 期。

恋爱"小说的批评则来自截然相反的方向。他认为"革命加恋爱"小说的问题恰恰在于以恋爱为革命服务的意识，"概括的说，是革命与恋爱的冲突，革命总是占优势。这同初期的恋爱小说中家庭与恋爱冲突中，恋爱总是优势的情形刚刚相反。但其目的是一样，即利用文学为改造人生，改造社会去服务。"[1] 由此不仅"革命加恋爱"小说被其批评为"载道"的文学，就连文学研究会"为人生"的作品也被认为是"载道的改革社会的小说"，唯一能幸免的也就只剩下早期创造社描写恋爱心理的被其称为"为恋爱而恋爱"的小说。[2] 虽然对其中的"幼稚"与"肉麻"颇为不满，批评其为"情书主义"，但徐訏推崇"为恋爱而恋爱"应从心理层面去发掘的主张，却再次重申了从"内面"来定义浪漫主义的思路。如果说"左联"对"革命加恋爱"小说的批评旨在通过确立革命的主导来对小资产阶级的"内面"加以改造，那么，徐訏对作为逃逸内面的坚持，则无异于重返"左联"所批判的恋爱至上主义立场。

故此，对于徐訏而言，为了把恋爱从革命的主导下解放出来，也就必须对"左联"规划的革命与恋爱的关系进行逆写，《鬼恋》即体现这一逆写的作品：小说中既没有因革命而放弃恋爱，革命也没能成为恋爱的决定性因素或最终促成了恋爱，相反，革命的现身恰恰导致了恋爱的破灭，这一叙述乃是在"鬼"拒绝"我"的自述中得到交待："鬼"不仅自己曾是一位冒着生命危险执行暗杀任务并因此坐牢和流亡国外的革命者，而且她还爱过一个比"我"要入世万倍的革

---

1. 徐訏:《五四以后文艺运动中的道学头巾气》,《场边文学》,上海印书馆 1971 年版,第 31 页。
2. 同上书,第 30 页。

命同志。虽然语焉不详，但这对投身于共同事业的革命恋人，恰恰提供了关于"革命加恋爱"的标准想象。然而，《鬼恋》的叙事却以这段前/潜叙事中的"革命加恋爱"的崩解为起点，正是恋人之死所导致的对革命的绝望提供了"鬼"与"我"的恋爱注定走向破灭的叙事前提。如果说"革命加恋爱"小说重在描述进步青年走向革命的"内面"转变，那么，对"革命加恋爱"的逆写则体现为从人到鬼的"内面"转变：

> "后来我亡命在国外，流浪，读书，一连好几年。一直到我回国的时候，才知道我们一同工作的，我所爱的人已经被捕死了。当时我把这悲哀的心消磨在工作上面。"她又换一种口吻说："但是以后种种，一次次的失败，卖友的卖友，告密的告密，做官的做官，捕的捕，死的死，同侪中只剩我孤苦的一身！我历遍了这人世，尝遍了这人生，认识了这人心。我要做鬼，做鬼。"[1]

对于这一从人变鬼的理由，范伯群认为近乎虚拟："这仅是一个'理由'，一个'虚拟'的理由，是由'人'变'鬼'的理由，只要能解决读者的悬疑就够了。当然也外带表达了作者对这个世界的、现实人生的'忧郁'。"[2]然而，这一"虚构"所传达的"忧郁"却并不简单。既然革命造成了作者对世界和现实人生的"忧郁"，那这就绝不只是一个"虚拟的理由"，也更不是纯属"外带"，而恰恰是理解徐訏式浪漫的重要依据。针对"革命加恋爱"小说中暴露出来的小资产

---

1. 徐訏：《鬼恋》，《徐訏文集》第4卷，上海三联书店2008年版，第179页。
2. 范伯群：《中国现代通俗文学史》，北京大学出版社2007年版，第558页。

阶级意识／无意识，如果说"左联"是通过重新确立革命对恋爱的主导地位来对之加以改造，那么，徐讦从恋爱至上主义立场对"革命加恋爱"方向的逆写，则反过来构成对小资产阶级主体的自我肯定。具体而言，这种小资产阶级的意识／无意识的自我肯定在文学题材的选择上的体现是"为恋爱而恋爱"，而其在作者精神构造上的体现则是作为徐讦式浪漫的逃逸的内面。就此而言，《鬼恋》对"革命加恋爱"的逆写充分体现了徐讦对其浪漫主义的独特定义："鬼"是作为内在的幽灵出现的，它的产生恰恰源自情感创伤所致的革命逃逸。

三、创造"鬼域"：忧郁症及其文本机制

创伤作为恋爱所挫之根源，使得《鬼恋》成了一个精神分析的文本。而事实上，徐讦从"内在的、生物的、生理的、心理的"角度来解释浪漫主义，在很大程度上便来自精神分析理论的影响。自北京大学哲学系毕业后，徐讦又留校继续修习了两年的心理学课程，由此奠定了他对弗洛伊德精神分析理论的终身兴趣，不仅熟悉精神分析理论，而且还善于将之运用于小说创作，以至于其小说被认为是"精神分析的形象化阐释"[1]。同样擅长于将精神分析理论运用于小说创作，施蛰存往往以变态性欲作为创作题材，而徐讦则更关注普通人的恋爱心理，其创作于 30 年代的《阿拉伯海的女神》《精神病患者的悲歌》

---

1. 田建民：《精神分析的形象化阐释——论徐讦的小说创作》，《河北大学学报》（哲学社会科学版）1997 年第 4 期。亦可参见程亦骐：《精神分析学派对徐讦三、四十年代小说创作的影响》，《中国现代文学研究丛刊》1992 年第 4 期。虽然揭示了精神分析理论对徐讦小说创作的影响，但这些研究却较少关注到精神分析作为徐讦的文学创作方法本身乃是以精神分析之对象出现的。

《吉普赛的诱惑》《荒谬的英吉利海峡》等代表作，不仅都以恋爱作为异域风情的载体，而且还特别专注于探索恋爱的病态心理。这一追求同样体现于《鬼恋》，在恋人与革命双重死亡打击下由人变鬼的女主人公，便是典型的忧郁症患者。

在著名的《哀悼与忧郁症》一文中，弗洛伊德区分了哀悼和忧郁两种心理。虽然都产生于重要事物的丧失所导致的创伤，但哀悼在一段时间后通过把力比多重新投向新的客体而获得痊愈，忧郁症则因力比多无法找到新的投射对象而转向自我内部，其"最突出的特征是非常痛苦的沮丧，对外在世界不感兴趣，丧失爱的能力，抑制一切活动，并且自我评价降低以至于通过自我批评、自我谴责来加以表达，这种情况发展到极致时甚至会虚妄地期待受到惩罚。"[1] 弗洛伊德指出，这些症候的产生乃是由于自我从根本上否认"失去"："如果针对对象的爱——虽然对象本身已被放弃，但这种爱仍然不会被放弃——在自恋认同中寻求庇护，那么针对这个替代对象的恨就会发作了，就会虐待它，贬低它，折磨它，并从它的痛苦中获得虐待狂性的满足。"[2] 由于把自我作为"失去"的替身来攻击，忧郁症乃是通过将"失去"纳入自我来保留"失去"所必须承担的后果。

作为忧郁症患者的"鬼"便产生自这一心理机制。在得知恋人的死讯后，"鬼"试图"把悲哀的心消磨在工作上面"，用革命这个替代品来弥补恋人的死亡。然而，接踵而至的革命绝望却使得力比多投射再一次受挫并最终转向自我内部，为了继续保有这份爱，唯一的方法

---

1. ［奥］西格蒙德·弗洛伊德：《哀悼与忧郁症》，载汪民安主编：《生产》第 8 辑，江苏人民出版社 2013 年版，第 3—4 页。
2. 同上书，第 8 页。

也就是把自己变成对方，像死者那样来爱，由此形成了两个阶段上的施虐关系：第一个阶段是把恨转嫁到作为替补的革命上，导致革命之死，第二个阶段则把恨转嫁到自恋认同中，其结果便是自我的死亡。在"鬼"身上，这种死亡也就是以鬼的方式来活："我是生成的鬼"[1]，"但是我不想死——死会什么都没有，而我可还要冷观这人世的变化，所以我在这里扮演鬼活着。"[2] 小说中的"鬼"不仅居住在死去恋人生前住过的房间里，通过保持房间原状和时不时穿着死去恋人的衣服来假装恋人还活着，而且当"我"揭穿"鬼"的丈夫就是她自己女扮男装时，"鬼"甚至直接讲出"我自己就是我的丈夫"[3]。

　　"鬼"的"施虐的满足"不仅来自自我的否定，也来自对"我"的拒绝。在与"我"的交往中，"鬼"之所以不断地提示"我是鬼"，也就是通过不断模仿恋人之死，来达到某种否定"失去"的效果。这种向外的施虐除了可以减轻"鬼"的自我谴责，使之不至于自杀外，更重要的是造成了忧郁的复制。小说之所以没有在真相暴露时结束，而是继续写了"我"大病后的遭遇，便着眼于这种复制。病愈后的"我"租住在"鬼"的住所，"所有的家具我都没有移动。第一天晚饭后我坐在过去常坐的沙发上，开亮那后面黄色的电灯，抽动她送给我的 Era，我沉入在回忆中"[4]，"我就这样静住在那里每天想象过去'鬼'在这个楼上的生活。我回忆过去，幻想将来，真不知道做了多少梦。"[5] 甚至于医院护工周小姐，也同样因被"鬼"的女扮男装所迷

1.　《鬼恋》，《徐讦文集》第 4 卷，上海三联书店 2008 年版，第 162 页。

2.　同上书，第 180 页。

3.　同上书，第 162 页。

4.　同上书，第 189 页。

5.　同上书，第 191 页。

惑，加入恋爱受挫的忧郁者行列。就此而言，与其说小说的主人公是"我"或者"鬼"，不如说是忧郁症本身。

从"鬼"到"我"再到周小姐，忧郁可以说是小说中每一个人都无法逃离的宿命，而恋爱则成为传递无尽忧郁的中介。如果说忧郁是"鬼"的诞生之地，那么，忧郁的传递则使得整个小说成为了循环往复的"鬼域"。就此而言，"鬼域"乃是以作为逃逸之内面的文学机制出现的，进入"鬼域"也就意味着进入与现实隔绝的内在世界，而忧郁则构成了这一内在世界的底色；与此同时，这个鬼影幢幢的"鬼域"也揭示了所谓浪漫不过是忧郁症内面所营造的幻象，正如徐訏自己所言："浪漫主义在追寻完美失败或失望之后，常常回到了现实中的我。这个我的所有，往往也只是一些感伤的空虚的感情，或者是在完美追求过程中的一些幻象。"[1]虽然遭遇了失败与失望之后的"我"已被感伤的空虚的感情或幻象所取代，但现实并没有因此而消失不见，而是始终在文本的裂隙处徘徊，并随时在忧郁机制中闪回。正是这一闪回在文本裂缝处的现实，才构成了小说的真正幽灵。

这意味着"鬼域"作为徐訏小说独特的文本机制，虽然产生自作为逃逸的内面，却同样存在着现实的根源。严家炎已然注意到，《鬼恋》这个开创了徐訏成熟写作风格的小说同时也是解读其思想转变的重要文献。[2]事实上，1936年底在巴黎写作《鬼恋》的徐訏，正处在思想转变的重大关头。此前的徐訏作为一名对马克思主义的充满兴趣

---

1. 转引自吴义勤：《徐訏的遗产——为徐訏诞辰100周年而作》，《文学评论》2008年第6期。
2. 严家炎：《中国现代小说流派史》，人民文学出版社1989年版，第298页。

的青年，不仅狂热地阅读马克思的著作，专门买来英译本《资本论》研读，而且还尝试将心理学的兴趣与马克思主义理论相结合，甚至于一度冒出想要在"中国左翼文化总同盟"下成立"左翼心理学家同盟"的念头。尽管后来参与林语堂主编的《论语》《人间世》的编辑工作，与当时"左联"以外的自由主义文化人来往颇多，但据徐訏自称，他的马克思主义情结并没有因此受到影响。[1]真正的转变发生在其赴法留学期间。由于阅读到纪德《从苏联归来》等反映苏联黑暗面的书籍，尤其是审判托洛茨基的报告，使得徐訏对革命的纯洁性提出了质疑，并由此引发了一连串的思想改变。

由此可见，革命在《鬼恋》中的现身也就并非范伯群所言的"近乎虚构"，而是存在着现实的依据，正是这一闪现于叙事裂隙处的革命，使得在作者意志中被排斥出去的现实又幽灵般地复归，由此也暴露了《鬼恋》乃是一个经过了复杂编码转码的文本。无论是以伯格森还是以弗洛伊德面目出现的"内在的、生物的、生理的、心理的"世界，其实都是在与以马克思主义为代表的"外在的、社会的、政治的、经济的"世界的诀别中产生的，而这一诀别与小说中"鬼"的遭遇乃存在着高度的寓言意义上的同构性。如果说小说中"鬼"的从人到鬼的内面变化是由现实创伤引发的力比多回撤所致，那么，徐訏在巴黎经历的思想剧变同样产生了一个力比多回撤的过程，作为逃逸的内面便是这一力比多回撤的产物。就此而言，"鬼"和徐訏都不可避免地陷入由力比多回撤所导致的忧郁。而这也意味着《鬼恋》不只是

---

1. 徐訏:《我的马克思主义时代》,《现代中国文学过眼录》, 时代文化出版企业有限公司1991年版, 第379页。

一个讲述忧郁症的文本，同样也是一个将自身呈现为忧郁症的文本，二者在忧郁书写中重叠在了一起。

四、忧郁书写与中国现代文学的内面政治

忧郁书写不仅把忧郁作为书写对象，也承载着书写者自身的忧郁，正如潘斯基在对忧郁的辩证分析中所指出的："当书写的对象是不可言传者、是忧郁的时候，那就只有在一个情况下才能把它的用意'传达'出来，那就是书写必须源于它的对象——忧郁述说它自己：忧郁总是说自己也写自己。"[1] 潘斯基认为忧郁书写的复杂性在于一方面存在着使书写者"被更加残酷地丢回到忧郁沮丧之彻底的内在性里"的危险，另一方面却也包含了对自身的克服和否定之可能，并以本雅明为例指出："本雅明批判书写的核心直接地针对忧郁、否定忧郁、尝试克服忧郁。但这意味着本雅明至少在他最公然书写政治批判的时期中也同时挣扎着要击溃他的'本性'，然而就是这'本性'——至少对阿多诺来说——构成了他批判本身的一个核心来源。"[2] 这种忧郁者利用自身的忧郁来克服它并将之转化为相反面的书写方式，被潘斯基称为"忧郁的辩证"。如果说忧郁的"彻底的内在性"导向了政治上的超然姿态，那么，"忧郁的辩证"则通过对忧郁的克服与超越，把忧郁所固有的无法行动的寂静主义导向对政治行动的承诺。这两种忧郁书写同样提供了思考中国现代文学内面政治的视野。

---

1. ［美］麦克斯·潘斯基：《忧郁的辩证·序》，刘人鹏、郑圣勋等编：《忧郁的文化政治》，蜃楼出版社 2010 年版，第 164—165 页。
2. 同上书，第 185 页。

中国现代文学自其发生时刻就与忧郁书写存在密切联系，郁达夫《沉沦》中那位饱受性压抑折磨的留日青年便是以忧郁症患者的面目出现的。这个被认为带有自叙传色彩的忧郁书写不仅寄托了郁达夫本人的忧郁，更被视作五四时期一代青年集体忧郁的象征。虽然小说主人公在忧郁症的折磨下走向了自杀，但经由其蹈海自杀前的呼告，一种新的政治主体却在读者心中被召唤而出。值得注意的是，这一在读者身上召唤出的政治主体作为对小说中的忧郁症的克服，恰恰是通过忧郁书写实现的。如同本雅明"忧郁的辩证"那样，郁达夫的忧郁书写同样产生了作为忧郁之否定的对政治行动的承诺。就此而言，五四青年走向革命乃新文学忧郁书写顺理成章的结果，而革命文学对五四新文学忧郁内面的否定，也与本雅明对左派忧郁病的批判如出一辙，其目的都是"要把那种将左翼知识分子与占据统治地位的布尔乔亚两边联系起来的隐秘阶级利益揭露出来，也为了要把统治阶级透过'左翼'文学来施展其权力时所表现的那种伪善不留情面地暴露出来。"[1]这意味着，虽然发端于新文学的忧郁书写，但唯有在对忧郁内面的小资产阶级属性的正视中，真正的革命主体才得以出现。

如果说"忧郁的辩证"揭示了新文学向革命文学转变的内面逻辑，那么，徐讦的忧郁书写则以"彻底的内在性"面目出现，其体现便是前述作为逃逸的内面。虽然忧郁书写都源于力比多回撤导致的忧郁，并且从本质上讲都是忧郁的自我叙述，但与"忧郁的辩证"总

---

1. ［美］麦克斯·潘斯基：《忧郁的辩证·序》，刘人鹏、郑圣勋等编：《忧郁的文化政治》，蜃楼出版社 2010 年版，第 168 页。

是在自身中走向自己的反面，亦即从内面来砸破内面不同，作为逃逸的内面却通过把否定的矛头对准外部世界，构成对"彻底的内在性"的肯定。尽管不可避免地要遭遇现实，但在从一个内面到另一个内面的不断逃逸中，忧郁书写却总能为忧郁寻找到安全的庇护所，而走向政治的可能则被无限延宕在了作为逃逸的内面之外。在此意义上，以作为逃逸之内面出现的忧郁书写实际上提供了忧郁的再生机制，而由于切断了与外部世界的联系，对作为逃逸之内面的书写越前进，现实也就越退隐到书写的地平面下，由此不仅形成了作为文本机制的"鬼域"，也产生了徐訏超然于政治之外的姿态。当郁达夫循着"忧郁的辩证"逻辑投身于抗战事业并牺牲在日本宪兵的枪口下时，徐訏却通过将战争背景纳入"彻底的内在性"的忧郁书写而大获成功。

进一步而言，两种忧郁书写其实又分别导源于两种不同观看机制。在本雅明那里，"如果忧郁的主体'生产'了忧郁的客体，那么那些客体自身也构成了一个世界，一个玄思对象的领域，而这些对象又回过头来构成了忧郁的观看方式。在忧郁的主体与忧郁的客体之间，这个观看的方式持续地存在于这两个构成环节间辩证的间隔的底层里。"[1]阿多诺便认为，正是这种"忧郁凝视"通过打碎历史的自然状态，带来了历史唯物主义的时刻。[2]而徐訏的忧郁书写则毋宁说更接近于弗洛伊德对作为白日梦的心理小说的分析："作家似乎是坐在

---

1. ［美］麦克斯·潘斯基：《忧郁的辩证·序》，刘人鹏、郑圣勋等编：《忧郁的文化政治》，蜃楼出版社 2010 年版，第 181 页。

2. ［德］西奥多·阿多诺：《本雅明〈文集〉导言》，郭军译，郭军、曹雷雨编：《论瓦尔特·本雅明：现代性、寓言和语言的种子》，吉林人民出版社 2003 年版，第 121 页。

他的头脑中，从外部观察其他人物。通常心理小说的特性无疑在于现代作家通过自我观察而将他的自我分裂为许多部分自我的倾向，结果就将他自己精神生活的冲突趋势表现在几个主角身上。……自我以旁观者的角色获得了满足。"[1]这正是徐訏式心理小说的观看机制。通过将自我对象化为文本，小说成为上演自我之戏剧的舞台，而自我则作为旁观者获得了安全的距离。当然，这种安全并不意味着分裂的消除，而仅仅是将分裂从自我的内部转移到了文本与现实之间。

这个忧郁症自我在书写中造成的文本与现实的分裂，一方面制造了作为内面的文学文本，另一方面也产生了政治上的哀悼姿态。在弗洛伊德的解释中，哀悼对逝者已逝的承认往往是通过贬低、诋毁甚至消灭逝者来实现的，正是在哀悼中产生了徐訏的反共姿态。然而，与弗洛伊德把忧郁与哀悼描述为前后相继的心理状态不同，在徐訏这里，忧郁与哀悼又是相互生产的：哀悼并非对忧郁的终结，而恰恰在反复的忧郁书写中出现。在对弗洛伊德的批判性解读中，朱迪丝·巴特勒曾指出忧郁症乃社会性之主体形成的关键："唯有吸纳他者，使其成为'自我'，'自我'才能够形成。"[2]但徐訏的忧郁书写对"外在的、社会的、政治的、经济的"世界的排斥，却显然阻断了这一主体的完成。在此意义上，徐訏将共产主义谴责为幽灵，并宣称早年附着在自己身上的幽灵已被驱除干净，[3]恰恰以陷入无穷无尽的"鬼域"为

---

1. ［奥地利］西格蒙德·弗洛伊德：《论文学与艺术》，国际文化出版公司2001年版，第105—106页。

2. ［美］朱迪丝·巴特勒：《心灵的诞生：忧郁、矛盾、愤怒》，何磊译，汪民安、郭晓彦主编：《生产》第8辑，江苏人民出版社2013年版，第78页。

3. 徐訏：《帽子主义与幽灵》，《现代中国文学过眼录》，时代文化出版企业有限公司1991年版，第182页。

代价。如此看来，小说中"鬼"的诀别——"这一段不是人生，是一场梦；梦不能实现，也无需实现，我远行，是为了逃避现实……以后我还是过着鬼的日子"[1]，又何尝不是徐讦写给自己的谶言？

结　语

综上可见，徐讦《鬼恋》实乃观察中国现代文学"内面"机制的重要文本。由于新文学"内面"的出现从一开始便与作为精神疾患的忧郁症密切相关，因而，忧郁的治愈也就顺理成章地成为内含于新文学发展的重要线索，前述左翼文学对"革命加恋爱"题材的批判便可被视作这样的一种治愈途径。尽管在此过程中忧郁并不能一劳永逸地被治愈，但"忧郁的辩证"却为政治的介入提供了可能，与之相反的则是《鬼恋》所提供的另一种忧郁书写。通过切断与外部世界的联系，这种作为逃逸的内面不仅放弃了被治愈的可能，并且将自己封闭在自我复制与循环的"鬼域"中。尽管在充满革命乐观主义的社会主义文艺中，忧郁被视作小资产阶级的负面情绪长期被压抑，但忧郁的生产机制却从未消失，当个体遭受政治挫折的危机时刻，我们仍将听见其不绝于耳的回响。

（原刊于《中国现代文学研究丛刊》2015 年第 12 期）

---

1. 《鬼恋》,《徐讦文集》第 4 卷，上海三联书店 2008 年版，第 181 页。

对视中的陌生人

——穆时英与现代文学的视觉政治

　　穆时英素有"新感觉派的圣手"之称，对他的研究向来存在两大焦点：一是新奇的小说形式，二是谜一般的政治身份。对于前者，研究者一直试图揭示形式的文化构造，此工作自 20 世纪 80 年代严家炎、李欧梵对新感觉派的开掘就已开始，[1]进入 90 年代后，诸多文化研究方法的采用对之形成了有力的推进；[2]对于后者，争议存在于穆时英的"汉奸"身份上。[3]虽然也有研究者试图沟通二者，但是"文本

1.	1985 年和 1988 年严家炎、李欧梵分别在国内与美国编选出版了《新感觉派小说选》，成为新感觉派浮出水面的重要标志。

2.	这些著作包括：李欧梵：《上海摩登：一种新都市文化在中国（1930—1945）》，毛尖译，北京大学出版社 2001 年版；张英进：《中国现代文学与电影中的城市：空间、时间与性别构形》，秦立彦译，江苏人民出版社 2007 年版；史书美：《现代的诱惑：书写半殖民地中国的现代主义（1917—1937）》，何恬译，江苏人民出版社 2007 年版；李今：《海派小说与现代都市文化》，安徽文艺出版社 2000 年版。

3.	关于穆时英"汉奸"身份的问题，1972 年嵇康裔在香港《掌故》月刊第 10 期上发表《邻笛山阳——悼念一位三十年代新感觉派作家穆时英先生》一文，自称是国民党中统特工人员，曾亲自安排穆时英到上海担任伪职，但由于国民党中统与军统的矛盾，穆时英只能作了派系斗争的牺牲品，以致长期无法得到平反。如果这一说法属实，那么穆时英就不是"汉奸"，而是抗日人士。1978 年司马长风的《中国新文学史》第一次采纳了嵇康裔的说法，为慎重起见，司马长风曾多次与嵇康裔通话询晤，详细询问当时的人事，最后宣称"所有疑虑之点均告澄清"。严家炎的《中国现代文学流派史》（1989 年）则同时采纳了两套说法，未下定论。古远清在《香港文学批评史》（1997 年）中对司马长风的调查作了详细的描述，直到 2001 年，古远清还撰文《穆时英是不是文化汉奸》一文继续予以澄清，而这一说法直到新近由严家炎和李今主编出版的《穆时英全集》中才得到了落实。

置换"的思路尚未有效揭示出穆时英政治身份上的复杂性。[1]笔者认为，上述二者与大城市人的观看机制之间存在隐秘关联。本文即尝试从视觉政治思路考察穆时英的小说形式与政治身份间的复杂纠葛。

一、文本奇观与视觉技术

"新感觉"这一借自日本新感觉派的词汇本身即暗示了感觉先于形式的内在性。生活在 20 世纪 30 年代上海的中国人不仅在经历大城市生活的现代洗礼，同样也在遭遇一场感觉机制的剧变，正如丹尼尔·贝尔所言，"我们的技术文明不仅是一场生产革命，而且是一场感觉的革命。"[2]感觉机制的改变与摄影术、电影等现代视觉技术的出现密不可分，技术不仅提供了令人眼花缭乱的城市景观，并且也深刻地改造了人们的观看行为本身。对于这种声光电影所带来的感觉变革，穆时英极尽描写之能事，比如下列这段文字被研究者反复提及：

> 白的台布，白的台布，白的台布，白的台布……白的——白的台阶上面放着：黑的啤酒，黑的咖啡，……黑的，黑的……

---

1. 史书美从后殖民主义的角度处理了穆时英的政治身份问题。她指出穆时英的"附逆"出于半殖民地世界主义所造成的迷茫心态，在此心态下，文本伪装取代了现实政治。从理论内核上来看，史书美的后殖民主义解读与李欧梵的"文本置换"是互为镜像的，二者都将新感觉派的特殊性视作是由某种外来的引力或诱惑所形成。"文本置换"参见李欧梵：《上海摩登：一种新都市文化在中国（1930—1945）》，毛尖译，北京大学出版社2001 年版，第 136 页。史书美的论述可参见史书美：《现代的诱惑：书写半殖民地中国的现代主义（1917—1937）》，何恬译，江苏人民出版社 2007 年版，第 365—383 页。
2. ［美］丹尼尔·贝尔：《资本主义文化矛盾》，赵一凡等译，生活·读书·新知三联书店1992 年版，第 135 页。

白的台布旁边坐着的穿晚礼服的男子：黑的和白的一堆：黑头发，白脸，黑眼珠子，白领子，黑领结，白的浆褶衬衫，黑外褂，白背心，黑裤子……黑的和白的……

白的台布后边站着伺者，白衣服，黑帽子，白裤子上一条黑镶边……[1]

作为对舞场效果的文本呈现，上述文字体现出将快照与速写相融合的印象主义风格。对此，杨之华早在 1940 年就以"主观的写实"与"客观的写真"做过精彩分析。在她看来，新感觉形式的逻辑在于"将内在的感觉变为意象的线条，然后以具体的形象、色彩和明暗等而构成主体的生动的感觉。"[2] 这一描述几乎就是艺术史上对印象派绘画的叙述。众所周知，印象派绘画基于现代人观看技术带来的感觉革命，正如乔纳森·克拉里（Jonathan Crary）指出，任何现代主义的新形式都不会早于"暗箱""立体视镜"等装置所导致的感觉方式的剧变，在这一过程中，视网膜后像、双眼视差得到研究并获得了承认，从此，人类感官摆脱了古老的再现性原则而确立了自身的合法地位，这便是印象主义视觉的技术基础。在克拉里看来，现代观视技术的出现乃是观察者主体性得以确立的标志。[3]

如果说要理解穆时英小说的印象主义视觉尚需要借助克拉里的技术考古学眼光的话，那么，穆时英小说中的另一种视觉形式——蒙

---

1. 穆时英：《夜总会里的五个人》，《穆时英全集》第 1 卷，十月文艺出版社 2009 年版，第 272 页。

2. 杨之华：《穆时英论》，《穆时英全集》第 3 卷，十月文艺出版社 2009 年版，第 473 页。

3. 参见［美］强纳森·柯拉瑞：《观察者的技术：论十九世纪的视觉与现代性》，蔡佩君译，行人出版社 2007 年版。

太奇视觉，对技术的依赖性则更加地显而易见。起源于法语的蒙太奇（montage）一词本义是拼接与装配，随着电影技术在 20 世纪头三十年里的蓬勃发展，该词作为电影中镜头组接方法的代称也逐渐为人们所熟知。作为活跃于 30 年代的中国早期电影批评家之一，穆时英不仅谙熟电影中的蒙太奇技法，[1]而且还将其引入小说写作。正是这种跨文本实践导致了其小说中大量"循环结构"的出现：

1 舞着：华尔兹的旋律绕着他们的腿，他们的脚站在华尔兹旋律上飘飘地，飘飘地。

2 儿子凑在母亲的耳朵旁说："有许多话是一定要跳着华尔兹才能说的，你是顶好的华尔兹的舞侣——可是，蓉珠，我爱你呢！"

3 觉得在轻轻地吻着髣角，母亲躲在儿子的怀里，低低的笑。

2′ 一个冒充法国绅士的比利时珠宝掮客，凑在电影明星殷芙蓉的耳朵旁说："你嘴上的笑是会使天下女子妒忌的——可是，我爱你呢！"

3′ 觉得轻轻地在吻着髣角，便躲在怀里低低地笑，忽然看见手指上多了一只钻戒。

---

1. 穆时英的理论与评论文字基本上都集中在电影领域，曾写过《电影批评底基础问题》《电影的散步》《电影艺术防御战》等电影批评文字，介入到与左翼的电影联合会诸人的"软硬电影之争"。1937 年客居香港期间，穆时英在《朝野公论》上连载《MONTAGE 论》。这篇长达一万八千多字的长文对电影蒙太奇技术作了详细而全面的论析，可算是中国最早的蒙太奇专论。

2″珠宝掮客看见了刘颜容珠，在殷芙蓉的肩上跟她点了点脑袋，笑了一笑。小德回过身来瞧见了殷芙蓉也 gigolo 地把眉毛扬了一下。

1′舞着，华尔兹的旋律绕着他们的腿，他们的腿践在华尔兹上面，飘飘地，飘飘地。

2‴珠宝掮客凑在刘颜容珠的耳朵旁，悄悄地说："你嘴上的笑是会使天下女子妒忌的——可是，我爱你呢！"

3″觉得轻轻地在吻着鬓脚，便躲在怀里低低地笑，把唇上的胭脂印到白衬衫上面。

2⁗小德凑在殷芙蓉的耳朵旁，悄悄地说："有许多话是一定要跳着华尔兹才能说的，你是顶好的华尔兹的舞侣——可是，芙蓉，我爱你呢！"

3‴觉得在轻轻地吻着鬓脚，便躲在怀里，低低地笑。[1]

据李欧梵观察，上述文段的"循环结构"是对华尔兹音乐的模仿，[2]这固然有其道理，但在笔者看来，蒙太奇视觉也许才是这段文字最根本的构成原则。不难发现，上述文字由三个基本句型构成，而每一个句型其实就是一个固定的镜头：句型 1 是男女的中全景、句型 2 是男人的近景、句型 3 是女人的近景。在这里，镜头的单独出现并没有意义，只有当它们构成了蒙太奇单元（也就是一个循环结构）的时候，叙事的意义才开始出现，这就是爱森斯坦关于镜头队列效果并非

---

1. 穆时英：《上海的狐步舞》，《穆时英全集》第 1 卷，十月文艺出版社 2009 年版，第 334—336 页。
2. ［美］李欧梵：《现代性的追求》，生活·读书·新知三联书店 2000 年版，第 121—122 页。

两数和而是两数积的理论。[1] 在 1′ 这个镜头中，上述文段的意义实现了关键性的增值，人物关系的互换揭露出来的正是爱情表象下物欲横流的都市罪恶。与印象主义视觉强调感觉的瞬间性不同，蒙太奇视觉更强调视觉瞬间的流动性。在感官之流中，外部事件的意义既不依赖于客观标准也不依赖于某种超自然的神圣意志，而直接是眼球自由运动的结果。如若说印象主义视觉是静态的，那么蒙太奇视觉则是动态的，由于可以像摄像机一样推拉摇移、任意切换，眼睛仿佛已不再是内在于身体的器官，而成为可以外置于身体的装置。

在 20 世纪 30 年代的上海，人们对于外部世界的感知方式已经随着技术的进步而大为改变：观看不再是被动的感知行为，与技术的结合已使其成为人类重新构建世界意义的重要手段。正如海德格尔在《世界图像的时代》一文中指出的，现代世界正在经历一个图景化的过程，这种"世界图景并非意指一幅关于世界的图像，而是指世界被把握为图像了"[2]。这一趋势同样也是马丁·杰所谓"现代性之本质"的东西：视觉图像取代文字符号而成为了新的中心。[3] 相比文字符号而言，视觉技术提供了更加开放的媒介，即使目不识丁的民众也可以进入文化实践中，这无形中促进了 30 年代上海大众文化与通俗文化的繁荣，不仅电影业蓬勃发展，号称"每日百万人消纳之所"[4]，而且还出现《良友》这样采用大量摄影与插画配图的杂志。在向日常生活

1. ［俄］C.M. 爱森斯坦：《蒙太奇论》，富澜译，中国电影出版社 2003 年版，第 279 页。

2. ［德］马丁·海德格尔：《世界图像的时代》，《林中路》，孙周兴译，上海译文出版社 2004 年版，第 91 页。

3. Martin Jay: Scopic regimes of modernity, *Vision and Visuality*, edited by Hal Foster, New Press, 1999, p3.

4. 上海通社编：《上海研究资料续集》，上海书店出版社 1984 年版，第 532 页。

领域渗透的过程中，视觉技术不断改变并塑造着人的意识与情感的结构，当这种意识与情感结构上的改变反过来对文字符号的实践产生影响的时候，新感觉形式便应运而生了。

二、"街有着无数的疯魔的眼"

早在 20 世纪 30 年代，穆时英与大城市上海的紧密联系就成为备受关注的共识，不仅杜衡以都市文学为名为其辩护，[1] 就连海派文学的反对者沈从文也着眼于"都市成就了作者，也限制了作者"[2] 对之加以批判。这意味着新感觉形式的观视主体同样也是一个大城市主体。本雅明悉心追索二者的关联，在《发达资本主义时代的抒情诗人》中，他便以波德莱尔为例论证了一种新的城市观看主体——城市闲逛者的出现。他们整日在大街上游荡张望，陶醉于大城市的人群与街景。穆时英何尝又不是大城市上海的闲逛者呢？

作为现代大城市的产物，城市闲逛者身上体现出大城市人独有的精神生活形式。西美尔最早对这种大城市人的精神机制进行了研究。在《大城市与精神生活》一文中，西美尔指出"大城市人的个性特点所赖以建立的心理基础是表面和内心印象的接连不断地迅速变化而引起的精神生活的紧张"[3]。外界环境的迅速变化在感觉机制上造成的结果便是视觉的凸显。将视觉的凸显视作一个大城市事件，并非说乡村

---

1. 参见杜衡：《关于穆时英的创作》，《现代出版界》1933 年第 9 期。
2. 沈从文：《穆时英论》，天津《大公报》1935 年 9 月 9 日。
3. ［德］西美尔：《大城市与精神生活》，《桥与门》，涯鸿、宇声等译，上海三联书店 1991 年版，第 259 页。

理论的边际

和小城镇生活不需要眼睛，而是致力于对人的感官处境改变的描述：在大城市喧嚣的环境中，噪音充塞了耳朵，使耳朵在捕捉信息方面大为逊色，大量的形象不断地涌入眼睛，迫使眼睛必须对这些纷乱的形象作出反应。穆时英小说中就存在大量这样的应激反应片段，比如这段文字：

> 白漆房间，古铜色的雅片香味，麻雀牌，《四郎探母》，《长三骂淌白小娼妇》，古龙香水和淫欲味，白衣侍者，娼妓掮客，绑票匪，阴谋和诡计，白俄浪人……[1]

上述文字充分显示出纷繁复杂的大城市景观对于眼睛的压迫。由于意识还来不及作出反应，大量的形象堆积于意识层面，从而构成了穆时英小说中印象主义视觉和蒙太奇视觉的根源。然而，大城市生活在必须具备强大的视觉捕捉能力的同时又不得不承受视觉强化所带来的后果。在大城市中，"看得见而听不见的人，比起听得见而看不见的人，心情要混乱得多，束手无策得多，烦躁不安得多。"[2] 因此，大城市人往往依靠一套防御机制来保护自己免于紊乱威胁的侵害。在西美尔那里，这种防御机制依靠的是在货币经济中训练出来的理性计算的能力。通过对个性与差异性的消除，理性将外界刺激的伤害减弱到最低程度。在此意义上，面对外部变化强迫意识做出反应的要求，大城市人的解决之道乃是削弱甚至拒绝反应，然而其代价便是冷漠和傲慢。

---

1. 《上海的狐步舞》，《穆时英全集》第 1 卷，十月文艺出版社 2009 年版，第 337 页。
2. ［德］西美尔：《社会学——关于社会化形式的研究》，林荣远译，华夏出版社 2002 年版，第 487 页。

在穆时英身上，对感官快乐的迷恋阻断了这种防御机制的建立，这使得他时不时要面临感官过敏症的侵袭。穆时英的特殊性与他作为资产阶级浪荡子的经历有着密切关系。因为有一位经商成功的资产阶级父亲，穆家曾经相当富裕，不仅每位孩子都有单独的保姆，而且还配备有专职的司机和厨师，光是每天打牌的抽头就相当于当时教授一个月的薪俸。[1] 然而穆时英十五岁那年，经济上的破产使得穆家一夜之间破落下来。这一变故对穆时英影响重大。如果说童年的养尊处优养成了他享乐主义的人生态度，那么变故中体验到的人情冷漠则使他对城市中的人际关系怀有深深的恐惧。资产阶级的幻灭感并没有使他走向社会革命，对快乐的追求从中拯救出了金钱，从资产阶级少爷到浪荡子，从贫士再到口耳相传的"贪财卖国"，终其一生，穆时英都未能与金钱撇开关系。这种情结同样也深刻地影响了他的观看行为：就享乐主义的感官快乐而言，观看是主体对客体的认知与接纳；就对他人的态度而言，观看已经涉及主体与主体间关系的建立。

在西美尔的社会学中，眼睛的功效在于它与心灵的交互影响："在各种单一的感觉器官里，眼睛是独一无二的、具有社会学的功效：能把正在相互对视的各种个人联系起来和发挥相互作用。"[2] 在大城市里，人与人的交往依赖于眼睛的对视。对视不同于一个人对另一个人的单向观察，而是致力于人际关系的建立。"在接纳对方的目光里，人们暴露着自己；在主体试图认识客体的同一个行动里，它在这里也暴露给客

1.　参见李今编：《穆时英年谱》，《穆时英全集》第 3 卷，十月文艺出版社 2009 年版，第 544 页。

2.　［德］西美尔：《社会学——关于社会化形式的研究》，林荣远译，华夏出版社 2002 年版，第 484 页。

体。"[1] 正是在对视中，人确证了自己的社会存在。由此看来，穆时英小说中纷繁的视觉意象就并不只是"看"的结果，其后隐藏的是现代城市中人际关系的深刻变革。和本雅明描述的城市闲逛者一样，穆时英随时都在用他那双敏感的眼睛打量着城市景象，但这并不意味着他对他人的目光视而不见，恰恰相反，当他流连于街头、舞厅、百货公司、赌场等大城市的消费空间时，他敏感地觉察到身边其他眼睛的存在：

> 街有着无数都市的风魔的眼：舞场的色情的眼，百货公司的饕餮的蝇眼，"啤酒园"的乐天的醉眼，美容室的欺诈的俗眼，旅邸的亲昵的荡眼，教堂的伪善的法眼，电影院的欺诈的三角眼，饭店的朦胧的睡眼……
>
> 桃色的眼，湖色的眼，青色的眼，眼的光轮里边展开了都市的风土画……[2]

名目繁多的眼睛暴露出了大城市生活的真相：大城市中的每个人，既是观看行为的主体，也是被观看的客体。然而，对穆时英而言，这些眼睛并不是能够对视的对象，相反，它们是满布城市的数不清的陷阱，深藏着来自"他人即是地狱"般的恐惧。在《PIERROT》里，穆时英明确道出了他拒绝对视的缘由：

> 一个都市的夜游者那么随便地，轻薄地，挤了挤眼：

---

1. ［德］西美尔：《社会学——关于社会化形式的研究》，林荣远译，华夏出版社 2002 年版，第 485 页。
2. 《PIERROT》，《穆时英全集》第 2 卷，十月文艺出版社 2009 年版，第 95 页。

看我的眼吧，它们会告诉你什么是热情，什么是思恋，什么是我的秘密，什么是我的嘴不敢说的话，什么是我每晚上的祷辞。[1]

在这里，对视已经不再是西美尔所说的人际关系的维系纽带。"看我的眼吧"，都市夜游者的话语和她／他的眼睛一样深具诱惑。这双诱人的眼睛里有热情，有思恋，有秘密……却唯独没有真实。当眼睛不再是人的内心世界的袒露，而沦落为了大城市生活的新的伪饰，其可怕之处即在于，心灵的最后一扇大门也将从此关闭。眼睛彻底丧失了交流的功能，也就于其他感官无异。这无疑透露出穆时英在面对大城市人际关系上的悲观主义态度。

穆时英在人际关系上的冷漠是在感官触发下一步步升级的。他迷恋于眼睛带来的新奇世界，却又拒绝被他人的眼睛捕获，就像一个善于隐身的幽灵，他穿梭于大城市熙熙攘攘的人群，却避免了被人发现的危险。[2]在此意义上，穆时英对人群的迷恋和对他人的憎恶都是颇具意味的。穆时英对人群的迷恋是因为人群中不仅有着城市最纷繁最迅疾的意象，同时它也是最安全的场所——它的安全正因为它足够城市化。就此而言，街道和舞场一样都是眼睛的聚集地，却又是最寂寞的场所，然而作为都市闲逛者的穆时英只能在这里寻找到快乐。正如波德莱尔指出的："谁要是在人群中感到无聊，谁就是蠢蛋。我再重复一

---

1. 《PIERROT》，《穆时英全集》第 2 卷，十月文艺出版社 2009 年版，第 97 页。
2. 从对视作为社会化形式这一意义上来讲，鸵鸟策略的有效性是真实存在的。谁若不看对方，在某种程度上确实可以不让人看见自己。因为在大城市中暴露自己的前提必须是通过眼睛的对视。参见［德］西美尔：《社会学——关于社会化形式的研究》，荣远译，华夏出版社 2002 年版，第 485 页。

遍：一个蠢蛋，一个不值一提的蠢蛋。"[1] 由此就不难理解穆时英那颗喜欢热闹的年轻的心——白天朋友成群，夜晚则流连于街头和舞厅。

当然，这并不意味着穆时英完全融化在了城市人流里，相反，他对人群的迷恋中深藏着对他人的憎恶。如果说人群让穆时英着迷的正是本雅明所谓的惊颤体验，那么他对人群的主动疏离却又肇端于一种分离体验。在分离体验中，眼睛起到了一种类似于半透膜装置的作用：一方面向景观敞开，另一方面却向他人关闭。眼睛成为了只接受而不给予的器官。正如本雅明指出的，"使大都市人着迷的东西并不是那来自第一瞥的爱，而是那在最后一瞥中产生的爱。这是一种再也不会重逢的别离，这种别离就发生在着迷的一瞬间。"[2] 与长时间的凝视不同，瞥视抓住的只是转瞬即逝的印象，自然由此产生了穆时英新感觉小说中的视觉意象，但悖谬的是，在瞥视中怎么会产生出发自肺腑的爱呢？

三、对视的政治学

作为主体社会化的观视行为，对视蕴含着丰富的伦理学和政治学意涵。恰如布列逊在《视觉与绘画》中指出的，"在视觉的基点上，应该确立的不是视网膜，而是社会、历史的世界；不是'视觉的金字塔'（从眼睛发出的视线，是一直与西方透视理论纠缠在一起的），而

---

1. 转引自［德］瓦尔特·本雅明：《发达资本主义时代的抒情诗人》，王才勇译，江苏人民出版社 2005 年版，第 33 页。

2. ［德］瓦尔特·本雅明：《发达资本主义时代的抒情诗人》，王才勇译，江苏人民出版社 2005 年版，第 126 页。

是社会权力的结构；不是一个永恒的人之心理学的孤立主体，而是其构成成分不断地为社会势力所影响的主体。"[1] 这意味着作为社会行为的观视背后蕴含着复杂的权力关系。而在中国现代文学的视野中，鲁迅则提供了这一观视的典型案例，这就是著名的"幻灯片事件"。

在《呐喊·自序》和《藤野先生》中，鲁迅两次追溯了自己在日本学医期间观看日俄战争中日军处决中国间谍的图像的经历，画面中看客的麻木与身边日本同学的欢呼所造成的屈辱感直接促成了他的"弃医从文"。对于叙述细节上的真实性问题，已有不少人提出了质疑，[2] 然而即便掺杂了虚构，这一叙述对于理解鲁迅而言仍然殊为关键。"幻灯片事件"最重要的地方在于提出了一个看与被看的观视结构，过去的研究总是将其放置在启蒙者与庸众的对立中，然而如罗岗指出的，看与被看的关系在这个叙述中其实是多重的，它们不仅发生在幻灯片中的被砍头者、砍头者、看客之间，同样也发生在幻灯片、鲁迅与日本同学之间。[3] 这意味着鲁迅在这场目光之网中的多重身份，他既是观看的主体，又是被观看的对象。由观看所导致的既无法认同于看客与又无法认同于日本同学的困境使得启蒙者的位置得以确立。然而当启蒙者获得了觉醒，回到"铁屋子"中时，同样要面临"沉睡"中的看客们的目光。小说《药》中的夏瑜便是这样的典型，他的牺牲不仅没有唤醒"正在沉睡中的人"，反而成为看客围观的对象与

---

1. ［英］诺曼·布列逊：《视觉与绘画：注视的逻辑》"中文版序"，郭杨等译，浙江摄影出版社 2004 年版，第 XV 页。
2. 比如渡边襄就认为幻灯片是报纸上的照片，新岛淳良则认为幻灯片有可能是新闻电影，参见张历君：《时间的政治——论鲁迅杂文中的"技术化观视"及其"教导姿态"》，收入顾铮、罗岗编：《视觉文化读本》，广西师范大学出版社 2003 年版，第 284 页，注释 1。
3. 罗岗：《危机时代的文化想象》，江西教育出版社 2005 年版，第 137 页。

制作人血馒头的材料。在夏瑜身上，启蒙者的形象与被砍头者的形象叠合在了一起。在这里，被砍头其实是启蒙者困境的一种寓言化表述。身为启蒙者的鲁迅不仅要面作为他者的日本同学的目光，而且也要面对作为庸众的国人的目光，双重的压力迫使鲁迅将自己投射向了被砍头者的位置。

罗岗用"主奴结构"来解释这种看与被看的关系，他认为鲁迅正是"在和'牺牲者'感同身受的同时，寻找突破'看'与'被看'关系的反抗位置"[1]，"感同身受"与"反抗位置"的并存包含了复杂的思想线索：反抗位置的获得，一方面依赖于对中国人身份的认同，但另一方面又意图与之疏离。安敏成敏锐地发现，"疏离之感使他对受害者抱有一定的同情，但作为社会中相对优越的分子，他又与庸众有同谋之嫌。"[2]可见，鲁迅对"反抗位置"的谋求并没有使他从砍头者（日本）/被砍头者（中国）、启蒙者/看客的"主奴结构"中超脱出来，相反，他的反抗必须基于对这种"主奴结构"的不断呈现与揭露，并借此从中召唤出个体独异的精神。然而，在上海这个现代大城市中，基于"主奴结构"的看与被看已然为大城市人的对视所取代。虽然严格地说，对视中也包含着看与被看的关系，但这种关系并非建筑在"主奴结构"的基础上，而是处于一个又一个的原子状态中。在大城市的街道上，启蒙者已然被城市闲逛者替代。

鲁迅对启蒙者之孤独的感受在穆时英的文字中可谓毫无踪迹。尽管后者的小说主人公往往也是一个孤独个体，但这种孤独感却并非来自鲁迅那种不被民众理解的启蒙困境，而是源于城市闲逛者的敏感心

1. 罗岗：《危机时代的文化想象》，江西教育出版社 2005 年版，第 138 页。
2. ［美］安敏成：《现实主义的限制》，姜涛译，江苏人民出版社 2001 年版，第 92 页，注释 2。

灵："每一个人，除非他是毫无感觉的人，在心里都蕴含着一种寂寞感，一种没法排出的寂寞感。每一个人，都是部分的，或是全部的不能被人家了解的，而且是精神地隔绝了的。每一个人都能感觉到这些。生活的苦味越是尝得多，感觉越是灵敏的人，那种寂寞感就越深深地钻到骨髓里。"[1] 事实上，穆时英所代表的城市闲逛者与鲁迅所代表的启蒙者之间存在着本质上的不相容。对于这一点，本雅明早就有所洞察，他指出城市闲逛者不过是"由于个人旨趣的巧合而聚集在一起的众多个体"：

> 他以享乐者的态度去感受簇拥的人群所展现的景象，而这种景象最吸引他的地方却在于：他在陶醉其中的同时并没有对可怕的社会现象视而不见。他一直意识到了那些社会现象的存在，宛如在陶醉中还'仍然'保持着对现实的意识。[2]

穆时英早期书写"流氓无产者"的小说就是这种"对现实的意识"的产物，与启蒙者的抵触使得社会问题在小说里总是倾向于以暴动方式得到解决，这显然不符合左翼阵营的期许，[3] 到了其新感觉小说里，"对现实的意识"被日渐增强的城市景象中的陶醉感所取代。如

---

1. 《公墓》自序，《穆时英全集》第 1 卷，十月文艺出版社 2009 年版，第 234 页。
2. ［德］瓦尔特·本雅明：《发达资本主义时代的抒情诗人》，王才勇译，江苏人民出版社 2005 年版，第 61、57 页。
3. 对于穆时英流氓无产者小说中的大众化形式，左翼阵营一开始持肯定态度，比如钱杏邨就称其为 1931 年中国"文坛最大的收获"，但同时又对其作品中的流氓无产者意识大为不满，并试图引导其走"无产阶级代言人"的道路。参见钱杏邨：《一九三一年中国文坛的回顾》，《北斗》1932 年第 2 卷第 1 期。

理论的边际

果说流氓无产者还有临时的共同体冲动，那么，城市闲逛者在街道上的相聚则纯粹出于"个人旨趣的巧合"。

街道上的人群在为每一个城市闲逛者提供风景的同时，也使得每一个闲逛者成为他人眼中的风景。与鲁迅对看客的敏感一样，穆时英对于他人的目光也怀有强烈的意识。"街有着无数的疯魔的眼"不免让人联想起阿Q临刑前的那段描写。当阿Q面对刑场外那些眼睛的海洋时，他想到的是过去尾随而行想要吃掉他的狼的眼睛，"又凶又怯，闪闪的像两颗鬼火，似乎远远的来穿透了他的皮肉……这些眼睛们似乎连成一气，已经在那里咬他的灵魂。"[1]看客的目光虽恶毒至此，却不能阻挡鲁迅迎上去的勇气，这是启蒙者与"被砍头者"一致的宿命。但在穆时英这里，作为城市闲逛者的观看主体在面对他人的目光时却采取了逃避的姿态，他置身于人群中却拒绝被看见。这是两种完全不同的对待他者的观看姿态，而视觉的政治性也就发生在这一与他者相遇的时刻。

M.J.T.米歇尔所谓"图像学的转向"正是对这一政治性的描述："判断的范畴从认知条件转向了再认知条件，从认识论的知识范畴转向了承认这样的社会学范畴。阿尔都塞使我们想到，潘诺夫斯基与图像的关系开始于他者的社会相遇，而图像学就是把那个他者融入一个同质的、统一的'视角'之内的一门科学。"[2]在"幻灯片事件"中，通过与被砍头者、看客与日本同学的复杂相遇，观视行为在鲁迅身上召唤出了属于启蒙者的精神位置，而与大城市陌生人的目光相遇则将穆时英塑造为了一个城市闲逛者。在城市闲观者身上，观视在提供想象视角的同时又颠覆了共同视点的形成：一方面，眼睛对景观的开放制

1. 《阿Q正传》，《鲁迅全集》第1卷，人民文学出版社2005年版，第522页。
2. ［美］米歇尔：《图像理论》，陈永国、胡文征译，北京大学出版社2006年版，第25页。

造了上海人的身份想象，另一方面，眼睛对他人的关闭又拒绝将此想象落实为现实的政治，后者自然构成了对前者的消解力量。由此，城市闲逛者在大街上的观看并没有"将他者融入一个同质、统一的视角之内"，而是将个体维持在了不可沟通的原子状态，他们在大街上的聚集仅仅是出于本雅明所说的"个人旨趣的巧合"，换言之，这是一种发生在陌生人与陌生人之间的观看。就此而言，鲁迅与穆时英的观视体现出两种完全不同的政治姿态，如果说鲁迅的看与被看深藏着他的迎向主权国家的绝望与希望交织的复杂情感，那么穆时英的看与被看则同时以猎奇与拒绝的姿态转向了相反的方向——对于政治共同体的疏离。

四、以陌生人拯救民族国家

从社会化观视的角度，所有的城市闲逛者都互为陌生人。der Fremde（陌生人），这个德语词汇原本意指那些穿越边界的外来者或者异乡人。在前现代的城邦或社区中，一个外来者的出现总会引发社区成员紧张的观视，而陌生人也在观视行为中被指认出来，反过来，来自他人的异样眼光也改变了陌生人的回望态度，恰如西美尔在对这种观视行为的考察中所指出的："面对所有这一切，他都采取'客观'的特殊的姿态，这种姿态并不意味着某种单纯的保持距离和不参与，而是一种远与近、冷淡和关怀构成的、特殊的形态。"[1] 换言之，"远与近、冷淡与关怀构成的、特殊的形态"意味着一种与他人共在却又无法融入的状态，这正是穆时英这样的城市闲逛者在大城市中的生存策

---

1. ［德］西美尔：《社会学——关于社会化形式的研究》，林荣远译，华夏出版社 2002 年版，第 513 页。

理论的边际

略，或用本雅明的说法，他们"依然站在大城市和资产阶级队伍的门槛上。二者都还没有使他真正愿意进入，二者也都还不能让他感到自在，他在人群中寻找自己的避难所。"[1]

作为共同体中的他者，陌生人正是现代政治治理的秘密所在。从古希腊城邦中的外来者到毒气室中的犹太人，从人民内部的阶级敌人到藏匿于人群中的恐怖分子，所有社会都存在自己的陌生人，并且总是按照自己的规则生产出他们。如果说现代国家的出现是通过立法形式的确立边界来构建秩序的过程，那么，陌生人的存在则构成了现代政治共同体的最大威胁，因为他们身份上的不确定性总是致力于模糊并取消边界的存在。因此，作为政治共同体的国家总是要通过不同的手段（或同化或放逐或肉体消灭）来对陌生人进行治理。鲍曼曾一语道破陌生人的这一处境："典型的现代陌生者是国家建构秩序之热情的废品"，但他同时也指出，随着"熟悉与陌生，'我们'与'陌生者'之间的差异开始消失。陌生者不再能像以前那样通过权威而被预先选择、定义和区分"，"如果说现代陌生者是需要被消灭的，那么，后现代的陌生者则是被普遍接受的。"[2]

鲍曼对陌生人的两种处境的区分显然为理解穆时英提供了有效视角。在现代国家内部，陌生人是被监控的对象，这类似于现代陌生人的处境；而在大城市的人群中，相互之间的陌生乃是个体自由的保证，散点透视避免了将人群中的骚动上升为真正的共同体政治的可能。就此而

---

1. ［德］瓦尔特·本雅明：《发达资本主义时代的抒情诗人》，王才勇译，江苏人民出版社 2005 年版，第 180 页。
2. ［英］齐格蒙·鲍曼：《后现代性及其缺憾》，郇建立、李静韬译，学林出版社 2002 年版，第 17、24、31 页。

言，马克思虽然看到了浪荡游民身上所具备的职业密谋家潜质，[1]但他仍然对这种缺乏阶级觉悟的暴动持强烈反对的态度。[2]如果说在1851年的巴黎，都市闲逛者仍然是治理的对象，那么，在20世纪30年代的国际大城市上海，处于各方政治力量夹缝间的都市闲逛者则不经意间获得了鲍曼所指出的后现代陌生人的待遇。在史书美看来，上海的这种特殊性肇端于半殖民地的世界主义追求，[3]这或许不无道理，但若以鲍曼所提供的思路来看，症结也许还在于现代国家与大城市在政治组织形态上的差异。不过，随着局势的日趋紧张，也不可避免要遭受压力。

1937年卢沟桥事变的爆发，不仅使得这两种异质空间的平衡被打破，也终于在动荡时局下将民族国家危机内化为了城市闲逛者的个体危机。在经历了抗战全面爆发后逃离上海、旅居香港的日子里，穆时英的内心深处也遭受着陌生人与民族国家的冲突所带来的煎熬。从1938年初到1939年10月秘密返沪期间，穆时英写下的一系列散文便隐秘透露了他彼时的心境。[4]在这些散文中，私人性的感伤与公共性的悲情扭结在一起。他宣称想要歌颂，却找不到和他的脉搏一样狂暴的旋律，想要舞蹈，却找不到一种和他的脉搏一样迅急的舞步。如

---

1. 参见［德］本雅明：《发达资本主义时代的抒情诗人》，王才勇译，江苏人民出版社2005年版，第5页。
2. ［德］马克思：《路易·波拿巴的雾月十八日》，《马克思恩格斯选集》第1卷，人民出版社2012年版，第719页。
3. ［美］史书美：《现代的诱惑：书写半殖民地中国的现代主义（1917—1937）》，何恬译，江苏人民出版社2007年版，第265页。
4. 这些散文分别发表在香港的《宇宙风》《星岛日报》《旬报》《大公报》等报纸杂志上，包括：《怀乡小品》（1938年2月）、《上海之梦》（1938年5月11日）、《血的纪念》（1938年8月13日）、《疯狂》（1938年8月23日）、《我的墓志铭》（1938年8月26日）、《中年杂感》（1938年8月30日）、《死亡》（1938年9月3日）、《夜间音乐》（1938年10月16日）、《雾中沉思》（1939年4月）。

若说 1935 年，他还寄希望于用笔来呼唤作为生存斗争的意志，那么这时的他不得不哀叹自己的笔已经死亡。他祈求能将自己的血变成墨汁，但一切的门都关闭着，他觉得自己只能在香港这座还算太平的小岛上消瘦下去。在彼时的穆时英身上，浪漫主义的感伤气质已然与被现实抛离的政治无力感纠缠在了一起。正是借助这种被现实抛离的政治无力感，陌生人身份得以从关于上海的旧梦中浮现。

如果说都市闲逛者还只是陌生人的自发形态的话，那么，现代国家的危机则促发这一陌生人意识走向了自觉，然而，陌生人意识一经自觉就注定了无法与政治共同体融为一体的困境：一方面被民族存亡的斗争裹挟，另一方面又无法舍弃大城市生活带来的陌生人记忆，唯一的办法就只能是将两者勉强地拼合在一起——以陌生人拯救国家，这也正是穆时英在抗战中的隐秘抉择。然而，这一选择的代价也异乎寻常的惨痛，它不仅让穆时英背上了汉奸的骂名，更因此丢掉了性命。从现代大城市中的陌生人到民族国家共同体中的陌生人，这中间看似只有一步之遥，却走向了无法挽回的政治歧途。但也许从积极的方面来看，正是通过对陌生人身份的坚持，穆时英避免了被政治共同体同化的命运，而这正是投身革命的知识分子在接下来的数十年中不断面对的困境。然而，作为陌生人的穆时英已然无法看到那一天的到来。1940 年 6 月 28 日，返沪后担任伪职的穆时英在下班途中被暗杀，而他的政治身份也成了一个谜题。

陌生人死去了，但它注定要在我们身上复活，并成为今天谈论政治动员不得不直面的困境。

（原刊于《中国现代文学研究丛刊》2011 年第 6 期）

第 二 辑

美学的困惑

他者性视野下的美之省思与缺失
——以朱利安《美，这奇特的理念》为中心

在进行中西文化比较时，把西方文化与理性的、科学的精神相关联，而认为中国文化偏于情感的、艺术的精神，作为一种常见的思路曾不同程度存在于梁启超、梁漱溟、宗白华、朱光潜、李长之、方东美、徐复观等人的论述中。与此不同，法国学者弗朗索瓦·朱利安（François Jullien，又译于连或余莲）却旨在在从审美与艺术领域内部来阐明中西文化差异。在中文世界，朱利安的名字已不陌生，早在十多年前，其《迂回与进入》《本质与裸体》等著作便被译为了中文，而就法国乃至西方学术界而言，朱利安的研究也以其独步而声名远播：一方面，虽常被冠以汉学家之名，但其深厚的哲学素养却使之与传统汉学家作风判然有别；而另一方面，精通汉语和经由中西比较来从事哲学思考的方式，又使之不同于在西方传统内部进行思考的哲学同行。经由中国从外部反思欧洲，可以说是朱利安高度自觉的哲学方法论，在这一方法论下，他已持续不断地出版了大量著作，其中也包括《美，这奇特的理念》（ Cette étrange idée du beau ）。正如书名所显示的，该书乃围绕"美"来展开中西文化比较工作。虽然对西方"美"之观念进行了鞭辟入里的省思，也不乏关于中国艺术精神的真知灼

见，但方法论的限制却又导致其在对中国现代美学的认知上存在缺失，而要认清这一缺失的产生，也就必须从其对西方"美"之观念的省思入手。

一、"美"之观念的省思：解构"西方形而上学的支轴"

《美，这奇特的理念》一书以"美"（le beau）而非"美学"（esthétique）为题，提示了其论述对象并非以 1750 年鲍姆加登《美学》为开端的学科知识意义上的近代美学，因而也非伊格尔顿致力于揭示的资产阶级意识形态，而是将目光投向了更古老的西方哲学传统。为此该书开篇便指出"美"作为西方文化独特性的产物，可以从语言中得以窥见："从美的到美：（欧洲的）哲学产生于这一附加冠词，在这一移位中得以推进。"[1] 因此，对"美"之观念的省思其实也就是对这个西方语言中的"移位"现象进行思考。在朱利安看来，这一语言中的"移位"作为西方"美"之观念的原型，实可追溯至《大希庇阿斯篇》。在与诡辩派哲人希庇阿斯的对话中，苏格拉底不仅首次对"美的事物"与"美的本质"作了区分，也由此开了柏拉图将"美的理念"从"美的事物"中加以抽离的先河。后来的西方文化虽然在对"美"的解释上存在诸多变化，但其实又都可溯源于此："统合——形状——颜色——关系/整体——契合——最大化——终结，等；我们可以移动这些参数中的这个或那个，突出这个或者那个，然而却没有就此走出这个柏拉图初始化的，被限定的、被定义的

---

1. ［法］朱利安：《美，这奇特的理念》，高枫枫译，北京大学出版社 2016 年版，第 3 页。

区域。"[1]

不过，将"美的理念"从"美的事物"中抽离仅仅是"美"之观念的一个方面，紧接着朱利安便又指出"美"与"善""真"的不同乃在于它同时保存了对感性的重视，《斐德诺篇》中爱人之美在感官面前的"闪耀"，便被认为是西方"美"之观念重视感官显现的例证。由此一来，"美"之观念在西方文化的源头处就兼具了理念与感性的双重性："正是通过美，我们行使对意义的超越，正如对理念的抽象化——绝对化。然而同时——相反地——在我们突然体验到的，更加情感化的震动和颤抖中，强烈地，面对面地，爱人之美就在眼前，我们回想起在彼处（Là-bas）领悟的美。只有它，可以连接起两者。"[2]可以说，正是这种双重性的存在使得"美"成了沟通被割裂了的感性世界与理性世界的中介，在朱利安看来，西方的后世大哲康德、席勒、黑格尔等，都不同程度地在这个"分离—中介"机制的地基上构筑大厦，据此他大胆宣告："美"乃西方"形而上学的支轴"："而是因为'美'，是唯一一个，属于具有对抗关系的两者：进入感性的最深处，给予它与之分离的必然性……将嵌入肉身的神加以抽离，并以这一抽离而得到满足——以人们在欧洲选择戏剧化那些不再单纯是生活却从此是'存在'（existence）的方式，将它置于中心，或者更确切地说，枢纽位置。"[3]

在此基础上朱利安进一步指出，这个发源于古希腊的"美"之双重性深刻影响了西方后世文化关于艺术形式的理解，这其中一条重

---

1. ［法］朱利安：《美，这奇特的理念》，高枫枫译，北京大学出版社 2016 年版，第 8 页。
2. 同上书，第 23 页。
3. 同上书，第 25 页。

要路线的是由柏拉图主义者普罗提诺创立的。一方面，普罗提诺继承了柏拉图的理念说，另一方面却又并不同意柏拉图认为艺术因模仿而总是与理念隔着三层的看法，而是认为艺术本身便可经由形式抵达理念：赋予不定性的材料以形式，也就是将理念注入其间。在此意义上，形式既属于理念世界，又必须寄身于可触可感的材料，由此已然分离了的感性世界与理念世界终于重新得以弥合："这是因为'形式'使得一个与另一个互相流通，美从而能够通过形式，将感性与理解力联结起来，使得一个出现在另一个之中，并履行它的结构上的中介角色。"[1] 而与"柏拉图——普罗提诺"路线不同的是发源于斯多葛学派的另一条路线，虽然没有从形而上学的角度将形式理解为理念，而是从感性表象的多样形态来看待形式，这在后来的英格兰经验主义者那里被发展成了对感性领域的匀称与令人愉悦的多样性的论述。然而，由于没有改变"本体—逻辑"的形而上学设定，对感性多样性之强调在整个形而上学传统中仍然不过是居于从属地位。

西方文艺理论中有着悠久历史的模仿说，同样被认为与"美"的双重性高度相关，借此朱利安具体阐发了使得"美"之双重性赖以维系的"临在"机制。朱利安指出，模仿艺术总是要经历先将理念从真实中抽离，然后再使之以艺术创作的方式获得"再现"的过程，这一过程乃是通过"临在"机制来实现的，他写道："事物由美的'临在'（présence, parousia）而美，从此拥有一个独立存在的美，反过来，通过出现于存在和事物的'近旁'（auprès），并对于存在和事物是'在场的'（présente; prae-esse 拉丁文也如此表达），来赋予它们以

---

1. ［法］朱利安：《美，这奇特的理念》，高枫枫译，北京大学出版社 2016 年版，第 43 页。

美。"[1]但朱利安同时又指出，"临在"总是在"不在"的基础上被领会的，这个先抽离又复返的"一分为二"其实就是西方形而上学最隐秘的根基："西方哲学将是一个'临在'（présence）的哲学，产生于其形而上学的一分为二。也就是说美产生于以本体论的方式被分离的事物的来这里、在旁边、于近处。跨越这一步直到极限，将美提升到绝对高度的同时，使'临在'神圣化：美于是成为美的启示或者如耶稣般的再临人间（parousie），令纯粹（le Pur）——存有（l'Être）、永恒（l'Êternel）——即可出现在感性的'近旁'（auprès）。"[2]

而通过对康德美学的分析，朱利安继续阐述了这一"美"之双重性在近代哲学中的变化。在其看来，虽然继承了古希腊哲学的再现性原则，但康德哲学的重点已从客体转移到主体想象力的中介环节——审美判断力。作为三大批判中最后一部的论述重点，审美判断力"不再将已知的再现与客体相连，而是与通过它主体得以感受再现的唯一能力联接在一起；它所区别于'愉悦的'知觉的所在，从另一方面，也逃避了再现的这个阶段。"[3]因此，康德不仅再次取道快感，而且还将之视作沟通认知领域与实践领域的桥梁："我们知道康德同时通过自反的和均衡的方式对此作出了回答，两者与两个再现的能力，一个是感性的（想象力），而另一个是知性的（理解力）形成面对面的关系：想象力囊括了直觉的多样性，而理解力则通过其概念的能力，而没有确定概念的介入，统合了再现，因为这个再现在其中并非用于认知。那些使得我们即刻在判断为美的客体再现中体会到的

---

1. ［法］朱利安：《美，这奇特的理念》，高枫枫译，北京大学出版社 2016 年版，第 71 页。
2. 同上书，第 71—72 页。
3. 同上书，第 95 页。

快感，因为保持了'在自由性'中的想象力和'在合理性'中的理解力之间激发出的和谐关系，结果是，从中产生出循环往复的生生之气。"[1] 换言之，通过转移到主体内部，"美"之双重性在近代哲学中得到了延续。

至此不难发现，朱利安对"美"之观念的省思始终指向的是西方哲学的形而上学传统。这在胡塞尔、海德格尔以降的欧陆哲学，尤其是后结构主义、解构主义盛行后的当代法国哲学中早已不陌生。尽管处在这一反思形而上学思潮的延长线上，但朱利安以"美"之观念作为自己的发力点，却仍然有自己独到的发现。在其看来，尽管自尼采以降的西方哲学便将批判矛头对准了作为自身根基的形而上学传统，胡塞尔、海德格尔、德里达等人都不同程度地对这一根基发起了进攻，却独独放过了"美"这一形而上学的隐秘支轴："'美'命名这个存有的、显现的、超言行的以及感觉直接性的联结—障碍点，使它成为欧洲思想的固定的神经痛点。它是在可见之网中捕捉到的绝对，不停地对我们讲述着形而上学，这个它的难解之谜和魅力的——唯一的——力量来源。"[2] 因此，对"美"作为西方形而上学支轴的隐秘机制之揭示，也便成了《美，这奇特的理念》一书的重要使命。但必须指出的是，与那些在自身传统中进行批判性反思的西方哲学家不同，朱利安对"美"之观念的省思始终是借道中国来进行的。正是中国这个与西方迥然不同的他者，为西方人提供了自我认知的镜鉴。

---

1. ［法］朱利安：《美，这奇特的理念》，高枫枫译，北京大学出版社 2016 年版，第 101 页。
2. 同上书，第 143 页。

理 论 的 边 际

二、经由中国反思欧洲：以"关系"对抗"本质"

经由中国从外部反思欧洲，作为朱利安高度自觉的哲学方法论，意味着中国作为与西方全然不同的他者的位置。早在《迂回与进入》一书中，中国文化的这种他者性便被朱利安描述为了"关系性思想"："从最普遍的意义上讲，中国思想的确是一种关系性的思想。这不仅因为所有的词都可以互相组合，都有各自的搭配，而且因为所有的词都是从它们之间的依附关系中保持各自的稳定性的。而这在对自然的和社会的看法之中得到证明。中国的宇宙论是完全建立在相互作用之上的（在天与地、阴与阳等极之间）。"[1] 在朱利安看来，正是这种"关系性思想"孕育了中国人与西方人截然不同的表意策略："在中国人眼中，世界就是在潜在与鲜明之间的不断互换，是不言明与明言之间的言语过程。最成功的中国作品甚至把关联作为其运作的原则：在中国如此普遍运用的平行表达之中，每一个相对的表达都通过另一个得到理解，正如人们所说必须'互文见义'。所以，在中国，意义的迂回没有任何过分雕琢：因为当我说这一个时，另一个已经涉及，而说另一个时，我更深切思考的是这一个。这就是为什么迂回自身提供了进入。"[2] 在《美，这奇特的理念》中，这一"关系性思想"同样得到了延续。

如果说朱利安认为西方的"美"之观念凝聚于从"美的"到

---

1. ［法］弗朗索瓦·于连（朱利安）：《迂回与进入》，杜小真译，生活·读书·新知三联书店1998年版，第384页。
2. 同上书，第385页。

"美"中所加定冠词的语言位移，那么，他对于中国艺术精神的把握同样立足于语言上的观察："中文不但没有单纯地通过添加冠词，进行这种从'美的'到'美'的简易滑动，将美转向一个具有普世性的概念（而且假使中国思想家也能制造抽象的话，他们也不会在其语言甚至词法中找到同样的便利）。然而相同地，或者说逆行地，两者无疑相辅相成：同样表达欧洲所称的'美'，中文却避免给予一个语义学上的元素独一无二的地位。那么它能否有效地表述'美'，正如欧洲语言赋予这一概念霸权角色所达到的效果一样？欧洲语言所设计的霸权概念，美（schon 或者 *kalos*），在中文里，为了不使得对它的表述具有排他性，而令其拥有一种更加多样的应用和程式，全部分布在一个具有关联性的网络中。"[1]这里的"具有关联性的网络"作为"关系性思想"的另一种表述，被认为是中国文化在艺术思维上的突出特点。由此朱利安指出，与"美"之观念在西方的抽象性霸权不同，中国人的谈文论艺往往是依靠复杂而又微妙的术语关系网络进行的。

通过对《易经》贲卦的解读，朱利安进一步说明了"具有关系性的网络"的运作原理：装饰的意涵经由不同元素间的微妙平衡来表达，"并且这种平衡是暂时的：它在中国是如此平常，采用的视点是一个连续不断的过程的视点，协调相关元素，并且引导所有的进程，正如世界为其所引导；而非将某个实体的'所在'（ce qui）——某个与所有进程相隔断的主体——在这多种多样中'假设'的（sopposerait）和称之为'美'（le beau）的主体孤立起来，单独地、

---

1. ［法］朱利安：《美，这奇特的理念》，高枫枫译，北京大学出版社 2016 年版，第 11 页。

停滞地加以思考，从感性中提炼出来，以创立完美的准则。"[1] 换言之，中国人既没有如苏格拉底和柏拉图一般将"美的本质"与"美的事物"相区分，也没有如康德一般将审美问题归结为主体能力，而是"我们通过所有标示品质的网络所感知到的分支——既有冲突，也有关联——足以在它们之间形成一致和共鸣，使得我们不再进行（柏拉图意义上的）'假设'（supposer），也就是说，再在这些分支之中确定美的某个'本质'（essence），以将其建立在'存有'（Être）之中。"[2] 与西方人对"存有"的执著不同，中国人的艺术体验重视的是"过程"：

> 中国人，思考的不是存有（Être）的术语，而是事物的过程（procès），不是质量的术语，而更多的是能力（capacitiés/de），不是以典型和模仿的术语，而更是过程和道（viabilité/dao），旨在开端真切体会唯一的和同一个的现实：生生之气的能量或者气（理，另一个在古典时代的二元结构的术语，我们通常将其翻译成理想，它是'文理，veinure'或者内部的一致性，使得这一能力规范化地展开。）所有存在的事物，无论人还是山，因此都是一个个体，聚集，也即现实化——在其不可见的基底（太虚）的气，并给予它以可触知的形状。[3]

由于在中国气化论的宇宙观中精神与感性没有分离，也就无需西方意义上先割裂再搭桥的"美"之机制的介入，因此中国画不以

---

1. ［法］朱利安：《美，这奇特的理念》，高枫枫译，北京大学出版社 2016 年版，第 14 页。
2. 同上书，第 16 页。
3. 同上书，第 33—34 页。

"模仿"为原则，而是致力于描绘"转化"："这便是中国画家，如我们所知，不画'存有的形式'（forme d'être），而画'转—化'（transformation），不寻求描绘事物的本质，如果在桌子上只有杯子或者盘子（从夏尔丹到塞尚或者莫兰迪）：他不回答认知的重要疑问'什么'（quoi）（对'这是什么'或者本质的认知），而是从万物中，包括最粗大笨重的岩石，通过画笔轻盈的运动，画家将赋予画作以生命的，由生生之气制造的张力释放出来。"[1] 也因此，中国画不重"相似"，而重"内韵"，"气韵生动"于是被列为了六法第一；中国画的审美机制也非"临在"，而是"孕含"："孕含是一种形态，它不孤立，却穿过、'渗透'（transpire）和'传递'（transmet）——如同韵（résonance）一样，它来自'间'（l'entre）的范畴——明晰的同时，任其流动：它不聚焦，而是发散；不固定，而是产生交流，并且首先是文字上逐字逐句的：它是厚重的（围栏的）；于是对临在与缺席（产生悲剧所在）这一重要的二律背反制造障碍，因此也对明确与限定（它反抗理念的所在）心存怀疑，并且不让自己加以辨别：因而与产生美的清楚可辨的特性相违背。"[2]

由上可见，无论是对"过程"的重视，致力于描绘"转化"，还是对"内韵"的追求或者"孕含"机制的补充，其实都旨在说明中国艺术精神与西方"美"之观念截然不同的特质，而归根究底，这些品质又都植根于前述作为他者性的"关系性思想"。在朱利安看来，把"美的本质"从"美的事物"中抽离开启了"美"作为西方形而上学

1. ［法］朱利安：《美，这奇特的理念》，高枫枫译，北京大学出版社 2016 年版，第 58 页。
2. 同上书，第 73 页。

支轴的命运，虽然"临在"机制的补充也强调对感性的保存，但在模仿中捕获到的已非"美的事物"，而是"美"之观念，这一过程被其称为"美之死"；而"关系性思想"则使得中国艺术精神避免了走上追求本质化、绝对化的形而上学道路，而是致力于在流动不居的关系网络中保留宇宙万物生生不息之状态："在这个通过内部孕育的过程而非外在模仿来表现生命的核心中存在着一个概念：在所有充满生命力的构造中，从基本构成元素的最初级阶段开始，极性（la *polarités*）有着通过两个不同极点的潜在性和功能性，而将两个极点——中国人所说的，阴与阳——同时拥有的能力。从它们开始，生命得以产生。"[1] 换言之，中国艺术并非对自然的模仿，而就是自然本身。正是在与"关系性思想"的对照中，西方"美"之观念的形而上学品质才暴露无遗。

三、与宗白华的潜在对话：形而上学抑或反形而上学？

以"关系性思想"来指称中国文化与中国艺术精神的他者性，立足点仍在于西方文化的自我批判，对此朱利安曾坦承道："这种'绕道中国思想'这一'外在'所得到的利益（用处），不在于'背井离乡'，而在于回到我们欧洲思想据以发展的成见，即那些被深埋的成见，没被揭开的成见。欧洲思想把它们当作'理所当然'（evidence）的事实，已经把它们转化为其组织成分，并且靠它们滋养而兴盛。经由中国来反思欧洲，乃企图有策略性地从侧面切入，从背面捕捉欧洲

---

1. ［法］朱利安：《美，这奇特的理念》，高枫枫译，北京大学出版社 2016 年版，第 122 页。

思想，以触及我们的未思（l'inpense）。"[1]这意味着朱利安中国思想之旅的真正目的地并非中国，而是欧洲自身。虽然朱利安对于自己借道中国来反思欧洲的方法论意识毫不讳言，但该书以"生生之气"来形容中国艺术精神，而以"美之死"来概括西方"美"之观念的命运，却与不少致力于阐发中国艺术精神的中国现代美学家的见解颇多不谋而合处。譬如在1943年的《中国艺术意境之诞生》的增定稿中，美学家宗白华便同样以一"生"一"死"来描述中西艺术精神的差别相："希腊神话里水仙之神（Narcise）临水自鉴，眷恋着自己的仙姿，无限相思，憔悴以死。中国的兰生幽谷，倒影自照，孤芳自赏，虽感空寂，却有春风微笑相伴，一呼一吸，宇宙息息相关，乐怿风神，悠然自足。"[2]

尽管在笔者有限的视野中从未见朱利安论及过宗白华，但二者间的共通处却又实在是太多：首先，二者都受过专业哲学训练，并以哲学为志业，朱利安是法国第七大学"他者性"哲学讲席教授，宗白华则历任国立中央大学和北京大学哲学系教授；其次，二者虽然都以哲学为志业，却又对美学和艺术问题充满兴趣，朱利安多部著作都以论述中国艺术精神为题，宗白华更被认为是治"中国美学"的大家；复次，二者的中西文化比较工作都特别偏爱绘画领域，文人画常常被二者视作论述中国艺术精神最重要的艺术门类，这使得二人在材料的运

---

1. ［法］朱利安：《间距与之间：如何在当代全球化之下思考中欧之间的文化他者性》，卓立译，方维规主编：《思想与方法：全球化时代中西对话的可能》，北京大学出版社2014年版，第22页。
2. 《中国艺术意境之诞生》（增定稿），《宗白华全集》第2卷，安徽教育出版社2008年版，第373页。

用上也颇多交集。不过，二者的差异也同样显著：如前所述，朱利安把自己的方法称为经由中国从外部来认识欧洲，可见其思考的落脚点仍在于西方自身传统，而宗白华作为曾经负笈德国学习西洋文化的中国学者，其学术生涯虽然起步于德国学术的训练，但其念兹在兹的目标仍然是如何保存并发扬中国自己的文化传统。在留德期间所作《自德见寄书》一文中，宗白华便坦言了自己的这一学术志向："我预备在欧几年把科学中的理、化、生、心四科，哲学中的诸代表思想，艺术中的诸大家作品和理论，细细研究一番，回国后再拿一二十年研究东方文化的基础和实在，然后再切实批评，以寻出新文化建设的真道路来。"[1]

这个学术志向在宗白华写于 20 世纪 30 年代的《介绍两本关于中国画学的书并论中国的绘画》《徐悲鸿与中国绘画》《论中西画法的渊源与基础》《中西画法所表现的空间意识》等文章中得到了贯彻，在其中中西画法的差异被追踪至中西文化宇宙观的不同。与朱利安以形而上学来统摄西方"美"之观念从古希腊到康德为代表的近代转变的观点相类似，宗白华虽以浮士德精神作为近代西方的象征，却同样认为西方古今之别存在着共通的宇宙观基础，"然而它们的宇宙观点仍是一贯的，即'人'与'物'，'心'与'境'的对立相视。不过希腊的古典的境界是有限的具体宇宙包含在和谐宁静的秩序中，近代的世界观是一无穷的力的系统在无尽的交流的关系中。而人与这世界对立，或欲以小己体合于宇宙，或思戡天役物，伸张人类的权力意志，其主客观对立的态度则为一致（心、物及主观、客观问题始终支配了

---

1. 《自德见寄书》，《宗白华全集》第 1 卷，安徽教育出版社 2008 年版，第 320 页。

西洋哲学思想)。"[1]与之不同，"中国画所表现的境界特征，可以说是根基于中华民族的基本哲学，即《易经》的宇宙观：阴阳二气化生万物，万物皆禀天地之气以生，一切物体可以说是一种'气积'（庄子：天，积气也）。这生生不已的阴阳二气织成一种有节奏的生命。中国画的主题'气韵生动'，就是'生命的节奏'或'有节奏的生命'。"[2]

在以阴阳二气互动以成生命来概括中国艺术精神方面，朱利安与宗白华可以说有着异曲同工之妙，不过，宗白华并没有从"关系性思想"的角度强调中国艺术精神的非形而上学品质，而是恰恰致力于探寻其背后的形而上学依据。写于抗战后期的《形上学——中西哲学之比较》手稿，[3]便保留了这方面的思考痕迹。文章开篇便指出，中西哲学遵循着各自不同的路线传统：西方哲学从古希腊后期以理性取代神起便走上了"纯逻辑""纯数理""纯科学化"之路线，由此导致了"纯理界"与"道德界"和"美界"的分离，虽有后继大哲如康德、叔本华、黑格尔等人开陈出新，但"仍予以逻辑精神控制及网络生命。无音乐性之意境。"[4]中国哲学则秉持圣人述而不作之传统，哲学未与宗教、艺术分道破裂，"道与人生不离，以全整之人生及人格情趣体'道'"，虽也谓"神道设教"，但"其神非如希腊哲学所欲克

---

1. 《论中西画法的渊源与基础》，《宗白华全集》第 2 卷，安徽教育出版社 2008 年版，第 110 页。
2. 同上书，第 109 页。
3. 《形上学——中西哲学之比较》手稿的写作时间在《宗白华全集》中被标示为 1928—1930 年间，但王锦民以充足证据认定该文其实写作于抗战后期，本文采信王锦民说。参见王锦民：《建立中国形上学的草案——对宗白华〈形上学〉笔记的初步研究》，叶朗主编：《美学的双峰——朱光潜、宗白华与中国现代美学》，安徽教育出版社 1999 年版，第 521—523 页。
4. 《形上学——中西哲学之比较》，《宗白华全集》第 1 卷，安徽教育出版社 2008 年版，第 586 页。

服、超脱之出发点。而为观天象、察地理时所发现'好万物而为言'之'生生宇宙'之原理",故而与西方哲学的宇宙观截然不同:西方哲学终结于"理化的宇宙",中国哲学终结于"神化的宇宙"。[1]

上述这个中西哲学路线及其宇宙观的差异,在宗白华看来,实可追溯至各自不同的形上学根基:西方以"测地形"的几何学为基础,以数理逻辑为哲学象征,由此产生的是"概念的世界";而中国以"授民时"的律历学为基础,以"本之性情,稽之度数"的音乐为哲学象征,由此生成的乃"象征的世界"。如果说前者以"测地形"的方式来计量时间与空间,形成的是"时间之空间化"的理性主义哲学的话,那么,后者在"授民时"的基础上形成的则是"空间的时间化"的历律哲学:"中国哲学既非'几何空间'之哲学,亦非'纯粹时间'(柏格森)之哲学,乃'四时自成岁'之历律哲学也。纯粹空间之几何境、数理境,抹杀了时间,柏格森乃提出'纯粹时间'(排除空间之纯粹绵延境)以抗之。近代物理学时空(仍为时间之空间化!)合体之四进向世界,皆为理知抽象之业绩。时空之'具体的全景'(Concret whole),乃四时之序,春夏秋冬、东南西北之合奏的历律也,斯即'在天成象,在地成形'之具体的全景也。"[2]前者在"数"中割裂了与生命的联系,后者则在"象"中默示生生宇宙之原理。

由此可见,虽然同样将"生"与"死"视作中西艺术精神之分途,朱利安与宗白华的解释路径却又截然不同:宗白华从"象"的形而上学来解释中国艺术精神的生命意识,针对的是西方"数"的形而

---

1. 《形上学——中西哲学之比较》,《宗白华全集》第 1 卷,安徽教育出版社 2008 年版,第 586 页。
2. 同上书,第 611 页。

上学以及由此导致的主客分裂，而朱利安从"关系性思想"来解释中国艺术的生命意识，针对的则是西方将"美的本质"从"美的事物"中进行抽离的形而上学传统。简言之，前者把中西艺术精神之差异视作不同的形而上学传统的差异，后者则将之视作反形而上学（"关系性思想"）与形而上学的差异。若寻根究底，这个解释框架的不同又与二人从事中西文化比较工作的方法论背景有关。如前所述，朱利安的学术训练起步于 20 世纪后半叶法国哲学的氛围，其从极点之间的运动生成关系来解释"关系性思想"，本身便与后结构主义、解构主义思潮存在高度亲和性，这不仅使之将形而上学批判作为理论思考的出发点，也由此将中国的他者性描述为了"关系性思想"；而宗白华深受第一次世界大战前后德国新康德主义及新柏拉图主义背景下的生命哲学、文化哲学的影响，尤其服膺施宾格勒的文化比较史观，因而把对文化心灵及其形上学的发掘视作中西比较工作的重心所在。

四、他者性视野的盲视：中国现代美学的合法性缺失

朱利安与宗白华的这场对话，虽未实际发生，但进行中西文化比较的方法论差异却使得二者在对待中国文化的基本认识上呈现出南辕北辙的样貌：宗白华对中国文化形而上学的探讨致力于在民族国家的危机中重建民族文化自信，而朱利安对中国的"关系性思想"的阐发则旨在反思欧洲思想中的形而上学根基。由此朱利安认为，"美"之观念作为形而上学的支轴乃西方文化特殊性的产物，中国艺术精神反形而上学的"关系性思想"从未建立起"美"之霸权，但随着近代以来西方现代性的全球化扩张，这个源于西方的"美"之霸权却不可避

免地渗透进本与之完全不同的中国文化体系，并导致后者自我认识上的迷失。于是，针对近代以来中国和日本学术界按照西方"美"之观念去解释自身传统的现象，朱利安在《美，这奇特的理念》一书开篇不久处便提出了批评："我因此警觉到，我们时代的这种误解远不能促进文化间的出色对话，相反却会导致对它的破坏，我甚至相信，会导致它与我们从此遥相隔绝。那些——在中国和日本——没有更多地对'美'这一西方概念加以转化，就立刻加以应用来阐述自身传统的人，他们无疑是文化版图上，制造历史进程中的过气物的相似幻象的傀儡。"[1]而在全书结尾处，朱利安也再次对这一观点予以了重申：

> 历史的讽刺在于，美的范畴处于崩溃的确定时刻，也是它不再被一成不变地接受之时。在开篇我已经指出，中国人或者日本人从此像欧洲人一样使用这个美的范畴，而不再进一步向其主体提出质询，在这个美的范畴之下轻松地列入他们的"美学的"经验，后者被译为"美"的"学习"。由此导致的结果是什么？他们接下来不停地——正好在反面——想要阐述什么是他们的传统"美学"的渊源。甚至，对于并未成长和生活在其文化氛围中的外国人能否进入其中，他们表现得有所保留。我要问的是：对于在这个领域里是否具有传递他们自身概念的能力的怀疑，难道不是他们毫不批评和分析就进入这个成为霸权的术语的反过头来的结果？如此，美将他们与自身的过去相分离，而非更清楚地加以了解；与其说它有助于文化间的交流，它更将他们的艺术实践退

---

1. ［法］朱利安：《美，这奇特的理念》，高枫枫译，北京大学出版社 2016 年版，第 12 页。

回到了无法描述之中，并且制造出分享的屏障。[1]

这里朱利安之所以会将其对西方形而上学的批判视野延伸至对现代中国和日本美学研究的批判并非偶然，而是体现了其从"间距"和"之间"来进行哲学思考的一贯思路，因为方法论上的"间距"和"之间"若要能够成立，必须是以中国和西方文化的彼此独立为前提的，不仅西方文化应避免汉化，中国文化也应避免西化。因此在其眼中，现代中国与日本美学研究的最大问题便在于缺乏对西方"美"之观念的反思而急于从自身传统中去掘发"美"之观念，这不仅无异于缘木求鱼，还导致了对自身文化独特性的破坏。按照朱利安的论证思路，这一对中国现代美学的批评也许并非毫无道理，目前不少以"中国美学"名义出现的知识生产，便不同程度地存在着对"美"之观念的西方特殊性缺乏认识，甚至不假思索地将之奉为普遍真理的不争事实，但不可否认的是，这一批评也连带产生了让人难以接受的预设观点——古代中国与现代中国的文化断裂。事实上，中国作为欧洲文化的他者，在朱利安的著作中总是以古代中国的面目出现的，而现代中国则或者处于缺席，或者处于受批判的位置，而其理由便在于认为现代中国美学深受西方"美"之观念的污染而丧失了自身文化的独特性。

为了说明现代中国美学"误入歧途"的过程，朱利安特别提到了王国维及其"古雅"说。虽然是将康德美学引入中国的先驱，但王国维对待康德美学的态度却并非亦步亦趋，而是大胆提出了一个并不

---

1. ［法］朱利安：《美，这奇特的理念》，高枫枫译，北京大学出版社 2016 年版，第 144 页。

见诸康德美学的新概念：古雅。在《古雅篇》中，王国维详细论述了古雅与康德的美与崇高概念之不同：前者是"后天的、经验的、偶然的"，后者是"先验的、普遍的和必然的"，前者存在于艺术，后者存在于自然，前者可经由人力修养而获得，后者则仅属于天才的。虽然不少国内研究者都注意到，王国维"古雅"概念的提出乃是为了修补康德美学在经验修养方面的缺陷，并以此为中国艺术重视文教修养的传统保留位置，因而将之推崇为通过对西方美学的积极改造开创中国现代美学新传统的大师级人物，但对于同一个事实，朱利安的观察视角却有些不太一样，他认为王国维的古雅概念与其说是对康德美学的积极改造，不如说"它恰好地与'共同的经验'（experience commune）保持着最紧密的联系，以微妙却特征显著的方式如此制造着障碍的同时，在传统的外表和中国文人最平淡的修辞掩护下，向突然汹涌而至，并不太令人不堪重负的伟大迷思，借入美。"[1]换言之，在修补康德美学缺陷的同时，王国维已然在不经意间跌入了西方"美"之观念的陷阱。

从上述这一对王国维的评价中已经不难想见朱利安对待宗白华的态度。首先，宗白华虽然立足于艺术维度来发掘中国文化区别于西方文化的特质，[2]却并不排斥对源自西方的"美"之观念的运用，其著名的《论〈世说新语〉和晋人的美》一文便直接以"美"来指称晋人的艺术精神；其次，宗白华将中西文化及其哲学的差异追溯至二者形而上学的不同，乃旨在通过中西文化比较打造中国文化足以与西方文化

---

1. ［法］朱利安：《美，这奇特的理念》，高枫枫译，北京大学出版社 2016 年版，第 134 页。
2. 参见拙作《以"艺术"重构"中国"——重审抗战时期宗白华美学论述的文化之维》，《文艺争鸣》2018 年第 4 期。

比肩的形而上学传统；复次，宗白华对中国艺术精神的阐发并非旨在回归传统，而是试图以文化民族主义的方式来完成抗战中国的文化重建。宗白华的这些思路，在朱利安看来恐怕都是难以接受的：一是宗白华没有意识到"美"之观念乃西方文化特殊性下的产物，二是从形而上学层面来辨析中西文化及其哲学的差异，与"关系性思想"这个以反形而上学面目出现的中国文化特质正可谓南辕北辙，三是其对中国艺术精神的探寻乃服务于现代国家构建的目的，显然已受到西方现代性之污染。如若说王国维以"古雅"修补康德美学的做法已然不经意间跌入了西方"美"之观念的陷阱，那么，宗白华对中国艺术意境的营构则显然属于被更深地拖入了西方"美"之观念泥潭的例子。

由此可见，虽然在以一"生"一"死"来概括中西艺术精神的差别相上，朱利安与宗白华看似如出一辙，但二者阐述这一差别相的方法论却又可谓南辕北辙——正是在与宗白华的对照中，朱利安进行中西文化比较的方法论也才得到凸显。而事实上，朱利安对王国维所代表的现代中国美学的严苛评价，并非有意吹毛求疵，而是其方法论延伸下的自然结果。如前所述，在朱利安这里，"经由中国"并非旨在更好地认识中国，而是为了更好地反思西方自身，用朱利安自己的话来说，就是思考作为欧洲文化之根基的"未思"。虽然为朱利安的写作提供了一以贯之的思路，但这一方法论同样暴露出了自身的局限：在对西方文化的反思中，中国总是不可避免地被处理为了一个他者性的镜像，前述"关系性思想"便是这一他者性镜像的集中体现。因此，尽管朱利安字里行间总是表达出对中国文化的高度尊敬甚至是赞美，也因此容易赢得中国知识界的好感，但将中国封闭在"关系性思想"这一他者性的牢笼中，却也在不经意间切断古代中国与现代中国的历史连续性，并进而抽空了中国现代美学的合法性基础。

可以说，这个他者性视野下的"中国"以及由此产生的与西方"美"之观念的对立，正是朱利安对待中国现代美学严苛评价的方法论根源。将中国囚禁于"关系性思想"这一他者性的方法论牢笼中，也就等于否认了中国走向现代的内发可能，而这显然是将中国置于非历史的形而上学处境下的结果。实际上，20世纪中国知识界关于中国艺术精神的言说已然不可避免地属于对中国文化的现代重构，王国维、梁启超、蔡元培、朱光潜、宗白华、邓以蛰等现代美学家的工作，都并非旨在回到一个没有被污染过的古代中国，而恰恰是要通过中西互释实现中国艺术精神的现代转化。在这一现代转化的过程中，发生改变的绝不仅仅是"中国"，同样也包括"美"之观念这一西方形而上学的支轴。在跨文化的重构中，中国现代美学已然具备思想上的杂糅性，"中国"和"美学"在这一说法中的并置本身便显示了对这种杂糅性的肯定：一方面用"美"之观念来重新定义"中国"，另一方面也通过"中国"扩展了"美"之观念。就此而言，尽管仍有必要借鉴朱利安的研究，清楚认识"美"之观念在西方的特殊生成，但对于将中国置于他者性牢笼中的危险，我们也不能不保持充分之警惕。

（原刊于《马克思主义文艺研究》2021年第1期）

维柯的美学读法与新时期美学热

　　自 20 世纪 80 年代朱光潜翻译维柯的《新科学》以来，虽陆续有人还在推进维柯著作的翻译事业，但近十年来汉语学界关于维柯的认识，并没有沿着朱光潜的解读路径推进，而是转向了以译介西方学界的维柯研究为主，如马克·里拉的《维柯：反现代的创生》、贝奈戴托·克罗齐的《维柯的哲学》和以赛亚·伯林《启蒙的三个批评者》等。这些研究著作的译介在拓宽汉语学界的维柯认识的同时，也提供了回顾朱光潜及其维柯解读的契机。

一、汉译维柯及其三种读法

　　对于维柯的汉译工程，朱光潜可谓厥功至伟，他不仅是维柯学说在汉语世界的引介人，也是维柯最主要的著作《新科学》的翻译者。1980 年春，朱光潜以八十三岁高龄开始从英译本翻译《新科学》，夜以继日，耗时两年有余才得以完成，甚至于临终前也还在病床上校对清样。这段汉语翻译史上广为传颂的佳话，在让人感喟朱光潜老而弥坚的学术生命外，也不免令人心生好奇，究竟维柯这位三百年前的意大利学者有何魅力，能令其不惜以生命去翻译？虽然将维柯译介视作晚年的精神寄托，但朱光潜对维柯的发现却并非始自新时期，而是可追溯至更早。早在1963年受托撰写的全国统一教材《西方美学史》中，维柯便已被列为专章论述。然而，在政治运动的风起云涌中，被寄予厚望的维柯专章却如同泥牛入海，加之对《西方美学史》中片面评价的遗憾，都使朱光潜深感有必要通过翻译《新科学》来呈现一个更为全面而准确的维柯。

《西方美学史》的遗憾多少在《维柯的〈新科学〉及其对中西美学的影响》中得到了弥补。在这本由1983年应邀赴香港中文大学讲学的讲稿整理而成的小册子中，朱光潜不仅对维柯的思想遗产及其历史影响进行了全面勾勒，也交代了与维柯相遇的精神契机。虽并不限于美学，但美学却又无时无刻不得到凸显。占据《新科学》大半篇幅并直接关涉美学与诗学论述的"诗性智慧"和"发现真正的荷马"两章，便被朱光潜认定为维柯"全部哲学的基础"。然而，此后汉语学界并没有沿着朱光潜的美学读法继续推进，以至于在很长一段时间里，这本小册子都是国人了解维柯及其《新科学》的唯一读物。与之形成对照的则是当代西方学术界。在关于启蒙运动与早期现代性的研究中，维柯不仅变得越来越重要，而且还形成了丰富的解释路径。就我目力所及，已被译为汉语出版的维柯研究著作中，便存在"反启蒙"和"反现代"两种代表性读法。

"反启蒙"读法以英国学者以赛亚·伯林为代表。在对启蒙运动的思想史研究中，伯林特别重视维柯，其早年著作不仅把维柯与赫尔德（后又加上哈曼）列为19世纪声势浩大的反启蒙运动的先驱，而且还归纳出维柯学说的七项"超越时间的观念"：人的本性是变化，且变化归因于人类自身；人只能认识他创造的东西；人性科学不仅区别于而且高于自然科学；文化是整体的，具有普遍模型；文化创造的根本方式是自我表达；艺术是这种表达的主要形式；要理解各种文化的表达方式必须经由重构想象之训练。[1] 正是这些观念为后来的反启蒙运动提供了取之不竭的思想资源。《反潮流：观念史论集》则将上述芜蔓分类概括为更为简要的原则：笛卡尔开创的理性主义的启蒙传统秉持一元论立场，而维柯开创的反启蒙传统则秉持多元论立场。在伯林这里，维柯无异于打开启蒙运动之复杂性与矛盾性大门的钥匙。

"反现代"读法则以美国芝加哥大学教授、施特劳斯学派第三代传人马克·里拉为代表，其博士论文《维柯：反现代的创生》同时也标志了"反现代"读法的创生。里拉认为无论是浪漫派对维柯的重新发现，还是后来伯林对这一思想史脉络的解读，都偏重于从《新科学》中去发掘维柯身上的反启蒙因素，却忽视了作为维柯思想萌蘖的早期著作其实是用神学形而上学语言写就。这意味着维柯虽然哺育了后来的反启蒙运动，却不仅不是伯林所说的多元论者，反而是现代多元论的深刻批判者，"是披着现代社会科学的外衣，却提出了一种根本反现代的政治理论的第一位欧洲理论家。"[2] 随着施派学说在中国的引入与传播，"反现代"读法也在汉语学界生根发芽。2008 年，《经典与解释》辑刊便刊发"维柯与古今之争"专题，收录论维柯与塔西佗、马基雅维利、格劳秀斯、施宾诺莎关系的论文，便可视作这一读法的延伸。

在维柯的思想定位上，"反启蒙"读法和"反现代"读法可谓针

---

1. 参见［英］以赛亚·伯林：《启蒙的三个批评者》，马寅卯、郑想译，译林出版社 2014 年版，第 9—11 页。
2. ［美］马克·里拉：《维柯：反现代的创生》，张小勇译，新星出版社 2008 年版，第 12 页。

锋相对，但二者又都并未局限于学科视野，而是将维柯学说放置到启蒙／反启蒙这对现代性的内部张力或古今之争的格局下来加以论述。相较之下，朱光潜仅仅抓住美学一隅来对维柯进行解读的美学读法，无论是在论述篇幅上，还是在思想深度上，都不免显得有些"单薄"。尽管存在被目为过时的危险，但维柯的美学读法却显然存在着不容置喙的历史意义。与"反启蒙"读法和"反现代"读法都发端于西方思想的自身关切一样，美学也同样提供了维柯进入汉语的思想前提。可以说，正是朱光潜在美学视野中对维柯的发现和解读，维柯与汉语的相遇才并不外在于当代中国思想，而是作为新时期初"美学热"的一次事件，深入地参与了当代中国社会思想的变革。由此引发的问题在于维柯进入汉语为何由美学视野所开启？这一读法有何特异之处，为何竟又后继无人呢？

二、经由克罗齐发现维柯

虽然晚年朱光潜在引介维柯上不遗余力，但在其早期文字中，维柯的出镜率却远不如另一位更为晚近的意大利学者贝内代托·克罗齐。从《欧洲近代三大批评学者——克罗齐》的推崇引介，到《文艺心理学》的有限反思，再到《克罗齐哲学述评》和《克罗齐美学批判》的全面批判，克罗齐几乎贯穿了朱光潜前期的美学著述，而对维柯的发现也恰恰是经由克罗齐实现的，如其所称："为了进一步了解克罗齐，我才涉猎了他的思想祖师维柯的《新科学》。"[1]作为 20 世纪

---

1. 朱光潜：《维柯的〈新科学〉及其对中西美学的影响》，贵州人民出版社 2009 年版，第 50 页。

上半叶在西方思想界颇有声望的意大利学者，克罗齐不仅积极利用自己的声望为那不勒斯同乡先贤维柯的世界性影响正名，宣称"几乎所有的十九世纪的唯心主义学说都可以被认为是维柯学说的重演"[1]，而且还通过在其著述中广泛吸收维柯学说，甚至于将之追溯为自己哲学思想的源头，努力使之在当代思想中再度复活。维柯的美学读法也正是在此背景下由克罗齐首先开启。

以美学作为全部哲学之起步的克罗齐，不仅将"艺术即直觉"视作对维柯衣钵的继承，还在《美学的历史》中将之追溯为现代美学学科的真正创始人："洞察诗和艺术的真正本性，并在这种意义上讲发现了美学科学的革命者，是意大利人詹巴迪斯塔·维柯"，甚至宣称"维柯的真正的新科学就是美学。"[2] 在克罗齐看来，维柯至少早于"美学之父"鲍姆加登十多年便已为美学学科划定了范围，且其观点原创性之强甚至要"找到维柯美学观念的真正先例是很难的"[3]。由此可见，朱光潜在《西方美学史》中为维柯开辟专章的做法，不啻对克罗齐《美学的历史》的效仿，但不同之处在于朱光潜虽然肯定了维柯对于美学学科的重大贡献，却并不认同克罗齐执意要为维柯争夺美学学科创始人的做法，这一态度背后也暗示了二者在维柯解释上的不同着眼点。

如果说克罗齐在《美学的历史》中标举维柯为"发现了美学科学的革命者"，主要着眼于其诗性思维的论述，不仅自觉反对所有之前的诗学理论，而且天才地为美学自主性划定了领域，那么，朱光潜

---

1. ［意］克罗齐：《维柯的哲学》，陶秀璈、王立志译，大象出版社 2009 年版，第 166 页。
2. ［意］克罗齐：《美学的历史》，王天清译，商务印书馆 2015 年版，第 69、81 页。
3. ［意］克罗齐：《维柯的哲学》，陶秀璈、王立志译，大象出版社 2009 年版，第 36 页。

《西方美学史》中对维柯的肯定则更加具体地落实为两点：一是对历史的重视。朱光潜清楚地看到维柯关于诗性思维是人类历史发展最初阶段的观点乃隶属于其历史哲学，因而肯定维柯将历史发展观点与美学相结合，实可视作黑格尔的先驱；二是对形象思维（即诗性思维）的具体论述，如形象思维是原始的和普遍的，与抽象思维相对立，借助以己度物的隐喻进行并形成想象性的类概念或典型等。后来《维柯的〈新科学〉及其对中西美学的影响》则可视作对这两点的深化与扩展：一方面高度肯定维柯关于诗性思维源于"共同人性"、"人类历史由人类自己创造"、"认识真理凭实践"等观点在西方哲学史上的革新意义，另一方面也通过引述马克思与维柯思想的关联将之引入新时期人性论、人道主义与共同美的讨论。

尽管在维柯的美学读法上深受克罗齐的启发，但朱光潜与克罗齐的分歧除了着眼点的不同外，还体现为对克罗齐发挥维柯思想的诸多批评：一是克罗齐放大了维柯关于形象思维与抽象思维相对立的观点："维柯承认想象以感官印象为依据，而感官印象以客观存在为依据，克罗齐则否认直觉之前的感觉以及感觉所自来的客观存在，他的'直觉'也绝不可能就是维柯的'想象'"，二是克罗齐"介绍维柯的功绩，一字不提他的历史发展观点"。[1]如果说分歧一产生自朱光潜对克罗齐渐趋准确的认识和把握，那么，分歧二则体现了二者在对待美学与历史关系问题上的差异。虽然一致认为维柯把人类早期文明全部归结为诗性思维的观点失之含混，因之有必要将美学与荷马时代相分离，但二者的方案却并不一致：克罗齐试图通过将美学从历史哲学中

---

1. 朱光潜：《西方美学史》，人民文学出版社 1979 年版，第 337 页。

解放出来，以直觉概念建立现代美学科学，而朱光潜却通过把诗视作人类历史中延续不绝的现象，主张在美学中保留历史观念。

由此可知，朱光潜与克罗齐在维柯解读上的区别，实乃二人美学分歧之投影。由于克罗齐标举维柯主要是为了批判 20 世纪初流行的实证主义思潮，不免存在贬低经验抬高精神的倾向，其所谓绝对历史主义也就是要对历史进行彻底唯心化和精神化处理，由此也便不难理解为何克罗齐要将维柯标举为 19 世纪全部唯心学说的先驱。然而，这一方向却恰恰是朱光潜的前期美学构建欲以超克的对象。正是出于唯心论批判的需要，克罗齐才被树立为西方唯心论的集大成者，而克罗齐美学的缺陷，诸如以机械论割裂审美领域与道德领域、忽视传达问题导致将审美封闭在个体内部等，也便被视作西方唯心论传统之缺陷的典型症状。虽然在《西方美学史》中，朱光潜也曾将维柯宣判为唯心论者，但在经过对《新科学》的翻译与研究后，他已幡然悔悟克罗齐从唯心论来解释维柯显然犯了南辕北辙的错误，而这一切又都在于他从维柯身上发现了较之克罗齐的解释远为丰富的，甚至可以用来修正西方唯心论缺陷的思想资源。

三、"美学热"的张力及其消解

重新回顾维柯的美学读法，不仅有助于辨析朱光潜与克罗齐二人的美学差异，同时也提供了重新理解新时期"美学热"的重要窗口。众所周知，新时期初的"美学热"乃围绕人性论、人道主义和共同美等议题展开，李泽厚和朱光潜又往往因对这些论题的开拓性解读，而被认为是"美学热"的中坚人物。但如若进一步考察，便会发现二人对这些论题的开拓性解读又都借力于对西方哲学家的解读：朱光潜翻译与解读维柯，李泽厚解读康德。尽管人性、共同美等确实提供了两种解读所共通的发力点和突破口，但二人关于人性和共同美的理解恐怕却并不一致。这种不一致的直接体现便是对维柯与康德的不同选择。在李泽厚这里，康德批判哲学的基础在于对人的先验普遍能力的设定，而朱光潜对之却颇多微词。在《西方美学史》中，朱光潜便批评康德的共通感概念缺乏经验内容，因而仅止步于玄学思辨。相较之下，维柯虽然也提供了关于共同人性的论述，但这一论述却并非源于先验设定，而是植根于文教制度的历史延续。

就此而言，朱光潜之所以选择维柯而非康德，与前述他与克罗齐的分歧密切相关。由于对克罗齐的批判导因于对西方唯心论传统之缺陷的不满，而在朱光潜的叙述中，康德和克罗齐恰恰位于这一传统的两端：康德作为开创者，克罗齐作为集大成者，不选择康德也便肇因于此。由此可见，朱光潜对于维柯的青睐必须追溯至其前期思想中的唯心论批判。事实上，正是通过长达十余年的对克罗齐美学的接受，以及由此上升为对西方唯心论传统的整体批判，摸索中国现代美学独特道路的可能才在朱光潜头脑中渐趋成型。由于将美之社会性问题置于美学思考的核心，这一构建虽然同样要回答共同美感如何才能在人与人之间得以实现的问题，但彼时的朱光潜既非取径于康德，也非借助于维柯，而是在中国古代的儒家思想中获得了启示。《谈修养》一书便基于对一种儒家美学的阐述：审美不仅源于"恻隐之心"的先天依据，更为关键却在于后天修养对"恻隐之心"的呵护，而文艺作品恰恰是以美育提升修养的绝佳途径。

在朱光潜看来，为审美确立心性基础的同时也按照审美原则来搭建礼乐制度的双重保障，使得中国古代的儒家学说提供了远比康德成熟的社会性方案。在此方案下，美之社会性才不仅源于形而上学的先验假定，也是存在于历时性中可触可感的经验事实，因而也就同时具备了为民众共享的普遍性和历史的连续性。这一认识在国共内战时期的《诗的普遍性与历史的联续性》一文中达至高潮。该文将一个民族的诗比喻为一条源远流长百川贯注的河流，拥有着共同的和一贯的生命：在横的方面具有表现全民众与感动全民众的普遍性，在纵的方面则具有前有所承后有所继的历史连续性。虽然这一普遍性与特殊性相结合的美学理解后来被置换为了马克思主义语言，例如在对维柯的美学读法中，朱光潜便经常运用人民性、阶级性、实践性和历史唯物主义等术语来解释维柯学说，然而可以肯定地说，朱光潜对这些术语的运用并非马克思主义式的，而是维柯主义式的，亦即从根本上将诗视作普遍性与特殊性相结合的象征形式。

这意味着在接受维柯之前，朱光潜身上便已然存在着一种维柯主义式的美学理解，也正是这一理解提供了后来发现维柯并对之进行美学解读的前提。但由于在新中国成立后迅速被打断，这种维柯主义式的美学理解并未定型，而是如同前述维柯学说一般存在"反启蒙"和"反现代"等众多因素。譬如，虽然朱光潜认为五四运动的远未成功在于文化建设上的薄弱，但他却转向了从被五四运动呼吁打倒的儒家礼教中去寻找重建的资源；同样地，虽然肯定英美的"以教辅政"模式优于俄德的"以政统教"模式，但朱光潜却又认为二者都远远比不上柏拉图和孔子"以教统政"的古典政制理想。这些异质元素都充分揭示出维柯的美学读法并非新启蒙主义所能化约，而新时期"美学热"也因其内部的张力并非铁板一块。这种张力不仅存在于维柯与康德之间，也存在于朱光潜与李泽厚之间，并因而导致了不同的姿态：李泽厚以"救亡压倒启蒙"说成为新启蒙主义的哲学代言人，而朱光潜晚年则多次辩解自己其实是儒家。

借助于对维柯的美学读法的回顾，我们得以窥见新时期"美学热"的内在张力，然而，新启蒙主义作为新时期主导意识形态的确立，恰恰以这一张力的消解为前提，其典型做法便是以康德来化约维柯，以李泽厚来化约朱光潜。尽管如前所述，朱光潜关于维柯的美学读法中存在着"反启蒙"和"反现代"的异质因素，但这些异质因素的存在却又并未使朱光潜成为一名"反启蒙"或"反现代"的思想家，其中固然由于垂垂老矣的朱光潜已无法如李泽厚那样，可以通过持续不断的写作来呈现自身的复杂性，也与朱光潜本人参与塑造"美学热"的姿态有关。无论是出于隐微修辞的考虑，还是思想转变的真实表达，当朱光潜不断要求读者将维柯的《新科学》与恩格斯的《家庭、私有制和国家的起源》相对照，要求用青年马克思来解释维柯的人性论观点时，便已主动将维柯引向了人性论、人道主义和共同美的讨论。就此而言，维柯的美学读法中虽然回荡着历史的隐秘回声，但这些回声又都注定走向为新启蒙大潮所吞没的命运。

（原刊于《读书》2016 年第 1 期）

朱光潜与英国经验主义传统

——兼论其修正克罗齐美学的背景与资源

朱光潜对西方美学的吸收以克罗齐为线索，这几乎已成为研究界的共识。但细作考察，这一共识其实源自朱光潜本人不断地自道："我学美学是从学习克罗齐入手的，因为本世纪初期克罗齐是全欧洲公认的美学大师，我是在当时英美流行的风气之下开始学习美学的，我所读过的美学家的著作多半是在克罗齐影响之下写出来的……"[1] 今天看来，克罗齐的影响固然不可否认，但过于强调对克罗齐的接受也可能会遗漏一些关键问题，比如朱光潜为何会"误读"克罗齐？这种"误读"是有心还是无意？时至今日，这些问题仍在持续地引发争议。[2] 在笔者看来，大多数人在关注前一句中的克罗齐之同时，却往往遗漏了后一句中的"英美流行之风气"。这意味着，朱光潜对克罗齐的接受还存在着一个前提，那便是英国经验主义传统，它不仅构成了克罗齐在英美流行的方式，也潜在地影响了朱光潜对克罗齐美学的接受。

---

1. 《答郑树森博士的访问》，《朱光潜全集》第 10 卷，安徽教育出版社 1993 年版，第 648 页。
2. 其中王攸欣与肖鹰就朱光潜接受克罗齐问题产生的争论堪为典型。参见肖鹰：《怎样批评朱光潜？——评王攸欣〈选择·接受与疏离〉》，《文艺研究》2003 年第 5 期；王攸欣：《怎样研究朱光潜？——答肖鹰对我的〈选择·接受与疏离〉的批评》，《文艺研究》2004 年第 1 期。

然而，相比于对克罗齐美学的反复解读，朱光潜对英国经验主义传统的论述却相当有限，直到 20 世纪 60 年代的《西方美学史》中才辟专章加以论述。这种对英国经验主义传统的"回避"态度使得对此线索的清理充满了难度，本文乃尝试从三个方面对之加以挖掘和阐发。

一、经验与联想：现代心理学的经验主义传统

心理学是朱光潜接受英国经验主义的一个重要渠道。年轻时的朱光潜对心理学一度兴趣浓厚，用他自己的话来说，他的兴趣第一是文学，第二是心理学，第三是哲学，而美学把这些兴趣统合在了一起。他的好友、后成为著名心理学家的高觉敷也回忆说："记得他赴英国留学的第一年，还常写信来说自己很犹豫，究竟舍心理学而专研文学呢？或竟舍文学而专研心理学呢？"[1] 早在求学香港大学期间，朱光潜就接受过一些心理学训练，并写下了最初的几篇心理学论文。到英国之后，这种兴趣不仅没有削弱，反而变得更加强烈。在爱丁堡大学期间他参加了心理学的研究班，并在心理学导师竺来佛的指导下，写出了论文《论悲剧的美感》，正是这篇论文成为他后来博士论文的雏形。从爱丁堡大学毕业后，朱光潜又跨海到法国巴黎大学去旁听德拉库瓦教授的文艺心理学课程，并最终在斯特拉斯堡大学完成了他的博士论文《悲剧心理学》，论文的指导老师夏尔·布朗达尔同样是心理学教授。即便从专业角度而言，朱光潜在心理学上的造诣也绝非业余爱好，以至于他的同窗好友、著名心理学家高觉敷如此评价道："他

---

1. 《〈变态心理学〉序》,《朱光潜全集》第 1 卷，安徽教育出版社 1987 年版，第 193 页。

在心理学上的贡献，实超过于一般'像煞有介事'的专门家之上。"[1]
这绝非溢美之词。朱光潜不仅是最早向国内介绍弗洛伊德、行为主义
心理学和完形派心理学的那批人之一，而且还致力于将心理学与文学
研究相结合，这从其早年著作《变态心理学派别》、《变态心理学》和
《文艺心理学》中可见一斑。

在《文艺心理学》的"作者自白"中，朱光潜还专门解释了书名
的由来："我对于它的名称，曾费一番踌躇。它可以叫做《美学》，因
为它所讨论的问题通常都属于美学范围。美学是从哲学分支出来的，
以往的美学家大半心中先存有一种哲学系统，以它为根据，演绎出一
些美学原理来。本书所采的是另一种方法。它丢开一切哲学的成见，
把文艺的创造与欣赏当作心理的事实去研究，从事实中归纳得一些可
适用于文艺批评的原理。它的对象是文艺的创造和欣赏，它的观点大
致是心理学的，所以我不用《美学》的名目，把它叫做《文艺心理
学》。这两个名称在现代都有人用过，分别也并不很大，我们可以说，
'文艺心理学'是从心理学观点研究出来的'美学'。"[2]由此可见，朱
光潜对其美学研究的心理学方法不仅是自觉的，而且还刻意以此显示
出与传统的哲学美学的不同。关于这一点，晚年时的朱光潜在回应意
大利学者沙巴蒂尼批评他错误地运用经验主义去解读克罗齐的思辨哲
学时表述得更加清楚："朱光潜把他的著作称为《文艺心理学》，就标
明了他的出发点是经验科学而不是思辨哲学的。"[3]

---

1. 高觉敷：《序》，《朱光潜全集》第 1 卷，安徽教育出版社 1987 年版，第 193 页。

2. 《文艺心理学》，《朱光潜全集》第 1 卷，安徽教育出版社 1987 年版，第 197 页。

3. 《〈外国学者论朱光潜与克罗齐美学〉按》，《朱光潜全集》第 10 卷，安徽教育出版社 1993
   年版，第 552 页。

不可否认，正是对心理学的这种笃好构成了朱光潜接受克罗齐的思想基础。正如有研究者所指出："在他的美学中，他总是试图以经验心理学成果来阐释克罗齐的理性主义论点，他的心理学知识始终是其美学构成的重要因素。"[1]当然，心理学并不就等同于英国经验主义传统。准确地讲，朱光潜所受心理学的影响更多来自以实验为基础的科学心理学。1879年，冯特在德国莱比锡大学建立第一个心理学实验室被认为是科学心理学诞生的标志，到了朱光潜留学英法的20世纪20年代，西方心理学界正处在百花齐放的时代，构造主义心理学、弗洛伊德心理学、机能主义心理学、行为主义心理学、完型心理学等几乎同时并存，而以实验来研究审美心理正是流行风气。对此朱光潜曾专门撰写了《近代实验美学》一文加以介绍。而传统意义上的英国经验主义指的则是由培根、霍布斯、洛克、贝克莱、休谟等人开创的哲学传统。这一传统认为知识的唯一源泉是感觉经验，知识是心通过感性经验的逐渐积累而发展出来的，这与理性主义者把知识来源视作天赋观念的看法截然不同。在对经验的研究中，英国经验主义强调联结（association）的作用，这一思路后来通过哈特利、布朗、密尔父子、贝恩等发展出的联想主义心理学，乃成为现代心理学的渊薮之一。

虽然朱光潜在哲学美学与心理学美学之间作了区分，但在现代心理学诞生之前，哲学与心理学之间并不存在界限，心理学往往被视作某种心灵哲学来研究。[2]这意味着现代实验心理学除了科学起源外，

---

1. 王攸欣：《选择、接受与疏离》，生活·读书·新知三联书店 1999 年版，第 127 页。
2. ［英］爱德华·里德：《从灵魂到心理：心理学的产生，从伊拉斯马斯·达尔文到威廉·詹姆士》，李丽译，生活·读书·新知三联书店 2001 年版，第 3 页。

还存在着哲学上的起源，而在众多的哲学起源中，英国经验主义传统又占据着重要位置。美国心理学史家波林便指出："这个传统对于近代心理学的影响较任何其他传统为更大，他对德国的意动心理学、英国的系统心理学和美国的詹姆士都有巨大的影响，它尤其是实验心理学的哲学祖先。单靠生理学也许只能产生一种感觉生理学或反射学。英国的传统乃是实验心理学的必要的补充。它先提供了心理学的问题，规定了心理学的范围，使它超出了心理学的方法所能单独研究的范围。它虽然有时为心理学章目提供思辨的内容，使实验法束手无策，因而不能建立在实验资料的基础之上，但同时它也刺激心理学努力扩大实验室的技术以研究'较高级的心理历程'。正是英国的传统使知觉成为心理学的主要问题。"[1] 这段话精炼地阐明了英国经验主义哲学传统之于现代心理学尤其是实验心理学的奠基性意义。对此朱光潜同样有着清醒认识，他后来在《西方美学史》中便对二者关系进行了阐发：

> 首先是从英国经验主义盛行之后心理学日渐成为美学的主要支柱，休谟和博克都主要是从心理学观点去研究美学问题的。德国哲学家、"美学始祖"鲍姆嘉顿本人以及以研究形象思维著名的维柯，多少都是继承英国经验主义的衣钵；从心理学角度看问题的风靡一时的费肖尔和立普斯的"移情说"，于认识之外研究情感在欣赏艺术和自然中所发生的作用。到了上世纪末，弗洛伊德、荣格和阿德勒等人还运用变态心理学来分析文艺活动。本

---

1. ［美］E.G. 波林：《实验心理学史》，高觉敷译，商务印书馆 1981 年版，第 190 页。

世纪初，英美各大学把心理学的实验和测验也应用到美学研究里去。[1]

在很大程度上，朱光潜对克罗齐的批判乃是通过从实验心理学向英国经验主义传统的回溯实现的。他在《文艺心理学》序言中这样写道："从前，我受康德到克罗齐一线相传的形式派美学的束缚，以为美感经验纯粹地是形象的直觉，在聚精会神中我们欣赏一个孤立绝缘的意象，不旁牵他涉，所以抽象的思考、联想、道德观念等等都是美感范围以外的事。现在，我觉察人生是有机体；科学的、伦理的、美感的种种活动在理论上虽可分辨，在事实上却不可分割开来，使彼此互相绝缘"[2]。这段话常被摘引作为朱光潜自觉批判克罗齐的证据，却很少有人注意其中与英国经验主义传统的关联。事实上，正是立足于后者将经验视作感觉与观念之联结的经验主义哲学视野来看，审美经验与科学思维、道德情感之间也才并不存在质的区别，因为作为人类经验它们本就是无法分割的，这与康德区分知情意的思路可谓截然不同。如果说康德对认识活动的规定立足于先天形式的话，那么，英国经验主义传统对意识联结的探询则更近于对经验内容的关注，而正是这一关注打破了康德美学所赖以出现的知情意划分。据此朱光潜得以声称："我们否认艺术的活动可以计入美感经验的狭窄范围里去，承认艺术与直觉联想仍有相当的关系，反对把'美感的人'和'伦理的人'与'科学的人'分割开来，主张艺术的'独立自主'是有限制

---

1. 《西方美学史》上卷，《朱光潜全集》第 6 卷，安徽教育出版社 1990 年版，第 21 页。
2. 《文艺心理学》，《朱光潜全集》第 1 卷，安徽教育出版社 1987 年版，第 197—198 页。

的，这都是与克罗奇背道而驰的"[1]。

二、道德效果：重建美感的价值之维

朱光潜既然反对在伦理活动与美感活动之间强作区分，那么，他对美感经验的论述就必然会触及与道德德关系问题，这同样显示出来自英国经验主义传统的影响。实际上，早年奉持审美自律性原则的朱光潜曾拒绝承认审美与道德的关联，直到对形式派美学有了批评的自觉后，他对待审美与道德关系的态度才发生了重大转变。这种转变最为明显地体现在他向《文艺心理学》中添加的专论美感与道德的第七、八两章。在这补充的两章里，朱光潜分别从历史梳理与理论建设两个方面论述了美感与道德的关系。朱光潜认为，无论是在中国还是在西方，道德教化历来就是文艺的重要功能，二者的关系直到晚近才受到来自两种力量的挑战：其一是"为艺术而艺术"的文艺思潮，其二则是从康德到克罗齐一脉相承的唯心主义——形式主义美学，其中后者的冲击尤大："这派美学从美感经验的分析证明艺术和道德是两种不同的活动。道德是实用的，起于意志；美感经验是直觉的，不涉意志欲念的。像游戏一样，它是剩余精力的自由流露，是'无所为而为的观赏'，所以与道德实用无关。"[2] 而对于此种思潮的反动，朱光潜则列举了俄国的托尔斯泰与英国的 I.A. 瑞恰兹（Richards，也附带提及批评家罗斯金和莫里斯）。他认为二者均提供了将道德与美感相关联的解释，但区别在于前者受太多来自宗教的影响，后者更具科学意

---

1. 《文艺心理学》，《朱光潜全集》第 1 卷，安徽教育出版社 1987 年版，第 359 页。
2. 同上书，第 303 页。

味。相较之下，朱光潜自然更倾向于瑞恰兹。

朱光潜对瑞恰兹的青睐同样与已然跻身科学行列的现代心理学有密切关系。1925 年，朱光潜赴英伦留学，正逢瑞恰兹《文学批评原理》出版之际。该书将心理学运用于文学批评的尝试，使得瑞恰兹成为炙手可热的批评家。朱光潜何时阅读瑞恰兹，已难考证，但至少在30 年代中期批评克罗齐的时候（其时瑞恰兹已然在清华大学任教），瑞恰兹已然被频繁引用，并成为批判克罗齐美学的重要资源。在《文艺心理学》后来补入的专论克罗齐的章节中，朱光潜对克罗齐美学提出了三点批评："第一是他的机械观，第二是他的关于'传达'的解释，第三是他的价值论。"[1] 其中"传达与价值问题"，作为该章的副标题，更是提示了朱光潜批判克罗齐美学的重要立足点，而这两点其实均源自瑞恰兹。很少有人留意到，该书附录参考书目在传达与价值条目下所列的正是瑞恰兹的《文学批评原理》，在该著中瑞恰兹声称："批评理论所必须依据的两大支柱便是价值的叙述和交流的叙述。"[2] 虽然托尔斯泰文论亦可提供类似观点，但朱光潜重点强调瑞恰兹即可见出其取舍：托尔斯泰立足于俄国东正教传统，瑞恰兹则显示出来自英国经验主义传统的影响，[3] 这又集中体现于对"价值"问题的讨论。

结合 20 世纪 20 年代英国文学的语境来看，瑞恰兹对文学价值的

---

1. 《文艺心理学》，《朱光潜全集》第 1 卷，安徽教育出版社 1987 年版，第 359 页。

2. 同上书，第 19 页。

3. 对瑞恰兹的研究不同程度上强调了与英国经验主义传统的关联，可参见 Law, Jules David. *The Rhetoric of Empiricism：Language and Perception from Locke to I.A.Richards*. Ithaca and London：Cornell University Press，1993. Craig, Cairns. "T.S.Eliot, I.A.Richards and Empiricism's Art of Memory." *Revue de Métaphysique et de Morale*，No.1，Presses Universitaires de France，1998，pp.111—135。

强调主要是针对唯美主义"为艺术而艺术"的观念而发。由于深受欧陆哲学（尤其是康德哲学）对知情意先验划分的影响，英国唯美主义者认为以形式为皈依的美感经验具有区别于日常生活经验的独立性与自主性，这就将价值问题排除在了美感之外。瑞恰兹则认为，这种源于康德哲学的先验假设很难为心理学所证实，因而呼吁研究美感必须回到对具体经验的分析上来。遵循英国经验主义传统，瑞恰兹指出，作为感觉与反省之产物的审美经验与其他经验并无不同，"它们仅仅是进一步发展且更加精细地组织了普通经验，而根本不是一种新型的不同的种类。我们赏画读诗或者听音乐的时候，我们并不是在做什么特别的事，跟我们前往国家美术馆途中的言谈举止或清晨我们穿戴衣冠的情形并无两样。"[1]

事实上，对美感经验与道德经验"不做区分"正是英国经验主义哲学的共识。洛克便宣称人类所能证实的唯有经验，"事物有善恶之分，只是因为我们有苦乐之感。所谓善就是能引起（或增加）快乐或减少痛苦的东西……所谓恶就是产生（或增加）痛苦或能减少快乐的东西。"[2]哈奇森亦指出"我们并不认为这个道德感，比起别的感觉来，更需假定的任何天赋的观念、知识或实践命题。我们所谓道德感，只不过是我们心灵在观察行为时，在我们判断该行为对我们自己为得为失之前，先具有的一种对行为采取可爱与不可爱意见的作用。"[3]这一将道德与审美直接关联的思路在其《论美与德性观念的根源》中更是

---

1. ［英］艾·阿·瑞恰慈：《文学批评原理》，杨自伍译，百花洲文艺出版社 1992 年版，第 10 页。

2. ［英］洛克：《人类理解论》上卷，关文运译，商务印书馆 1959 年版，第 199 页。

3. 转引自周辅成编：《西方伦理学名著选辑》上卷，商务印书馆 1964 年版，第 790 页。

得到了详细论证。与之类似，休谟也认为"道德不在事物的抽象性之中，而是完全与每一特定存在的情感或内心情趣相关；其方式与甜和苦、热和冷的区分由各个感官的感觉中产出来一样。因此，道德知觉不应归类于理智的活动，而应归类于趣味或情感。"[1] 由于总是在经验的层面将道德视作快乐或痛苦、可爱或不可爱的效果，道德与审美在英国经验主义传统中也就获得了难分彼此的同源性。

　　尽管承接着英国经验主义传统的遗绪，但瑞恰兹又小心翼翼地避免将道德与美感直接画等号，其论述美感与道德关系时之所以采用"价值"的说法而非"道德"或"伦理"，即出于这样的考虑。在瑞恰兹看来，不恰当地引入价值考虑通常会导致失败，托尔斯泰即这样的例子（朱光潜亦基于同样的理由而对托尔斯泰颇有微词）。为了避免陷入传统形而上学价值观的窠臼，瑞恰兹转而采用心理学上的冲动满足理论来对价值进行重新解释："最有价值的心态因此就是它们带来各种活动最广泛最全面的协调，引起最低程度的削减、匮乏、冲突和限制。大体而言，心态的价值程度在于它们有助于减少浪费和挫伤。"[2] 按照这一心理学的新解释，愈是能够调和人类各种冲动满足的事物就愈有有价值，这就将传统形而上学的道德规范问题转化为了冲动的组织与平衡的问题。就此而言，瑞恰兹通过引入心理学对价值的重释也显示出了整合科学主义与人文主义的尝试。在瑞恰兹看来，文艺的价值就在于它们能够促进冲动的调和，并最终使得"我们支配生活的能力、我们观察生活的眼光、我们对生活的各种可能性的辨别力

---

1. 转引自周晓亮：《休谟及其人性哲学》，社会科学文献出版社 1996 年版，第 246 页。
2. ［英］艾·阿·瑞恰兹：《文学批评原理》，杨自伍译，百花洲文艺出版社 1992 年版，第 50 页。

都有所提高"[1]。而这个对价值的心理学理解也同样为朱光潜所吸收。

在对文艺与道德关系的历史进行了梳理后，朱光潜阐明了自己的观点。按照文艺作品与道德发生关系的方式，他将文学作品分为了三大类：一是有道德目的者，二是一般人所认为不道德者，三是有道德影响者。第一类利用文艺来进行道德宣教，第二类虽然在主题上与一般人的道德观点相违，却也存在不少艺术佳作，第三类指的则是那些能在气质或思想方面对读者产生良好影响的作品，由此朱光潜得出结论称："凡是第一流艺术作品大半都没有道德目的而有道德影响。"[2]不难发现，朱光潜同瑞恰兹一样，都认为文艺之于道德的影响并不是直接的，而是需要通过经验的转换："这种启发对于道德有什么影响呢？它伸展同情，扩充想象，增加对于人情物理的深广真切的认识。这三件事是一切真正道德的基础。"[3]这一说法几乎就是对瑞恰兹文艺促进人生说的翻版。有论者指责朱光潜"混淆了文艺与道德的关系问题"[4]，其实是对英国经验主义传统不甚了然的缘故。事实上，朱光潜并非混淆了文艺与道德，而是试图通过区分目的与效果来兼顾二者，即一方面承认形式派美学在美感经验中的部分合理性，另一方面又采用经验主义方法去论证道德价值在美感经验发生之前和结束之后的意义。当然，这一"兼顾二者"的确又多少流露出朱光潜所自嘲的"折中态度"。

---

1. ［英］艾·阿·瑞恰慈：《文学批评原理》，杨自伍译，百花洲文艺出版社 1992 年版，第 215 页。
2. 《文艺心理学》，《朱光潜全集》第 1 卷，安徽教育出版社 1987 年版，第 319 页。
3. 同上书，第 325 页。
4. 薛雯：《朱光潜的文艺与道德关系论》，《安徽大学学报》(哲学社会科学版) 2004 年第 5 期。

三、情的美学：中西经验传统之互通

朱光潜受英国经验主义传统的影响还体现在对情感功能的重视上，这也直接影响到了他对克罗齐直觉论美学的接受。在 1927 年的《欧洲近代三大批评学者（三）——克罗齐》一文中，朱光潜便启用了情感来解释克罗齐的直觉概念："在心灵的创造作用中，背面的支配力是情感。所以克罗齐又把'美术即直觉'一个定义引申为'美术即抒情的直觉'。换句话说，在美术的直觉中情感与意境相融合为一体，这种融合就是所谓'心灵综合'，所谓'创造'，所谓'表现'，总而言之，就是美术。"[1] 有论者指出这是对克罗齐直觉论的重大误解："其实'情感'在克罗齐看来只不过是被动的'材质'，绝不是支配力，这种误解直到 40 年代才消除。"[2] 这种说法有其合理性，在 1948年的《克罗齐哲学述评》中，朱光潜的确对他过去从情感来解读克罗齐直觉概念的做法进行了说明："因此我颇疑心他利用 feeling 字义的暧昧，把他自认为尚未成'觉'的'感触'（feeling）和一般人随便称为 feeling 的深切'觉'得的'情绪'（emotions）混为一事。"[3] 然而，这一对"误解"的澄清并不等于"误读"的取消。

事实上，在承认"误读"的同时，朱光潜也为自己用情感解释克罗齐直觉概念的做法做了积极申辩："由感触到直觉（由一片绿叶

---

1. 《欧洲近代三大批评学者（三）——克罗齐（Benedetto Croce）》，《朱光潜全集》第 8 卷，安徽教育出版社 1993 年版，第 236 页。

2. 王攸欣：《选择、接受与疏离》，生活·读书·新知三联书店 1999 年版，第 128 页。

3. 《克罗齐哲学述评》，《朱光潜全集》第 4 卷，安徽教育出版社 1988 年版，第 382 页。

的刺激生成绿叶形状的知觉），只经过一步活动；由情绪到表现（由感觉到欢爱的情绪到用'关关雎鸠'那意象表现它），却须经过两步活动，首先觉到情绪，其次知觉到表现那情趣的意象。"[1] 他认为克罗齐的问题正在于混淆了一般性知觉和艺术直觉，前者仅仅是"感触"，后者才是涉及"情感"，而这其实也是非艺术与艺术的区别。由此可见，朱光潜认为自己之所以会"误读"克罗齐，根源并不在自己身上，而是由于"克罗齐似根本没有认清这个分别"[2]。在朱光潜看来，尽管自己"误读"了克罗齐，但在对情感的认识上远比克罗齐更正确。实际上，通过对自己的情感理解与克罗齐混淆"情感"与"感触"的做法进行区分，朱光潜不仅没有改弦更张，反而更进一步地阐明了自己"误读"的合理性。而隐藏在这种对"误读"的坚持背后的，正是朱光潜构建自己"情的美学"的追求。若从更宏观的视野来看，这一追求的背后其实又深藏朱光潜汇通中西经验传统的努力。

其一是英国经验主义传统。情感（emotion）作为英国经验主义哲学中的重要命题，涉及人的行为实践与道德判断。夏夫茨伯利划分了情感的不同类型，并认为"按照这些情感的存在，一个人可分为道德的或邪恶的，善的或恶的"[3]，而哈奇森和休谟也同样认为道德并非理性判断，而是与情感密切相关，甚至道德情感。对于英国经验主义传统，朱光潜后来在《西方美学史》中评论道："休谟所提的同情说着重美的社会性和道德性，可以看作是一种健康的观点。他有力地打

---

1. 《克罗齐哲学述评》，《朱光潜全集》第 4 卷，安徽教育出版社 1988 年版，第 382—383 页。
2. 同上书，第 383 页。
3. 转引自周辅成编：《西方伦理学名著选辑》上卷，商务印书馆 1964 年版，第 766 页。

击了形式美的传统观点。"[1] 其实，这种以休谟为代表的英国经验主义传统对社会性和道德性的强调，恰好也是朱光潜在《文艺心理学》中批判克罗齐的立足点："照克罗齐说，艺术家都是自言自语者，没有把自己的意境传达给别人的念头，因为同情、名利等等都是艺术以外的东西。这固然有一部分的真理，但却不是全部真理。艺术家同时也是一种社会的动物，他有意无意间总不免受社会环境的影响。"[2] 虽然都致力于对美之社会性的发掘，但与康德哲学预设的"共通感"不同，英国经验主义则诉诸经验上可触可感之"同情"。

其二是中国古典诗教传统。以诗歌施行政治教化，作为中国古典诗学中最古老的命题之一，可以从《论语》《礼记·乐论》《毛诗序》等儒家典籍中找到依据。诗教传统的核心是情感。情感既被认为是诗的起源，所谓"情动于中而形于言"，但同时又是诗的目的，所谓"诗可以兴，可以观，可以群，可以怨"，"声音之道，与政通矣"。所谓诗教，正是通过诗歌在情感调节上的作用，达到"经夫妇、成孝敬、厚人伦、美教化、移风俗"的效果。早在致力于介绍西方美学为主的《谈美》中，朱光潜便已然在西方美学中的移情论美学与中国古典的诗教说之间进行嫁接的工作，而情感正是施行嫁接的黏合剂："总之，艺术的任务是在创造意象，但是这种意象必定是情感饱和的。情感或出于己，或出于人，诗人对于出于己者须跳出来观察，对于出于人者须钻进去体验。情感最易感通，所以'诗可以群'。"[3] 虽然在新中国成立后被迫中断，但这一"情的美学"建构却在京派文人圈中产

---

1. 《西方美学史》上卷，《朱光潜全集》第 6 卷，安徽教育出版社 1990 年版，第 256 页。

2. 《文艺心理学》，《朱光潜全集》第 1 卷，安徽教育出版社 1987 年版，第 364 页。

3. 《谈美》，《朱光潜全集》第 2 卷，安徽教育出版社 1987 年版，第 71 页。

生了不小影响，乃至于后来更是为陈世骧所接续，传播到海外开花结果，最终形成了对港台学术界影响甚大的"抒情传统"说。[1]

朱光潜在其"情的美学"建构中对中西经验传统的汇通，可以说正是通过情感的中介完成的。情感在美学视野下的这种兼具个体性与社会性的文化政治功能，正是后来伊格尔顿所讲的"审美意识形态"。通过追溯18、19世纪美学在西方的兴起，伊格尔顿指出审美领域是作为资产阶级理性统治对人的感性领域之拓殖出现的："美学是道德意识通过情感和理智以达到重新表现自发的社会实践之目的所走的迂回道路"[2]，而这一过程在拥有较为成熟的市民社会的英国有着更为集中的体现。相较于理性而言，情感为政治统治提供了更为牢固的社会基础，以至于英国保守主义思想家爱德蒙·伯克对风俗推崇备至："风俗比法律重要。法律在很大程度上有赖于风俗。法律只对我们产生局部和偶尔的影响。风俗既折磨又抚慰我们，腐化或纯洁我们，褒扬或贬损我们，使我们野蛮或使我们高尚……风俗把自身全部的形式和色彩都赋予我们的生活。"[3]实际上，这种对情感所起的移风易俗作用的重视同样是中国古典诗教传统的要义所在，不仅先秦时期的观乐说、采风说的基础都在于认为诗歌中的情感可以直接反映民风民情状况，圣人的制礼作乐更被认为是以情感来施行教化的手段。

抗战时期朱光潜从西方美学向儒家思想的"转向"，正是在上述

---

1. 参见陈国球：《"抒情传统论"以前——陈世骧与中国现代文学及政治》，《现代中文学刊》2009年第3期。

2. ［英］特里·伊格尔顿：《审美意识形态》，王杰等译，广西师范大学出版社2001年版，第29页。

3. 同上书，第32页。

两大经验传统的汇通中实现的，其发表于 1941—1942 年间的《政与教》《乐的精神与礼的精神》两文便是这种互通的体现。在《政与教》中，朱光潜把政教关系视作历史兴衰的关键所在："政与教并行，相得益彰，盖为社会安宁与文化进展之首要条件；政教脱节，政以其权乱教，或教不能以其潜力导政，则文化衰落与社会紊乱为必然之结果。"[1] 然而，由于政教合一的状态已无法实现，就只能求助于最佳替代性方案，这便是所谓的"以教辅政"："吾所谓以教辅政者乃中西大哲人之不谋而合之最高理想。孔子之全部政治哲学，细心玩之，实在于以教化为政治之基，以圣者为国家之元首。"[2] 而《乐的精神与礼的精神》则更是将礼和乐阐发为儒家思想系统的基础："乐的精神在和，礼的精神在序。从伦理学的观点说具有和与序为仁义；从教育学的观点说，礼乐的修养最易使人具有和与序；从政治学的观点说，国的治乱视有无和与序，礼乐是治国的最好工具。人所以具有和与序，因为宇宙具有和与序。在天为本然，在人为当然。"[3]

由此可见，礼与乐在朱光潜这里并非是通常所谓的"繁文缛节"或"吟风弄月"，而是关乎人类社会中如何才能实现"和"与"序"的大问题。虽然都诉诸对儒家思想传统的现代阐发，但与现代新儒家不同的是，朱光潜对儒家思想的阐发是在美学视野下进行的，这也正是他高度关注礼与乐的原因所在。如果说此前朱光潜对美学的政治性的关注还潜藏在他对克罗齐美学的"误读"外衣之下，那么，在抗战

---

1. 《政与教》，《朱光潜全集》第 9 卷，安徽教育出版社 1993 年版，第 91 页。

2. 同上书，第 92 页。

3. 《乐的精神与礼的精神——儒家思想系统的基础》，《朱光潜全集》第 9 卷，安徽教育出版社 1993 年版，第 111 页。

时期关于儒家政教礼乐的讨论中，美学的政治性已然被直接提呈到了前台。从这一角度回溯朱光潜 20 世纪三四十年代修正克罗齐美学的曲折道路，不难发现，朱光潜以情感来解释克罗齐直觉概念的"误读"也就并非局限于美学内部的是非讨论，而是致力于为美学的政治性铺平道路，并最终在关于乐的精神与礼的精神的阐发中提升为现实政治的解决方案。正是在这种与现实的高度关联中，发源于西方的现代美学学科才不止于一种舶来学问，而是切切实实地成了中国现代人在应对自身问题上的思想资源。

结　语

本文钩沉朱光潜美学与英国经验主义传统的关联并非意在推翻旧说，而是试图指出，无论是对于理解朱光潜对克罗齐的接受，还是对于理解朱光潜自己的美学构建而言，英国经验主义传统都是不可或缺的资源。虽然朱光潜自称受康德——克罗齐一线的形式派美学影响最深，甚至在对冯友兰《新理学》的批评中自嘲经验主义的"浅薄"[1]，但这些均不能否认他曾很大程度上受益于英国经验主义传统。从对克罗齐的"误读"到对"误读"的坚持，再到抗战时期对中国儒家政教礼乐的表彰背后的"情的美学"建构，"英美风气"都是深藏其后的背景与资源。尽管对英国经验主义的吸收有时是以无意识的方式进行的，但正如精神分析所揭示的，无意识时常发挥着比意识更为强大的力量。

（原刊于《文艺理论研究》2012 年第 6 期）

---

1. 《冯友兰先生的〈新理学〉》，《朱光潜全集》第 9 卷，安徽教育出版社 1993 年版，第 49 页。

审美想象的政治局限

——略论崇高美学的两种模式及其对中国的影响

作为美学的核心概念，崇高的历史几乎与美学史同样漫长。虽然公元 1 世纪时朗吉努斯已经提出了这个概念，但彼时仍属修辞学范畴。崇高作为一个美学概念的出现是 18 世纪的事情，众所周知，美学话语恰恰也诞生于这个属于整合期的 18 世纪。按照伊格尔顿的话来说，美学话语并非学科话语，也非赤裸裸的政治对抗，而是一种意识形态的"迂回"策略。在这一策略中，政治力量把自己的势力范围从理性王国拓殖到了感性领域，从而在每一个人的身体上建立起牢固的统治。[1] 因此，缺少了政治纬度的思考，也就无法真正理解崇高，而对崇高的理解又必然牵涉到对美的理解。本文尝试从思想史角度重新考察崇高的政治内涵，并由此反观其对中国近现代政治的影响。

一、崇高美学的政治内涵

崇高与美的论述出自伯克 1756 年出版的《关于崇高和美的观念

---

1. 参见［英］特里·伊格尔顿：《审美意识形态》，王杰等译，广西师范大学出版社 2001 年版，第 7—17 页。

的起源的哲学探索》一文。当时伯克虽然还是位二十多岁的青年，尚未建构出政治学上的鸿篇巨制，但这篇文字已隐约显示出他的抱负：从审美上来思考政治问题。通过把情感划分为自我保持的与社会性的，伯克认为崇高产生于对自我保存的情感之威胁，当我们有痛苦和危险的概念但不实际处于这种境遇时所产生的欣喜就是崇高；[1]而美则产生于有关性与爱的社会性的情感需要，尤其是后者，提供了美的直接来源。如果说在伯克那里，崇高仅仅出于自我保存的需要，那么，美则是社会性的，他写道：

> 我把美称为一种社会素质，这是由于：只要是妇女和男子，而且不仅仅是人还有其他动物，当我们见了他们而产生一种欢欣和快乐的感觉时（这类事情经常发生），我们心中就会激起一种对他们的温柔和喜爱的情感，喜欢接近他们，如果没有其他强烈相反的理由，愿意与他们建立一种关系。[2]

在英国经验主义哲学传统中，情感与感觉并非拘囿于审美，它同样也涉足知识论与道德哲学领域。洛克最先质疑了知识的来源，他认为知识可以通过感觉和反省来把握。同样，哈奇森也认为美德源于人的内在感官："我们并不认为这个道德感比起别的感觉来，更需要假定的任何天赋的观念、知识或实践命题。我们所谓的道德感，只不过是我们心灵在观察行为时，在我们判断该行为对我们自己的得失之

---

1. ［英］埃德蒙·伯克：《崇高与美——伯克美学论文选》，李善庆译，上海三联书店 1990年版，第 53—54 页。
2. 同上书，第 41 页。

前，先具有的一种对行为采取可爱与不可爱意见的作用。正如我们并无数学知识，或并不知道一个整齐的形式与和谐构图在当下快感之外还有任何利益，但是一见一个整齐形式或一个和谐的构图即会感到愉快一样。"[1] 在哈奇森这里，道德与审美并无不同，它们共享了同样的发生机制。由此，对美的研究也就是对秩序的研究。[2] 在洛克和哈奇森的基础上，休谟的"道德情感"概念将情感提高至道德的高度，他指出："道德不在事物的抽象性之中，而是完全与每一特定存在的情感或内心情趣相关；其方式与甜和苦、热和冷的区分由各个感官的感觉中产生出来一样。因此，道德知觉不应归类于理智的活动，而应归类于趣味或情感。"[3] 在此意义上，伯克依据情感类型来划分崇高与美的做法自然引出了背后的政治内涵。崇高与美不仅关乎生命的存续，而且关乎人在社会中的交往能力。同情、模仿与抱负之所以在美的产生中发挥着重要的作用，是因为它们同样是产生美德的动机与维系社会之爱的能力。在社会性方面，美比崇高重要，但离开了个体生命，社会根本无从谈起，在此意义上，崇高又构成了美的前提与边界。

康德从伯克那里引入了崇高与美这对概念。在前批判时期的《论优美感和崇高感》一文中，康德就认为："崇高的性质激发人们的尊敬，而优美的性质则激发人们的爱慕"[4]，这仍然是在延续伯克的思路。然而到了写作《判断力批判》的时候，这对概念已被纳入他自己的形

---

1. 周辅成编：《西方伦理学名著选辑》上卷，商务印书馆 1964 年版，第 790 页。
2. 哈奇森的《论美与德性观念的根源》一书的第一部分就名为"对美、秩序等的研究"。参见［英］弗兰西斯·哈奇森：《论美与德性观念的根源》，高乐田等译，浙江人民出版社 2009 年版。
3. 转引自周晓亮：《休谟及其人性哲学》，社会科学文献出版社 1996 年版，第 246 页。
4. ［德］康德：《论优美感与崇高感》，何兆武译，商务印书馆 2001 年版，第 6 页。

而上学体系：美存在于感性与知性的领域，而崇高只与理性打交道，由此与伯克的情感主义思路分道扬镳。在《判断力批判》中，康德批判伯克的论述仅仅停留于心理学层面，"因为内心自身单独就是整个生命（就是生命原则本身），而阻碍或促进都必须到它之外、但又是在人自身中、因而到与他的身体的结合中去寻找。"[1] 因此，康德要为审美判断力提供先验基础，这就引出了共通感问题。可见，崇高在第三批判中的位置是非常特殊的。朱光潜先生指出："康德的崇高说缺点很多，例如崇高与美在他的心目中始终是对立的，他没有看到二者如何统一，使崇高成为一种审美的范畴。"[2] 这一看法虽堪称卓见，但多少误解了康德的意图，因为康德本来就没有把崇高视作单纯的审美概念，伊格尔顿就敏锐地发现，崇高在康德这里恰恰是反审美的。[3]

崇高与美的背后深藏着康德的政治设计：人即是为自己立法的动物，又是社会性的动物，二者共享着同样的先验基础。在康德这里，美和崇高虽然都通过可传达性与社会相联系，但崇高却可以例外，"与任何社会相脱离也会被视为某种崇高，如果这种脱离是建立在不顾一切感官利害的那些理念之上的话。自满自足，因而无求于社会，但却不是不合群，即不是逃避社会，这就有几分近于崇高了。"[4] 康德这样说的原因恰恰是因为理性本身是自足的，社会性虽然要通过理性来维系，但个体自足的理性又隐藏着脱离社会的隐患。可见，政治问题虽非第三批判的主题，仍然潜在地发挥着作用：理性的自然禀赋与

<hr/>

1. ［德］康德：《判断力批判》，邓晓芒译，杨祖陶校，人民出版社 2002 年版，第 119 页。
2. 朱光潜：《西方美学史》（下），人民文学出版社 1979 年版，第 381 页。
3. 参见［英］特里·伊格尔顿：《审美意识形态》，王杰等译，广西师范大学出版社 2001 年版，第 83 页。
4. ［德］康德：《判断力批判》，邓晓芒译，杨祖陶校，人民出版社 2002 年版，第 116 页。

公共权利之间虽然存在着内在相通性，但也可能产生悖反，统合工作还必须通过《历史理性批判文集》与《永久和平论》来完成。

如果说康德对崇高与美之政治内涵的表述是隐在的，那么席勒对崇高的褒扬则显示出鲜明的政治姿态。在康德的基础上，席勒进一步扩大了二者的区别：优美显示的是人对自然的依赖性，唯有崇高才使人感到摆脱限制的自由。在著名的《论崇高》一文中，席勒写道：

> 美当然已是自由的一处表现，但还不是使我们摆脱自然力和解脱一切物质影响中的自由，而是我们作为人在自然范围之内所享有的自由。在美的事物那里，我们感到自由，因为感性冲动与理性冲动相和谐；在崇高的事物那里，我们感到自由，是因为感性冲动对理性的立法毫无影响，是因为精神在这里行动，仿佛除了它自身的法律以外不受任何其他法律的支配。[1]

"除了它自身的法律以外不受任何其他法律的支配"指的也是康德所谓"心中的道德律令"。席勒认为不依赖于任何事物的自由才是真正的自由，为此他继续补充道："崇高为我们找到了走出感性世界的出口，而美则想把我们永远禁锢在这个世界之中。已经过净化的感性把自主的精神引入罗网，重重围住，而这种罗网编制得越清澈透明，它就连结得越牢固。崇高并不逐渐地（因为从依附不能过渡到自由），而是突然地通过震动使自主精神摆脱这种罗网的。"[2] 在席勒的表

---

1. ［德］席勒：《论崇高》，见《审美教育书简》，冯至、范大灿译，上海人民出版社 2003 年版，第 248—249 页。
2. 同上书，第 254 页。

述中，感性通过美的外壳威胁了道德立法，而崇高通过回到理性反过来捍卫它，这就构成了推崇理性的充分理由。虽然席勒也希望借由感性与理性的统一而达至完整人性，但显而易见，崇高更受席勒青睐。

黑格尔则把崇高与美放置到内容（理念）与形式的冲突与和谐中来加以分辨："在理想（的美）里，内在因素渗透到外在现实里，成为这外在现实的内在生命，使内外两方面显得互相适合，因而也互相渗透。在崇高里却不然，……崇高需假定意义处在独立状态，而和意义对立的外在事物则显得只是隶属的或次要的，因为内在意义并不能在外在事物里显现出来，而是要溢出外在事物之外，所以达到表现的只不过是这种溢出或超越。"[1]这固然是在谈论美学，但又溢出了美学，因为按照黑格尔的解释，崇高必须要从神、有限世界和个体的人这三个方面才能得到理解。人要获得真正的崇高感就必须承认世界的有限性并保持对神的敬畏，一方面"从神的平静而坚定的意志和命令中产生了为人类应用的法律"，另一方面，"人的提高就是他能见出人与神、有限与绝对之间完全清楚的分别，因而主体就有能力去判别善恶，在二者中作出选择。"[2]在黑格尔看来，正是在此基础上，人才获得了独立自主的地位，社会也才得以正常运转。

这里，黑格尔所谓的神、太一其实是以理性的外在化——理念或曰绝对精神的面目出现的。只不过康德将崇高看作是主体内部的理性活动，黑格尔却在理念的历史展开中来把握它。从康德到席勒再到黑格尔，将崇高与理性关联起来的论述构成了德国古典哲学内部一以贯

---

1. ［德］黑格尔：《美学》第 2 卷，朱光潜译，商务印书馆 1979 年版，第 91 页。
2. 同上书，第 97 页。

之的思路。在此思路中，崇高论述不仅是美学的，更是政治的，因为它以"迂回"的方式关涉了两个问题：第一，对个体而言，理性是自由的保证；第二，对社会而言，理性为秩序的形成提供了先验基础。

二、崇高美学的两种模式

从政治内涵的角度来看，崇高与美就并非简单的趣味问题，而是政治规划在美学领域内的反映。如果说伯克尚未偏废美的社会功能，那么到了康德、席勒和黑格尔的论述中，天平已经滑向了崇高一边。这种偏好根植于崇高论述的两种不同模式：一是英国经验主义，二是德国古典哲学。两种模式的分歧固然是因为哲学基设的不同，但寻根究源，这一分歧乃是 18 世纪英德两国社会现实的产物。

当英国已经成为资产阶级宪政国家的时候，德国资产阶级却没有充分发展，专制主义仍然是其面临的首要障碍。争取政治权利的受阻使得德国资产阶级转向了主体结构。康德通过划定理性疆界的方式来使人为自己立法，如若说为自己立法的主体是自由的，那么物自体的存在则将客体与主体隔离开来，道德法则永远不存在于主体世界之外。于是，康德求助于审美判断来使人意识到主体与客体是密不可分的整体，无目的的合目的性使人感觉这个世界仿佛即是为我们而存在，这便是审美所带来的喜悦。崇高的出现再次威胁到了这一喜悦。在康德的论述中，崇高乃是主体面对无法逾越的客体对象时所产生的震惊与恐惧，是想象力的受阻，然而很快想象力便通过对理性的召唤在自身的局限中实现了否定性的超越，在这一时刻，道德法则再一次确证了自身。事实上，这不过是一种幻觉，是想象力伪装成为理性时刻的现身，真正的统一并没有在崇高体验中出现，因为最大的崇高恰恰来自物自体自身，而按照康德的论述，物自体乃是人类理性所不可逾越的。

崇高的作用就是要提供这样一个超越的假象："在崇高里，道德和情感破例地结合起来，不过是以否定的方式结合起来的：我们所感觉到的是理性如何无限地超越感觉。"[1] 只有通过将想象推向极端的危机，理性才在危机中显示出自己的力量。对于这种超越性，席勒有更形象的描述，他说："美仅仅是为人服务，崇高是为了人身上的纯粹的精灵服务。"[2] 这里的人与"纯粹的精灵"分别指涉人的感性部分和理性部分，人不仅要超越物质自然，而且还要超越自身的感性与物质性的一面，从而实现完全的自由。在德国，强大的主体性幻觉往往是对现实政治的超越性诉求，尽管这一诉求本身也受制于现实政治的逻辑。康德如此，黑格尔、马克思也是如此，无论是绝对精神，还是无产阶级，实际上都试图召唤出一种超越性主体。由此还衍生出另一种叙述，肇端于德国浪漫派，经叔本华、尼采而至后现代主义，体现出越来越浓厚的美学化趋势，尽管与康德、黑格尔等人的理性论述拉开了距离，但在寻求超越性主体的方案上却延续着同样的思路。

英国经验主义的崇高论述遵循着自己的传统。由于与封建贵族达成一致，英国资产阶级较早获得了发展机会。各阶层间的公共领域，一方面为个人自由提供了宽松的环境，另一方面也形成了社会认同的基础。对于英国人而言，现代民主宪政并非想象中的乌托邦，而

---

1. ［英］特里·伊格尔顿：《审美意识形态》，王杰等译，广西师范大学出版社 2001 年版，第 83 页。

2. ［德］席勒：《论崇高》，见《审美教育书简》，冯至、范大灿译，上海人民出版社 2003 年版，第 267 页。

　　　　　　　　　　　　　　　　　　　　　　　　　理 论 的 边 际

是可触可感的生活现实。这就使得英国人对于抽象的理性主义报以一种天生的反感，与其进行不着边际的玄谈，他们更愿意从经验生活的感性直接性入手。同样是在崇高中，如若说德国人找到了理性，那么英国人则找到了道德。在德国古典哲学那里，理性与道德法则几乎就是一组同义词，但在英国经验主义的表述中，美德却并非与生俱来的律令，而是源于共同生活的感觉。作为审美趣味的正确直觉，这种感官与情感上的道德要比先验的理性更容易为人们所接受，正是它为社会的凝聚力奠定了基础。如果说，美是以爱之逻辑实现的道德秩序，那么，崇高则以强制性的力量激发了道德的顺从天性，使人们心存敬畏，而不像美那样只产生爱。换句话说，美的意义在于它属于秩序的自发性的一面，而崇高的意义在于它属于秩序的强制性的一面。因此，英国经验主义的崇高论述不是要寻求想象秩序中的超越性主体，而是强调对公民道德感的培育。

在英国经验主义的论述中，崇高与美这对组合作为一个完整的政治规划，缺一不可。在情感认同的层面，二者共同发挥着强大的政治功能。在英国，成熟的市民社会使得各阶层之间依靠情感认同来达成共识，礼节性的交流构成了公共领域的基础，这类似于优美的经验，而自由宪政制度、习惯法则提供了法律上的保证，以强制性的措施来保证共识在遭受破坏情况下的正常运作，维持并重新修补优美的秩序，因而接近于崇高的功能。对此，伊格尔顿的观察是极其敏锐的，他指出"正是想象的缺失构成了政治国家的基础"，"政治源于想象的失败，市民社会则被这种失败制约束缚，道德或人际关系亦如此。"[1] 当这种建

---

1. ［英］特里·伊格尔顿：《审美意识形态》，王杰等译，广西师范大学出版社 2001 年版，第 41、42 页。

立在想象与情感上的联系面临失效的窘境时，以法律为象征的国家才出面充当最高的权威。优美与崇高的孰轻孰重，这一点看似无关紧要，却恰恰是英美宪政自由主义与德法宪政国家主义在美学领域的表现。因此，虽然都致力于现代国家的叙事，英国模式更偏重于公民伦理，而德国模式更偏重于国家权力。由此可见，崇高是一个与权力密切相关的概念，像一柄双刃剑，它不断地打破美的同时又在对美进行修补。正是因为有了美的平衡，崇高才自有其安全的阀域。崇高与美的互补性关系，用政治话语来表述就是如何使社会在有秩序的同时又不至于陷入僵化，这正是英国经验主义的崇高论述最富启发的地方。

三、从启蒙到革命：崇高美学的局限

在大致梳理了崇高美学的两种模式及其政治内涵之后，不难发现中国的现代化进程由于偏向于德国模式，其现代国家叙事的重心也落在了国家主权上。这当然是由中国近现代以来的特殊处境决定的。中国不仅是一个后发现代国家，而且还是从饱受欺辱的处境中开始自己的现代化进程的，这无疑加重了近代以来中国国家叙事中的"羡憎情结"，并使之深深地陷入崇高美学所制造的超越想象中。这种超越想象使得中国的启蒙话语与革命话语都与崇高美学有着纠缠不清的关系。目前从社会心理角度来研究崇高美学与政治之关系已有部分成果。[1] 限于篇幅，本文只能点到为止。

---

1. 这一思路主要参见［美］王斑：《历史的崇高形象——二十世纪中国的美学与政治》，孟祥春译，上海三联书店 2008 年版。另外，封孝伦对 20 世纪中国的崇高美学也做了一定程度的清理。参见封孝伦：《二十世纪中国美学》，东北师范大学出版社 1997 年版。

中国的启蒙话语和革命话语几乎同时蘖生于近代国族危机，如何建立一个强大的主权国家一直是近代以来中国人迫在眉睫的使命，而在美学上为之提供源源不断动力的即是崇高。王国维以雄伟之力来激发国人的向上精神，梁启超通过恢复尚武精神来铸造新民，鲁迅在初民的野性中谋求民族勃发之力，李大钊以教育来鼓动国民的"崇宏高旷之想"……都深具德国古典哲学中的崇高论述之神髓。在此意义上，中国的启蒙话语也许一开始就是扭曲变形的，因为它将自我安置在了一个超越性主体的位置上，个人并不能为自己立法，他必须在主权国家的洪流中才能确立自己的身份。革命话语对崇高的推崇有过之而无不及。晚清之际，革命与进化论的结合，使得"不革命就灭亡"成为普遍接受的社会价值，而辛亥革命的成功则更是以政权的方式奠定了革命的合法基础。在革命的名义下，流血牺牲被视作崇高的精神而获得褒扬。然而，随着革命与社会主义的结合，革命的超越性目标也发生了转移。如果说五四运动的超越对象更多地指向传统，那么社会主义革命把超越对象转向了西方。尽管社会主义的思想资源来自西方，却并不妨碍其中国化形态成为国人用以对抗帝国主义西方的武器。在新中国的现代化实践中，这一崇高时刻被戏剧性地凝聚在了"超英赶美"的口号中。在当时的社会语境中，该口号是否真能实现并不重要，重要的是它所提供的崇高感在动员社会中发挥了巨大作用。从崇高美学的社会心理来看，新中国长期存在的唯物主义信仰与唯心主义现实之间的反差才能够得到解释，因为崇高这一来自德国的概念即发端于一种唯心主义的文化想象。

　　相比之下，美在社会主义中国则长期被视作一个资产阶级的概念而遭到贬斥。穿旗袍、秀时装、烫头发、抹口红一度被等同于小资产阶级的恶习而遭到批判。虽然新中国成立后美学讨论一度盛况空前，但在社会接受层面，流行的却是"外表美不如内在美"、"劳动才最美"的新型"审美"观。美已经完全摆脱了它在西方语境中的形式限制，转而成为精神力量的领地，而这一精神力量的名字就叫做崇高。文艺创作领域的"三突出"、"革命乐观主义"、"革命浪漫主义"、"英雄形象"等原则都是崇高美学的具体体现。缺乏了美的补充，崇高自始至终洋溢着强大的力量，通过不断地将民众热情导向国家，崇高一方面不断复制自我镜像，另一方面又不断地砸碎它们以获取新的超越。在崇高的逻辑中，击败一种崇高的唯有另一种崇高。崇高美学在为社会革命带来持续性动力的同时，也将自己的攻击性发展到了极端。从某种意义上来说，"文化大革命"整个便建立在由崇高美学所构筑起来的社会心理上。在此意义上，现代中国的美学一直是以反美学的面目出现的。王斑指出：崇高曾经在中国现代国家的构建中发挥了重要的作用，同时也阻碍了文化与文学的多样性发展。[1]对此笔者深表赞同。在笔者看来，唯有借助英国经验主义的视野，我们才能更加清楚地发现崇高逻辑带来的问题的根本症结所在：

第一，崇高逻辑削弱了市民社会的美学基础。有学者指出，中国的现代性发展历来缺乏一种具有自治功能的、能与国家相制衡的市民社会，[2]却少有人关注过这一缺乏的美学基础。在英国经验主义的表述

---

1. 参见［美］王斑：《历史的崇高形象——二十世纪中国的美学与政治》，孟祥春译，上海三联书店 2008 年版，第 229—230 页。
2. 这种观点在 1993 年前后有关"市民社会"的讨论中很常见，可见于萧功秦、邓正来、夏维中等人的文章。对该问题的梳理和反思可参见邓正来：《中国发展研究的检视——兼论中国市民社会研究》，《中国社会科学季刊》1994 年第 8 期。

　　　　　　　　　　　　　　　　　　　　　　　理 论 的 边 际

中，恰恰是美提供了社会认同的基础，而在中国，由于不断地将爱导向民族国家，爱国主义成为超越一切爱的最高标准。人与人之间的联系不是通过情感上的共识与理智上的协商来实现，而是被强制性地扭结到一个超越性的目标上，这导致了中国市民阶层的自治功能十分脆弱，政治上一有风吹草动，立刻就能在民众中卷起狂热的社会浪潮。崇高美学的社会化使得国家权力能够轻而易举地渗透到个体身上。

第二，崇高将国家叙事狭窄化为革命叙事。阿伦特认为现代革命的意义其实是由法国大革命赋予的，作为对这一革命运动之反应，德国古典哲学也深受其影响。[1]因为所有的革命都指向一种新的价值，一种超越现阶段的努力，正是在寻求超越性主体上，革命与崇高紧密地结合在一起。最崇高的事业莫过于为革命献身，以至于普通人很难分清楚这两个词到底有什么区别。在中国，崇高使得革命被过度美学化了，而革命反过来又提供了滋养崇高的社会心理。革命的合法性基础完全被美学化了的崇高想象所填充，以至于在"文革"时期，革命一度成为派系斗争中争夺的能指，而所指本身却变得十分模糊。就此而言，崇高美学对中国的影响体现在，通过与革命的结盟遮蔽了国家叙事的多样性，并因此进一步丧失了多层互动中可能出现的批判空间。

结　语

如前所述，英国经验主义与德国古典哲学的崇高论述基于两种不

1.　[美]汉娜·阿伦特：《论革命》，陈周旺译，译林出版社 2007 年版，第 40 页。

同的政治设计，前者诉诸市民社会的秩序想象，后者则追求超越性的政治解决。但在当前这个以"去政治化"著称的消费时代，英国经验主义的视野虽然带来了反思崇高美学的空间，却很难被直接用来应对中国当下的现实。如今，崇高与美都已被充分商品化，我们每天被各种崇高与美的影像所包围，却与真正的社会责任感与政治参与南辕北辙。从美学的政治内涵来看，美学的过度学科化与美的滥用其实又是互为镜像的，正是两者的合力促成了美学的式微。如何激活美学的政治能量，也许应该成为今天美学研究重新思考的问题。

（原刊于《文艺理论研究》2011 年第 3 期）

日常生活的美学困惑

——兼谈美学的生活论转向中的几个问题

　　两百年前，当歌德写下"理论是灰色的，唯有生活之树常青"这句诗的时候，他的信念只是来自一位浪漫主义者对理性专断的自觉抵制，谁也不曾预料，到了 20 世纪，这种歌德式的生活热情已成为全球性潮流。中国学术界也不例外。新世纪以来，这一动向便在国内学术界频频现身，先有"日常生活审美化"揭其端绪，后有"生活美学"论题承其流脉。不难发现，这些动向都有其西方源头，或借文化研究之名，或拉海德格尔、维特根斯坦、杜威、福柯等以壮大声势。虽然日常生活的崛起已成为 20 世纪西方理论中不可忽视的力量，但西方学术界对于日常生活的使用并非一成不变，而是一个内部紧张的话语冲突之场域。因此，在认识到当代日常生活之必然性和必要性的前提下，仍然有必要通过考察西方"日常生活"概念及其流变来对之加以审思和拷问。

一、"日常生活"：一个难以界定的概念

　　日常生活虽一直存在，但它作为一种观念却是现代的产物。在

古希腊，只存在德性生活与低贱生活；到中世纪，这一区分被神圣生活与世俗生活所取代；文艺复兴以来，随着世俗化与理性化的加深，对生活的命名也以更加中立化的形式出现，这便是日常生活与非日常生活。尽管每个时代都存在与日常经验相对立的思维方式，但到了现代，这一分立才成为知识领域得以分化出来的核心事件。阿格妮丝·赫勒就指出："文艺复兴以来，这一分立成为所有类型的思维——从伦理学到政治学到天文学和物理学——的特征。"[1]在赫勒看来，与日常生活的分离足以称得上是现代性的系统工程，它不仅提供了"自为对象化"的领域，如科学、哲学、艺术等，还造就了一个"自在"的日常生活的世界。

不难发现，赫勒的论述深受马克斯·韦伯的影响。韦伯认为现代社会建立在由理性化导致的生活整体性不断分化的基础上。在《新教伦理与资本主义精神》中，韦伯试图说明作为资本主义乃至整个近代文化精神要素之一的工作伦理正是从基督教禁欲主义产生出来的，这种新型伦理不仅构筑了资本主义发展的内在精神，而且也重塑了现代人的生活态度，在此过程中，古希腊人在闲暇中进行的沉思冥想的道德生活则被视为懒惰而遭受排斥。[2]如果说理性化被理解为对世界的祛魅（disenchantment），那么关于日常生活的两种对立观点恰恰也随之产生：一种观点认为日常生活就是理性化的工作世界，即启蒙运动

---

1. ［匈］阿格妮丝·赫勒：《日常生活》，衣俊卿译，重庆出版社1990年版，第54页。
2. 约瑟夫·皮珀对闲暇的论述恰恰呼应了韦伯的观点，他认为在"为工作而工作"这一现代信条的统治下，心智活动与闲暇一起被排除在正当的现代生活价值观之外，由此，现代人的日常生活成为围绕工作组建起来的活动领域。参见［德］约瑟夫·皮珀：《闲暇：文化的基础》，刘森尧译，新星出版社2005年版。

之祛魅的产物；另一种观点认为日常生活乃是这场祛魅的剩余物，它们不仅难以被分类，而且几乎无法用学术语言加以描述。

费瑟斯通就曾指出，与其他社会学概念相比，日常生活特别难下定义，不仅所有的概念、定义和叙事都要依靠日常生活来提供最终的基础，而且"所有不符合正统思想、令人反感的鸡零狗碎都可以扔到里面去。"[1] 即便如此，费瑟斯通还是尽力勾勒了五个特征：重复与习以为常、再生产与生计维持、非反思的当下性、共在的快乐体验，以及差异性。[2] 这五个特征构成了由否定性向肯定性过渡的复杂光谱。与之类似，海默尔也将日常生活看作是百无聊赖、神秘和理性主义的混合物。[3] 如果说"百无聊赖"是工具理性及其官僚制度对人的日常生活进行殖民化统治的结果，那么神秘则来自理性无法触及的领域。对日常生活的这种理性与神秘共存的状态，海默尔以福尔摩斯的例子来加以说明。当福尔摩斯引入科学来对日常生活的神秘进行祛魅时，日常生活中的平凡细节却越发显示出神秘莫测的性质。在这一过程中，"日常生活把它自身提呈为一个难题，一个矛盾，一个悖论：它既是普普通通的，又是超凡脱俗的；既是自我显明的，又是云山雾罩的；既是众所周知的，又是无人知晓的；既是昭然若揭的，又是神秘莫测的。"[4]

美学恰恰诞生于这对相互冲突的话语。1750 年，当鲍姆加登首次将美学界定为一门关于感觉的科学时，日常生活的大门也悄然开

---

1. ［英］迈克·费瑟斯通：《消解文化》，杨渝东译，北京大学出版社 2009 年版，第 76—77 页。
2. 同上书，第 77 页。
3. ［英］本·海默尔：《日常生活与文化理论导论》，王志宏译，商务印书馆 2008 年版，第 5 页。
4. 同上书，第 30 页。

启。对此，伊格尔顿评论道："18世纪中叶，'审美'这个术语所开始强化的不是艺术与生活之间的区别，……哲学似乎突然意识到，在它的精神飞地之外存在着一个极端拥挤的、随时可能完全摆脱其控制的领域。那个领域就是我们全部的感性生活……"[1]可以说，正是在日常生活的感性世界中，美学发现了逃离理性宰制的"飞地"。然而伊格尔顿同时也看到对感觉领域的开拓中存在的"理性的殖民化"危险，[2]作为一种次级推理，日常生活中的感性经验必须被提升至理性的高度，沿此思路，康德的"审美无功利"和黑格尔的"艺术终结论"都通过与生活世界的分离来医治启蒙的先天不足。这种理性自辩很快遭到来自叔本华、尼采、胡塞尔、海德格尔等人的批判，他们虽然也对中产阶级的功利市侩的日常生活持激烈否定态度，但却并未从日常生活之外去寻求解救，而是通过对日常生活之理想状态（即"本真生活"）的"恢复"来实现尘世中的"自由王国"。

通过重新界定日常生活的价值维度，这些反启蒙思想家们将康德、黑格尔从日常生活中剥离出来的力量重新恢复到日常生活中去。通过转向感性、身体等被理性排斥的个体经验，20世纪的理论地图已经呈现出越来越强烈的审美化风格。在这场转变中，关于日常生活之理解也发生了逆转，过去被认为缺少理性光辉的日常生活，如今却由于过度理性化而成为被批判的对象。由此可见，日常生活并非一成不变的实体，而是一个历史变化着的概念。基于对现实的不同观察视角和不同历史阶段的诉求，日常生活仿佛漂浮的能指，不仅无法

---

1. ［英］特里·伊格尔顿：《审美意识形态》，王杰等译，广西师范大学出版社2001年版，第1页。
2. 同上书，第3页。

落实为某个确定的对象，而且还总是从自身中孕育出自己的反面，因而，今天对日常生活的讨论必须建立在对这一概念的复杂性和矛盾性有所认识的基础上，唯有如此，才能够避免盲从于某种日常生活的神话。

二、美学走向日常生活：批判或用途

追溯日常生活的理论流变与追溯它的实践史同样困难。尽管早就在波德莱尔等艺术家身上发挥作用，但它正式进入理论视野却要晚至19世纪末到20世纪上半叶的几十年间，西美尔、韦伯、胡塞尔、海德格尔、维特根斯坦、杜威都相继将日常生活提至学术层面。就其与美学的关联而言，西美尔往往被认为是开启日常生活的"替代性"美学方案的人物，他在20世纪初对社会化形式所作的研究已经从多个方面通向了美学领域，[1] 然而由于他对总体性哲学的拒斥态度，卢卡奇、本雅明、列斐伏尔等人虽然都从他这里汲取营养，却很少有人步武其后。事实上，西美尔之后的日常生活理论在吸取他的美学化路径的同时，转而呈现出越来越强烈的政治伦理关怀，其最典型的形态便是批判理论与实用主义。[2]

---

1. 事实上，不少研究日常生活的著作注意到了西美尔的贡献，比如海默尔的著作就将西美尔作为第一位重点论述对象，加德纳同样指出了马克思主义的批判理论下对日常生活的关注与西美尔的亲缘性。参见［英］本·海默尔：《日常生活与文化理论导论》，王志宏译，商务印书馆2008年版；Michael E.Gardiner, *Critiques of Everyday Life*, Routledge, 2000, p.14.

2. 这里借用的是赫勒在《日常生活》英文版序言中所作的区分，她认为自己的立场更接近于批判理论，而另一位日常生活理论家舒茨则以实用主义系统论告终。参见［匈］阿格妮丝·赫勒：《日常生活》英文版序，衣俊卿译，重庆出版社1990年版，第5页。

1. 日常生活批判

批判理论视野下的日常生活研究亦可称为日常生活批判，它是以马克思主义传统中关于异化的研究为起点的。在《1844年经济学哲学手稿》中，马克思就已经指出资本主义制度下的劳动分工所导致的异化现象："异化劳动把自主活动、自由活动贬低为手段，也就把人的类生活变成维持人的肉体生存的手段"[1]，于是，"生活本身仅仅成为生活的手段"[2]，这就构成了日常生活批判的充分理由，因为"谈论人的异化必然会暗示，存在着一种人的非异化的生活状态，在这种状态中，生活最终可以当作理想来体验。"[3] 这意味着从日常生活的异化状态向非异化状态的回复必须通过批判的方式来完成。

将日常生活视作异化的现实构成了日常生活批判的基本前提。尽管卢卡奇仍然坚持审美与生活分离的现代性构想，但在《审美特性》的前三章里，他已将日常生活的重要性提至前台。卢卡奇批评海德格尔歪曲了日常性的本质和结构并使之陷入贫乏化的做法，进而坚持要在对象化的实践过程中来考察日常生活的美学潜质。[4] 受其影响，赫勒与科西克都将日常生活看作"自在"领域，他们或者认为日常生活需要向"自为对象化"迈进以实现类本质的自由，[5] 或者主张通过革命

---

1. ［德］马克思：《1844年经济学哲学手稿》(节选)，《马克思恩格斯选集》第1卷，人民出版社2012年版，第57页。
2. 同上书，第56页。
3. ［英］本·海默尔：《日常生活与文化理论导论》，王志宏译，商务印书馆2008年版，第199页。
4. ［匈］乔治·卢卡契：《审美特性》第1卷，徐恒醇译，中国社会科学出版社1986年版，第36—37页。
5. 参见［匈］阿格妮丝·赫勒：《日常生活》英文版序，衣俊卿译，重庆出版社1990年版，第5页。

从"伪具体性的世界"进入"具体的总体的世界"。[1]两者将日常生活视为同质化整体的思路近似于法兰克福学派的批判立场。从这一困境中突围出来的是像本雅明、列斐伏尔、德·塞尔托这样的坚持日常生活异质性的理论家。在思想资源上，他们将马克思主义的批判传统与尼采、海德格尔、巴赫金、福柯等人的思想相结合；在方法上，他们注意吸纳经验主义的社会学与人类学方法；在美学上，他们从先锋派打破艺术与生活界限的诗学主张中吸取营养。由此，意识形态的总体批判开始转向微观化的社会学研究，日常生活不再被简单理解为异化了的物质生活，而是压抑与抵抗并存的场所，这种将日常生活视作既是毒药又是解药的思路，提供了研究日常生活的辩证视野。

　　被称为日常生活理论家的列斐伏尔身上集中体现了这一转向。从《被神秘化的意识》到《日常生活批判》再到《现代世界中的日常生活》，沉闷单调的日常生活逐渐被革命的、非异化的社会生活所取代。[2]列斐伏尔一方面承认日常生活的琐碎平庸，另一方面又致力于发掘那些使日常生活发生中断的瞬间——节日。在列斐伏尔看来，在一个消费受控制的科层制社会，革命之可能性的寄存唯有通过进行身体、性别、空间等微观层面的革命将日常生活充分地审美化、艺术化。受其启发，德·塞尔托在《日常生活实践》中将对"瞬间"的激情扩及日常生活中的普通细节，比如阅读、言说、行走、居住、烹饪等等，在他看来，在治理技术已经渗透到身体每一个毛孔的现代社

1.　参见 Karel Kosik, *Dialectics Of The Concrete*, Dordrecht, Holland, D.Reidel Publishing Company, 1976。

2.　参见刘怀玉：《现代性的平庸与神奇——列斐伏尔日常生活批判哲学的文本学解读》，中央编译出版社 2006 年版，第 41—42 页。

会，"个体越受缚于这些巨大的框架，就越少地被其涉及，它无法脱离这些框架，但却与之分裂"[1]，因而，消费社会需要的是一种"弱者的艺术"，即通过耍诡计的方式来与权力周旋。与列斐伏尔战术、战略并举的革命方案不同，在德·塞尔托这里，对战术的过分强调已经使得日常生活实践成了消费时代的"权宜之计"[2]。作为1968年革命失败的产物，缺乏了总体性革命的目标，政治已经从革命行动降格为实践的诗学。

2. 实用主义美学

与批判理论不同，实用主义提供了另一种将美学与日常生活相关联的路径。作为美国哲学的独特贡献，实用主义强调从现实功用出发来处理哲学问题，这一思路从皮尔士、詹姆斯一直延续到杜威，虽然受分析哲学冲击而中衰，但到了罗蒂、舒斯特曼等人手中，实用主义又有了复兴的迹象。总的来看，实用主义美学体现出对日常生活的强烈关注，它既反对欧陆哲学中常见的艺术与生活的分隔，又不同于分析哲学固执于审美经验所致的僵化的语义学分析。在实用主义者看来，艺术的价值不在于它的本质，而在于它的功效，这就从根本上取消了艺术的独立性问题。

杜威建立了实用主义美学的最初形态。在《艺术即经验》中，杜威将艺术归结为经验乃是为了打破传统美学对于艺术的设定，在杜威看来，审美经验不仅是当下的直接的，而且由于"审美经验大于

---

1. ［法］米歇尔·德·塞尔托:《日常生活实践 1. 实践的艺术》，方琳琳、黄春柳译，南京大学出版社 2009 年版，第 44 页。

2. 对战略与战术的讨论可参见［法］米歇尔·德·塞尔托:《日常生活实践 1. 实践的艺术》，方琳琳、黄春柳译，南京大学出版社 2009 年版，第 94—99 页。

审美"，因而无法准确描述或定义，所谓"艺术即经验"是为了"恢复作为艺术品的经验的精致与强烈的形式，与普遍承认的构成经验的日常事件、活动，以及苦难之间的连续性"。[1] 由此，艺术不再是"文明的美丽会客厅"，更非象牙塔里精密的分析对象，而是人们谋求福祉的现实手段。在杜威哲学中，自由、行动、身体、美感是分不开的，如若"无法掌握杜威思想中的这一美学向度，就无法掌握杜威对于自由主义重建的关键"。[2] 既然民主是对个体自由的最大限度的承诺与实现，那么在杜威看来，民主就应该成为一种包含审美在内的生活方式。

罗蒂在公私分化基础上继承了杜威的主张，由于承认"要在理论的层次上将自我创造和正义统一起来，是不可能的"[3]，因而统一必须在实践中来完成，在罗蒂看来，唯一的途径就是通过各种叙述艺术把陌生人想象为和我们处境类似、休戚与共的人，从而在审美想象中创造出社会团结。在罗蒂这里，社会正义的实现必须依赖于语言的美学策略，而舒斯特曼则试图通过身体来实现将私人伦理扩展到公共领域的"自然而然的方法"[4]，在他看来，"身体不仅由社会塑造，而且还贡献于社会"[5]，所以日常生活的美学必须落实为基于自我改造的"身体美学"（somaesthetics）。问题在于：身体改造如何才能最大程度地符合公共利益呢？舒斯特曼的解决途径乃是使之彻底地实用主义化，即通

---

1. ［美］约翰·杜威：《艺术即经验》，高建平译，商务印书馆 2005 年版，第 1—2 页。
2. 赵刚：《杜威对自由主义的批判与重建》，《知识之锚》，广西师范大学出版社 2005 年版，第 35 页。
3. ［美］理查德·罗蒂：《偶然、反讽与团结》，徐文瑞译，商务印书馆 2003 年版，第 5 页。
4. ［美］理查德·舒斯特曼：《实用主义美学》，彭锋译，商务印书馆 2002 年版，第 316 页。
5. 同上书，第 345 页。

过承认某种身体的形式、功能和经验比另一种更好或更坏，从而将取舍标准赋予个人来决断。然而问题也随之出现：审美个人是否具备这样的决断能力呢？

三、现实的生活，在地的美学

在简单回顾了西方理论中的日常生活概念及其流变后，有必要反过来思考新世纪以来中国语境中出现的将美学与生活相关联的理论动向。必须承认，这一动向有其合理性与必然性，它并非单纯的理论猎奇，而是全球化时代中国学术与世界学术潮流的一次共鸣，在此意义上，"日常生活审美化"与"生活美学"之所以能够在中国学术界产生剧烈反响，正是这一共鸣的体现。然而，如若仅仅停留于理论共鸣的层面，而忽视共鸣背后的文化与现实的时差，却很有可能形成双向的遮蔽：不仅放弃了对西方日常生活理论已经呈现出来的问题的反思，同样也放弃了中国自身的理论诉求及其在此诉求中批判性地借鉴西方理论以建构中国自身理论形态的契机。在笔者看来，新的理论建构必须基于对理论与现实的双重考量，这里仅仅挂一漏万，略呈己见。

首先，从西方理论视域来看，日常生活的兴起虽然在纠偏启蒙运动以来的理性独断中发挥了巨大作用，然而随着社会运动的失败与晚期资本主义（或曰消费社会、后现代主义）的到来，总体性革命的目标在日常生活的审美呈现中逐渐隐退，伴之而起的是多元文化中的生活狂欢。对于当代社会生活中越来越凸显的"日常生活的审美呈现"潮流，后现代主义社会学家费瑟斯通悉心清理了三种面向：一是先锋艺术融合艺术与生活的尝试，二是将生活转化为艺术品的谋划，三是充斥于当代社会生活中的符号与影像之流。[1] 在第三种面相的冲击下，前面两种面相的积极功能如今都面临严峻的危机：历史先锋派被与市场契合度更高的新先锋派所取代，打破艺术体制的努力最终在市场逻辑的吸纳中消弭于无形；[2] 符号与影像之流切断了个体与现实的联系，将生活转化为艺术品的冲动已与市场扩张策略难分彼此，"我选择""我做主""我创造"，诸如此类的营销策略已经使像艺术家那样创造（其实未尝不是在"被创造"）成为了新的消费文化的核心。当日常生活被视为我们唯一的生存现实的时候，生活的未来维度也就被取消掉了，我们仿佛风雨飘摇中的航船，不辨方向地行驶在漫漫无边的黑色大海上。

其次，从中国自身语境来看，当代中国人对生活的热情同样是强烈历史诉求的产物。然而与西方不同，这一诉求不是试图突破启蒙理性对日常生活的殖民化统治，而是对物质生活极端匮乏的时代之反弹。这就使得中国当代语境中对生活一词的使用往往偏重于物质层面，而非意指伦理的生活，比如听邓丽君、穿喇叭裤、戴墨镜等等，在 20 世纪 80 年代前期往往被视为资产阶级精神污染的病灶，然而也正是这一与政治意识形态相对抗的个人的物质生活，在 80 年代的思想解放运动中发挥了巨大作用，它不仅提供了拆解被崇高化了的革命意识形态的武器，而且还将一个更加丰富多彩的日常生活的世界呈

---

1. 参见［英］迈克·费瑟斯通：《后现代主义与消费文化》，刘精明译，译林出版社 2000 年版，第 96—98 页。

2. 参见［德］彼得·比格尔：《先锋派理论》，高建平译，商务印书馆 2002 年版，第 130—131 页。

现在了文学面前。虽然生活已经成为新时期文学创作中的一个重要命题，[1] 甚至业已形成诸如饮食美学、园林美学、服装美学、旅游美学等应用性的亚学科门类，但它始终没有与美学内部的重大问题相结合。在 80 年代，生活仅仅提供了孕育美学热的社会能量与其展示的对象，它本身尚不构成一种美学。

如果说，20 世纪 80 年代的生活热情具备由匮乏而生的合理性，那么到了 90 年代，对日常生活的追求就已发展为了社会的主流意识形态。作为与国家的现代化意识形态密切配合的个体对应物，这一日常生活的意识形态丧失了其在 80 年代所具备的反叛精神与政治能量，转而投向了日趋保守化的市场神话。经过了 80 年代曲折反复的思想抗争和 90 年代平缓的市场化过渡之后，日常生活已经从幕后走向了前台，然而由于国家权力的延续所带来的伤痕记忆的惯性运动，在当下语境中，日常生活平庸与异化的一面往往被其狂欢与自由的一面所遮盖，在此过程中，日常生活的内部张力被削弱了。当消极自由暗中助长消费时代的社会控制的时候，西方理论中的反理性化策略与理性化现实就已紧密地扣合在了一起。这一现实恰恰契合了西方理论在晚期资本主义下被迫转向局部抵抗的策略，它反过来又强化了权力的结构。

实际上，以大众文化研究、消费文化研究、流行文化研究等面目出现的日常生活的理论与实践在当下中国呈现异常复杂的局面：一方面在晚期资本主义的全球化进程中复制了西方理论界的现象与难题，

---

1. 新时期以来文学中有关"生活"的大量例证可参见张未民的《想起一些和"生活"有关的短语和诗句》(《文艺争鸣》2010 年第 5 期)。

另一方面又因自身的历史与现实而显示出复杂的错位关系。诡异的是，在政治因对抗性而活跃的 80 年代，日常生活并没有上升为理论化的诉求，但在去政治化的消费时代，日常生活却急切地要成为一种新的美学范式，也许这一现象显露出某种症候。当"生活美学"讨论如火如荼的今天，关键问题也许不在于中国现实中是否存在转向生活的事实，而是这一转向究竟在何种意义上能够成为一种美学。对此问题的回答首先要澄清的是何为美学的问题。如若说美学仅仅是在知识世界中的自我完成与自我复制，那么固然无损于"生活美学"的成立与否，然而，如若美学始终保持着应对现实的活力和在地的政治性，那么，"生活美学"能否成为一种新的美学范式必须经得起下列问题的追问：

第一，在何种意义上使用日常生活这个概念。如前所述，日常生活概念以其含混复杂而著称。总的来看，当代西方理论对日常生活的关注是在反对或修正启蒙理性的背景下产生的，正如与日常生活的分离曾是一个现代性系统事件，向日常生活的复归同样也构成了一个系统事件。在系统内部，对日常生活概念的不同定位，使得不同理论不仅呈现纷纭杂沓的面貌，甚至还出现互相敌对的状况。相比西方学术界，国内学术界的"生活美学"主张并没有对生活概念进行界定，只是抽象地来谈论它。在当下语境中，生活要么成为无所不包、包治百病的灵药，要么则因向民粹主义的投合而显示出某种政治上的"正确性"，现实中的情况往往是，每当反智主义现身时，"生活"也会随之出现。由于只停留于把西方不同路向的理论资源都视作美学转型的理据，而缺少对理论内部的张力和冲突的细致辨析，这就使"生活美学"的建构面临着神话化的危险。

第二，谁才是"生活美学"的承载主体问题。如前所述，作为中国当代史的产物，日常生活的意识形态在20世纪90年代之后逐渐走向了保守化。随着市场化导致的阶层分化的逐步显现，不同阶层间的物质生活也开始拉开差距。如果按照马克思关于经济基础与上层建筑的经典论述，那么，"生活美学"在很大程度上是作为物质生活的提高在意识形态中的美学对应物。在此意义上，过于沉溺于生活世界的"美学"并不是从理论的高度对现实问题展开批判，而恰恰是将理论等同于现实。这点尤其需要警惕，因为批判距离的消失也就使得作为理论的美学变得不可能。因此，"生活美学"的建构必须继续追问在"日常生活审美化"论争中提出的"谁的生活"以及"日常生活的贫穷化"等问题。[1] 理论批判的有效距离的获得必须通过对现实的介入来实现。

第三，如何在日常生活的审美呈现中进行伦理维度的重建。如前所述，基于特殊的历史原因，当代中国人对日常生活的诉求往往强调其物质层面，而对伦理层面关注不足。事实上，在晚期资本主义的现实中，伦理缺失已经不仅仅是中国问题，它同样也困扰着西方学界。由于把个体伦理与美学中的自我创造等同起来，不管是日常生活批判，还是实用主义美学，最终都难免陷入伦理美学化带来的原子化困境中。自我的审美创造如何才能走向一种共同的伦理生活，始终是困扰日常生活理论的一大难题，舒斯特曼正是从这个角度对罗蒂进行了批评，然而他自己的身体美学策略同样未能妥善地解决此问题，[2] 而哈

---

1. 参见赵勇：《谁的"日常生活审美化"？如何做"文化研究"？》，《河北学刊》2004年第5期；《再谈"日常生活审美化"》，《文艺争鸣》2004年第6期。
2. 值得注意的是舒斯特曼对"身体美学"的提议是以大量他自己也无法回答的疑问结束的，这种困境实际上再现了他在罗蒂身上发现的伦理难题。参见［美］舒斯特曼：《实用主义美学》，彭锋译，商务印书馆2002年版，第373页。

贝马斯对日常生活之对话性的宣扬也基于同样的目的，交往理性的提出一方面是要克服日常生活的工具化弊端，另一方面也是为了克服审美化带来的伦理缺失。简言之，对日常生活之伦理维度的重建意味着要在美学中重启关于平等、团结、正义等问题的思考。因而，与其说当下中国需要的是"生活美学"的"范式"，不如说我们更需要一种关于审美的伦理学与政治学。

（原刊于《文艺争鸣》2011 年第 1 期）

第 三 辑

批评的跬步

剧场寓言与批评空间的局限
——韩寒、韩寒现象及其他

一、消费时代的剧场寓言

> 我们只是站在这个舞台上被灯光照着的小人物。但是这个剧场归他们所有，他们可以随时让这个舞台落下帷幕，熄灭灯光，切断电闸，关门放狗，最后狗过天晴，一切都无迹可寻。我只是希望这些人，真正的善待自己的影响力，而我们每一个舞台上的人，甚至能有当年建造这个剧场的人，争取把四面的高墙和灯泡都慢慢拆除，当阳光洒进来的时候，那种光明，将再也没有人能摁灭。

这是韩寒博文中的一段文字，我将其摘录出来，是因为对于理解韩寒及其现象来说，这段文字至关重要。对于这段文字，想必熟悉现代文学的人不会陌生，因为它很容易让人联想起鲁迅的铁屋寓言。在鲁迅的寓言中，铁屋是封闭落后的国家的象征，砸破铁屋的希望必须依赖于那些先醒来的人去唤醒其他正在沉睡中的人，这些先醒来的人往往被认为是启蒙者的形象。与鲁迅的铁屋类似，韩寒的剧场虽然同样是一个高度封闭的空间，却暗中构成了对前者的消解。

首先，铁屋中的人随时面临窒息的危险，要生存就必须尽快砸碎铁屋，剧场中的人则没有这种迫切性。在铁屋寓言中，人的处境是国家处境的肉身化隐喻，通过将个人命运与国家存亡相关联，西方列强的入侵被表述为了国家内部的危机；而在剧场寓言中，危机感的消失乃是"和平崛起"时代之中国的写照，与铁屋寓言背后的民族独立、国家强大的近代需求不同，剧场寓言关注的是统治与被统治的关系，而这恰恰也构成了韩寒的批评旨趣。

基于此，鲁迅铁屋中的两种人——沉睡的人与醒来的人，在剧场中被替换为了"我们"与剧场老板。"站在这个舞台上被灯光照着的小人物"是作为"我们"的宾语出现的，但是这个偏正词组并没有使"我们"的意指对象变得清晰：到底谁才是"被灯光照着"的人呢？是作为明星或公众人物的韩寒，还是所有"小人物"？如果只是韩寒本人，那么"我们"的称谓显然失之过大；如果指的是所有小人物，那么舞台下的位置则付之阙如。事实上，韩寒在对"我"与"我们"的使用上非常用心：在彰显特立独行的风格时，韩寒惯常使用的是"我"；在对权力进行批评时，韩寒会时不时启用"我们"。

"我们"在这段文字中是作为修辞策略出现的，将自己划归"小人物"行列最大的好处在于，它为舞台下的观众带来了一种分享舞台光环的错觉，而这种修辞策略上的"含混"在韩寒的文字中并不罕见。尽管韩寒拒绝成为某些人的"代表"，但在文字策略上，他的拒绝并不像声称的那样果断。通过时不时地将"我"置入一个同质化的"我们"当中，鲁迅笔下的"看"/"被看"关系被"控制"/"被控制"的模式所取代，而启蒙者的自我焦虑也被转移到"他们"身上。

在此意义上，作为"他们"出现的剧场老板的位置才至关重要，正是它构成了"我们"的对立面——权力。在权力／民众的对立结构中，"我们"这一修辞策略多少带有讨好色彩。

其次，光的隐喻在剧场寓言中殊为重要。韩寒的剧场并非漆黑一片，它至少拥有一个被灯光照亮的舞台，但舞台上的灯光绝非真的光明，它仅仅提供看似真实的幻象——戏。就此而言，舞台上演戏的人并不比舞台下看戏的人更清醒，他们的存在反而使舞台下的人越发沉迷于剧情与灯光构筑的晕眩效果中，以至于把幻象误认为是现实，因而，沉溺戏中其实是一种比沉睡更可怕的状态。与之相反，剧场老板的位置则是不可见的，他们在黑暗中操控一切。在此意义上，灯光不仅是构筑幻觉的机制，它同样构成了监视的工具。

由此观之，剧场寓言的确道出了消费时代权力关系的内中隐情，但换个角度来看，剧场寓言也未尝不是对韩寒现象自身的绝佳写照。因为按照剧场逻辑，戏剧的演出是由剧场老板、舞台上表演的人和舞台下观看的人所共同促成的。剧场中的每一个人都已内在于戏剧本身。缺乏早醒之人，剧场中的人又怎么能从戏中获得觉悟的契机呢？相比鲁迅的铁屋子，剧场寓言的回答是无力的。寄希望于统治者"善待自己的影响力"，或者让"当年建造这个剧场的人"参与到拆除剧场的行动中来的美好意愿，只是充分显示出剧场的固若金汤，它是一个比鲁迅的铁屋子更加绝望、更加密不透风的封闭空间。在此意义上，剧场寓言实际上构成了对当下批评困境的寓言化表述。当权力以幻象的形式再造了道义话语的时候，批评究竟何以可能？换言之，当韩寒已经与韩寒现象紧密结合为一体的时候，他的文字又将在多大程度上构成对现实的有效批判呢？

二、道义性话语的非道义生产

2010 年 4 月，韩寒登上《时代》全球影响力百人榜事件引发了网络热议。如果说过去公众对韩寒的评价主要是围绕才华、叛逆来展开的话，那么这一次，人们对待韩寒的态度已上升至道义性层面。"挺韩派"将韩寒视为"民众代言人""公共知识分子"，在道义上肯定韩寒的价值；"贬韩派"把韩寒与商业炒作相联系，将其斥责为消费时代的产物。严格来说，两种立场都不无道理，但由于只捕捉到了韩寒现象的某一方面，两者实际上都对韩寒与中国当下现实之间的复杂关联作了简单化处理。在我看来，今天对韩寒的任何评价都必须承认如下事实：第一，韩寒身上确实存在很多专家学者所不具备的道义性；第二，这种道义性虽已成为网民挺韩的理由，却不足以解释这一现象的社会本质。基于这样的观点，在我看来，区分韩寒与韩寒现象是必要的。前者体现为韩寒的个人言说，后者则涉及这种言说效果的社会机制。如果说，作为个体的韩寒是道义性话语的发出者，那么对后者的清理必须牵扯出这一道义性话语的生产机制。只有弄清楚这一机制之后重新回来看待韩寒，才能尽可能避免简单化的评价。

产生社会效应的韩寒现象并非一个稳定的实体，而是处于不断的变化过程中。1999 年韩寒凭借《杯中窥人》获得"新概念"作文大赛一等奖，随后出版《三重门》而暴得大名，完成了象征资本的初步积累。在这一阶段，韩寒是以一个叛逆少年形象出现的，由其引发的关于教育与成才的讨论一度成为社会热点话题。然而在一个话语空间相对有限的时代，韩寒不得不受制于主流媒体，例如韩寒就曾有

理 论 的 边 际

过在主流媒体上被群起攻之的经历。这种的受挫感使他转而向市场妥协。尽管作品不断，但是《像少年啦飞驰》《毒》《长安乱》等作品都因带有浓重的商业色彩而缺乏早年的《三重门》中的锐气。基于这种妥协，韩寒保持了平稳的出版速度，但常态化的市场行为并没有扩大韩寒的社会影响力，反而使他一度从公众视野中淡出。2005年底在新浪网开博成为韩寒重新进入公众视野的重要契机。借助互联网这个新兴媒体，韩寒开始挣脱市场与传统媒体的束缚，而网络在传达信息上的自由度也为韩寒的语言天赋提供了绝好的平台。从2006年开始，通过韩白之争、韩高之争、现代诗之争等网络事件，韩寒的博客赢得了大量的网络点击率，甚至超过"老徐的博客"成为全球浏览人数最多的博客。这一时期，虽然传播媒介发生了改变，但韩寒仍然还在延续早年那种"天才"对抗平庸制度的批判方式。论争频繁使得这一阶段韩寒的语言暴力倾向严重，不仅用语激烈，而且携带大量下半身语汇。直到2008年前后，韩寒开始对大量公共事件发言才标志着真正蜕变的开始，不仅批评态度归于冷静，而且还避免了陷入更多的网络口水战。随着互联网作为表达民意的公共空间性质的增强，韩寒现象在网络上的巨大成功反过来向传统媒介渗透，从而逐渐改变了传统媒介对于韩寒的看法。反观2001年中央电视台"对话"与2008年湖南卫视"零点锋云"所做的节目，会发现两档节目对韩寒的定位已经发生巨大的改变。这种改变不仅体现在对媒体的影响上，同样也使其在市场中的位置发生了变化。如果说过去韩寒必须通过妥协的方式来实现象征资本的积累，那么，韩寒这个品牌在当前市场中已经获得更大的谈判空间，这些直接促使韩寒以更加自由的姿态开始上电视、出专辑、作代言、编杂志。

可以说，互联网在韩寒重新崛起的过程中起到了关键性的作用，于是有人欢呼以韩寒为代表的网络言论自由的意义，这仅仅得其一面，如果没有市场化所带来的对体制的疏离，光靠网络言论其实很难产生韩寒现象这样的效果。学者张鸣撰文称赞韩寒的"无欲则刚"（张鸣《韩寒的无欲则刚》），这种"无欲则刚"固然说出了韩寒疏离体制的事实，但反过来看，这种"无欲则刚"难道不正是物欲横流的市场催发出来的果实吗？今天来谈论韩寒言论的道义性是不能脱离其在市场中实现象征资本积累这一过程的，然而市场又是一个极其暧昧的东西。一方面，市场被神圣化了。在官方意识形态中它是改革的代名词，而在权力对抗者眼中，它又成为了自由的凭借；但另一方面，市场又绝非瓦解权力的利器，而是与权力处于微妙的默契中：市场化带来的经济独立在提供体制外的对抗空间的同时又与之紧密地纠缠在一起。这尤其体现为改革开放以来形成的以现代化为目标的主导意识形态，当我们把市场描述为取代权力而成为新的合法性基础时，权力并没有抽身离去，它自始至终参与了资本原始积累的过程。正是在这种意识形态的主导下，强拆与 GDP 才成为了同一枚硬币的两面。

这种情况在布尔迪厄那里是用场域理论来表述的。不同的场域看似相互独立，但往往通过各种形式与权力场相纠缠。然而在中国，权力的力量要更加强大，它甚至不通过场域而赤裸裸地发挥作用，比如文学场，在中国其实就是体制的一部分。在此意义上，文学场中"以败为胜"的故事就需要改写。如果说布尔迪厄分析的先锋派文学是通过在市场中的失败来成就其在文学中的象征资本，那么，韩寒现象则颠倒了这种逻辑：通过在文学体制中的"失败"来成就其在市场中的成功，更何况在韩白事件中，韩寒根本就毫无败象可言，他几乎以一

理 论 的 边 际

个人的力量打败了一个"文坛"。这背后的原因绝不能仅仅归因于个人言论的力量，而是权力的新模式对旧模式的一次胜利。一方面，通过与市场的联姻，权力将自己的罪恶隐蔽到了场域的外表之下，另一方面，它又在官僚体制、国家机器中频繁现身。可以说，正是通过制造一个自己的虚假对立面，权力才真正实现了自我的安全的再生产。当韩寒以经济场的逻辑来获取胜利的时候，他已经深深地陷入这一不义的现实当中。

因此，片面地强调韩寒言论的道义性不仅忽视了市场在韩寒现象中起到的作用，更遮蔽了隐藏其后的权力关系。韩寒有一句名言："时无英雄，使我这个竖子成名。"这句看似谦虚的话暗中揭示了一个可悲的事实：这个时代缺少的不是英雄，而是一个产生英雄的位置，一旦位置被抽空了，英雄的存在也就不再可能；相反，这是一个构筑神话的时代，通过媒体的滚雪球效应，通过资本的市场运作，一个接一个的神话被构造出，然后又被一个接一个地消费掉。这些神话不需要天才，只需要天才之名；不需要战士，只需要战斗的姿态；不需要牺牲，只需要关于牺牲的表演。在权力转型的过程中，韩寒成功了，然而又未尝不是以更大的"失败"为代价。因此，今天再来评价韩寒的时候必须首先清楚，韩寒所抨击的对象其实就是造就了韩寒现象的结构性力量。道义性话语的生产已经深陷于非道义的现实中，这已经成为我们今天谈论任何形式的批判都不可回避的一个事实，甚至这篇文字本身，一旦涉入媒体的话语场，很可能也在助长另一种不义。我指出这一点并非要否认韩寒在介入公共事件中所发挥的积极作用，而是说如果不对促成这一现象的社会结构力量进行必要反省，那么，任何对韩寒的肯定与赞扬都不过是盲目的追捧而已。

三、批评乱象中的韩寒与韩寒现象

道义性话语的非道义生产使得批评韩寒在今天成为非常尴尬的事情。对韩寒稍有微辞就意味着站到民众的对立面上，成为这个时代舆论中的政治不正确；而对其盲目的追捧又会导致对道义性话语背后的生产机制的视而不见，加入这个时代随波逐流的大潮中去。这种尴尬使得知识界几乎无力应对韩寒现象，而间接促成了当前的网络热捧与谩骂。与体制内学者的普遍沉默不同，知识界对韩寒的关注来自陈丹青、梁文道、张鸣、吴思、陈文茜等体制外或半体制外的文化人与媒体人，也来自刘禾、林培瑞这样的海外学者。相比体制内学者的拘谨，他们反而能更加自由地面对韩寒现象发言。到目前为止，关于韩寒的讨论主要存在着以下三种思路：

第一种从个体批判权力体制的角度来定位韩寒。早在经由梁文道、张鸣等人将之提升为重要观点之前，对体制的批判姿态体现出来的道义性就已成为网民力挺韩寒的理由。在这一思路下，韩寒往往被视作保持独立精神的个体。因为其独立思考能力与聪明机智、摧枯拉朽的文风在批判体制中所发挥的作用，持这种观点的人普遍表达了对韩寒的好感。然而值得注意的是持这种观点的文化人大都具有体制外或者半体制外身份，由于缺少对自身位置的反省，他们更多是在寻找自我影子的过程中将韩寒引为同道。这使得他们在赞同韩寒的同时容易忽视那些促成韩寒现象的社会性力量。然而有趣的是，同样被称为独立思想者的台湾媒体人陈文茜却抨击韩寒"没文化"、"对世博无知"、"说话跟放屁一样轻松"，这种"对大陆情况的不了解"，恰恰从一个"外在"视角揭破了引为同道者们的错觉。

第二种从与民众的关系来定位韩寒。与媒体将韩寒捧为"民众代言人"不同，许知远撰文称"韩寒的胜利是民族的失败"。在历数了韩寒的反智倾向、挑衅姿态与耍酷本质后，许文指出韩寒乃是"庸众时代"的产物。网民麦田在新浪博客上发表《警惕韩寒》一文，同样也从这个角度批判了韩寒对民众的迎合姿态。对此，张鸣的意见明显不同。他在《韩寒的山寨》结尾处写道："韩寒的山寨，除了他自己，没有部众，上亿点击他博文的人，都是看客，在山寨周围看热闹的人，就算韩寒的粉丝，也进不了他的山寨，因为那个山寨不需要有人跟着摇旗呐喊。"许和张的分歧显示出思路一与思路二的巨大差异：前者试图割断韩寒与韩寒现象的联系，后者则将韩寒与韩寒现象视为一个整体。尽管两者的观点针锋相对，但是当张鸣用特立独行来为韩寒辩护时，同样显示出与许知远类似的强硬的精英立场。思路二虽然已经将韩寒视作是某种力量的产物，但仅仅将之因于"庸众"，仍然无助于认识造成韩寒现象的真正的结构性力量。

第三种从消费文化角度来定位韩寒。这一思路虽较为常见，却罕有深度阐发，哥伦比亚大学学者刘禾是个例外。在接受《时代》采访时，刘禾认为韩寒的言论并没有构成对政府的真正批判，他只是将年轻人的不满引向消费主义程序的主动参与者。针对刘禾的发言，学者林培瑞（Perry Link）则从自由主义立场力挺韩寒，他指责真正与政府合谋的不是韩寒，而是包括刘禾在内的清华新左派，从而将对韩寒的定位引向立场之争。事实上，林培瑞并不（或者说是不愿意）理解刘禾批判的合理性。虽然刘禾的发言过于简短而无法顾及韩寒在当下中国的道义性事实的一面，但她的批评至少显示出一种结构性思考的能力：只有在关系当中才能把握事情的真相。

这三种思路固然有其合理处，又都有自己的局限，其中韩寒与韩寒现象的分合乃是一大关键。打个比方来讲，韩寒与韩寒现象的关系就仿佛树木与森林，过于推崇韩寒个人好比是"只见树木不见森林"，而过于强调韩寒与"庸众"的关系又多少无视树木的特殊性。问题是为什么森林中只有这棵树长得如此茁壮？又是什么决定了树木在森林分布中的位置？这意味着对"韩寒现象"不仅要了解树木与森林，而且还要对该生态区域的气候、土壤、水源、光照等因素进行细致勘察，否则既无法看清楚树木也无法看清楚森林。

因此，将韩寒现象仅仅归因于个人或民众都是不足取的，体现着权力关系新格局的政治生态与文化生态才是造就这一现象的关键，它深藏于韩寒现象的背后，并且不断地将批判力量引向权力的再生产。就此而言，刘禾所谓的合谋关系才是可以理解的。关键不在于韩寒的批判是否出于真诚，或者是否具备道义性，而是说在消费主义的格局中，韩寒已不可避免地被捧上了核心的位置。这时候的韩寒已不再是那个独立思考的批判者，而是一个符号化了的品牌，一个消费时代的奇观。在这场奇观中，批判最终被转换为了消费品。

缺乏了结构性的视野，大多数批评在应对韩寒的时候就如同面对着一面镜子，映照出来的总是批评者自己的面目。在韩寒现象面前，简单的立场分野已然失效：新左派中既有挺韩的梁文道，也有批韩的刘禾；自由主义者中同样既有挺韩的林培瑞，也有批韩的许知远，这不仅是因为韩寒与韩寒现象之间存在着极易混淆的因素，同样也说明在当下这个权力新旧模式相互渗透的复杂格局中，某种单纯的理论立场已很难有效地应对现象的复杂性。不管是对作为批评者的韩寒，还

理 论 的 边 际

是对韩寒的批评者来说，批评主体的问题已然变得比批评行为更加重要。

四、常识的限度：批评何以可能？

韩寒的成功与他独特的批评方式密不可分，这种批评方式可称为常识批评。常识批评针对的是专家批评，它不引经据典，不高谈理论，就事言事，有话说话。相比专家批评，常识批评的优点在于它不会因理论负担而尾大不掉，因而姿态更灵活自由，往往能单刀直入，切中要害。就效果而言，常识批评也更容易赢得民众的好感：一是因为不需要高深的专业知识，人人都能理解；二是它迎合了当前社会对专家的不信任感。然而常识批评在为韩寒提供灵活自如的批评优势的同时也存在其先天缺陷。

常识批评最大的缺点便是消解深度。由于止于应对纷繁复杂的事件，常识批评往往缺乏穿透诸多现象的结构性思考的能力。这导致了韩寒对社会事件的发言总是用一种兵来将挡、水来土掩的方式进行，也因此他的立场时常会随着事件的不同而发生改变。比如在作家富豪榜事件中，韩寒可以为自己的高收入辩护，赞同个人成功的神话，但谈及农民工、高房价等问题时，他又猛批财富分配不公，似乎两者之间并不存在任何关联。这其中既掺杂了批评者受益于成功神话的因素，也不能说是与批评方式的缺陷毫无关系。如果说借助理论进行的结构性思考旨在以阵地战的方式实现批评的建设性转化，那么，常识批评更接近打一枪换一炮的游击战术，在此意义上，常识固然重要，但在面对社会复杂状况时，常识的力度往往有限，它仅仅提供了人们的道义想象，而这种道义想象除了能够宣泄群众的不满外，并无益于社会现状的改变。

事实上，韩寒灵活多变的批评背后恰恰是某种不变的立场：永远站在权力的对立面上。不难发现，在韩寒的博文中，所有的怪现状都是因为社会的非正常运转，而归根结蒂又在于政府权力的滥用。由于把权力简单等同于政府，政府成为了永远的麻烦制造者，这种姿态固然能够博取民众的好感，但无形中却加深了阴谋论的色彩。相比针对政府的冷嘲热讽，韩寒对市场的批判反而是不足的，这不能不让人怀疑受益于市场的批评者的真诚。由于缺乏理论的自反性，常识批评时常使批评者对自身位置难以自察，它总是将匕首对着一个想象的敌人，由此导致的必然是对更加复杂的社会现实的掩盖。如果说部分专家批评可以被权力收买而成为意识形态机器的一部分，那么，常识批评同样构筑了另一种意识形态，这种意识形态表面上以公民建议的面目出现，实质上却形同无政府主义的语言狂欢。正是因为缺乏结构性思考与向建设性转化的能力，常识批评时常有避重就轻的嫌疑。它总是以一个正常运转的社会为鹄的，但是一旦面对如何才能够正常运转的问题，常识批评往往缄默无语。

陷溺于常识的最终结果将是取消批评本身。由于把批评标准降低到人人皆知的常识上，批评已不再是个体的批判性反思，而成为群众情绪的宣泄口，这固然有助于部分实现批评的社会效应，但是两者的纠缠同样导致了批评的困窘：当批评者的独立性必须依赖于群众效应而发挥作用时，它就走向了自己的反面。批评成为了一台机器。批评者与批评对象都无法脱离这台机器而存在，诡异之处在于：恰恰是批评者的独立性提供了机器运转的燃料。一旦独立性被投入其中，它就不复存在了。这种困窘已造成韩寒现象的一个关键性事实：批评了什么已经不再重要，重要的是谁在批评。即便韩寒在其博客上写下一句无关紧要的废话，同样可以达到万人空巷的效果。

从更大的视野来看，批评机器又是整个社会机器的一个部分，它被社会结构性力量生产出来之后又反过来用于维系社会现实的再生产。对此，韩寒并非毫无警觉，比如他一直拒绝自己被符号化，不管是"民众代言人"，还是"青年人的代表"，但是由于无法拒绝媒体带来的光环效应，无法拒绝市场提供的利益共享，也就无法真正拒绝那些构造出韩寒现象的社会力量，在这种情况下，拒绝本身也被符号化了。一旦进入商业逻辑运作的模式，其效果只能是越拒绝越独立，而越独立也就越有卖点。布尔迪厄早就指出，一个人的惯习是与其在场域中的位置密切相关的。尽管惯习保持着历史的开放性，有时候却比我们的身份还要牢固。作为一种惯习，韩寒的批评姿态同样依赖于他长期以来在网络与市场的互动中积累起来的象征资本，而两者表面上与体制的距离恰恰形塑了他对于权力的狭隘化认识。指出这一点这并非是要为政府的权力滥用和寻租行为免责，而是说批评者必须对自己的批评惯习要有足够的反思能力：这种惯习将会多大程度上有助于对权力的理解？又在多大程度上对之形成遮蔽？

福柯曾指出权力是具有生产性的结构，是力量之间的关系，而非仅指那些自上而下的宰制和压迫。因而真正的抵抗不是颠覆政权，而是要导致结构的运作发生中断，这恰恰是批评的希望所在。真正的批评总是在逃逸，一旦它落实为现实，就必然涉入结构的怪圈当中。因此，真正的批评除了要仗义执言，揭露权力导致的不公外，还必须与自己为敌，与惯习为敌，与封闭的自我为敌，而不是陷入语言的自恋活动中去，唯有如此才能拒绝权力结构的招安。当然，这种与自己为敌的姿态绝非揶揄作态，更非故作高明，而是要在各种权力场域的转接处抓住那些中断的瞬间。这种姿态除了需要足够的象征资本和游走不同场域间的能力外，还需要一颗真正清醒的头脑和一个不固执于常识的开放的心胸。相对于任何人来说，韩寒也许都更有这个资格，但同样相对于任何人来说，韩寒的决断也将更加地具有难度。

2010 年 5 月至 7 月

（原刊于《粤海风》2010 年第 6 期）

反抗的局限
——论食指诗歌的杂语性

为青春辩护，这几乎就是一种中年症候。当青春无法挽回地离我们远去的时候，它也就蜕变为了客体，蜕变为充满模糊记忆与杂乱材料的庞然大物。我们总是试图从这些记忆与材料中去追忆往昔。但所有追忆都是对现在的确认。追忆青春时我们自以为发现了一条回归的途径，但任何重述都不可避免地归结为一次发明，即发明一种对一代人生存的价值与意义的合法性解释。哪怕青春并没有在追忆中重新浮现，这种带有自恋性质的行为也不会丝毫减弱。诗人食指正是作为那道青春的余晖被人们重新发现的。

如今的食指总是以反抗者的形象出现在文学史和文学批评的视野中。大量的描述几乎遵循着这样一个千篇一律的模式：在"文革"的极端年代，食指的诗在政治的高压下反思现实，反抗强权，以批判者的身份与主流文学进行抗争，从而影响了一代知识青年。这些殊荣使他成为"'文革'诗歌第一人"，并构筑了"朦胧诗的一个小小的传统"。

与反抗者类似的是殉难者形象。这种描述把食指的生活状况与早年的境遇整合到一起：反抗的后果即是发疯。这种逻辑的背后隐含着一个更深的批判指向：政治权力对个人的摧残。殉难者形象使得食指成为了一个普罗米修斯式的诗人。

实际上，两种描述并没有太大的区别。殉难者不过是对反抗者的一种更煽情也更具神圣性的说法。值得一提的是崔卫平女士那篇直接以《郭路生》为题的文章，在这篇文章里食指被描述成了一个逃离政治追求个人自由的自由主义者形象，这当然更像是作者的夫子自道。

我的上述归纳并不是在怀疑一代人回忆的真实性，恰恰相反，我认为它们都是真实的，但它们的反面并不一定就是虚假，就像我们身后的世界并不因为不被看见就消失不见那样。我要指出的是：如同一面镜子，对他人的描述始终映照着描述者的自我形象。正如食指在"文革"期间成为进步知识青年的代言人一样，对食指的重新发现也成为一代人回顾青春的代表性事件。但即便在同一代人身上，时间的距离也或多或少使诗歌接受的情况产生了偏差。这些偏差，在我看来要比回忆中那种虚幻的统一更有趣，也更有意义。就像德里达说的那样，文本内部总是蕴含着自我解构的声音，本文试图做的工作即是尝试重新发掘食指诗歌中那些被一般性描述所忽略掉的内容。

食指开始写诗是在 1965 年，几乎与"文革"同步。到 1968 年底食指去山西杏花村插队之前，短短的三年时间，他已经写出了一批广为传颂的诗作。《海洋三部曲》《鱼儿三部曲》《相信未来》《这是四点零八分的北京》《寒风》都写于这一被称作"最为辉煌的青春创作期"（林莽语）。这些诗为他赢得了广泛的声誉，直到今天研究者也总是对这一时期的作品津津乐道。

实际上，食指形象与他早期的诗作之间一直存在着相互建构的关系：把食指定位为反抗者的"先见"使研究者把目光投向了具有"文革"背景的早期诗作，他们甚至希望能从食指早年的经历中找到更多的线索，例如食指与"太阳纵队"的边缘性接触，列名"裴多菲俱乐部"成员而被监视，遭江青点名等等；同时这些事迹反过来又强化了食指反抗者的形象。由于陷入论证的无限循环，大部分研究都带有同语重复的性质。

食指这一时期的诗作之所以普遍被视为反抗者的典型，一方面当然与研究者对他的单向"发现"密不可分，另一方面也是因为食指诗中的确存在着与"文革"主流诗歌异质的元素。与"文革"主流诗歌相比，食指诗歌的情感更含蓄，意象更丰富，形式更隽永，总之是一种更加个人化的风格。在很多人眼中，正是这种个人化以对抗的形式对"文革"的非人化构成了威胁，而食指作为先驱者则开启了后来的朦胧诗传统。于是"文革"诗歌与新时期诗歌的连续性就在发掘中被建构起来，但这种戴着有色眼镜的发掘工作无疑忽视了食指诗歌中更多的、与"文革"主流诗歌同质的因素。对连续性的强调把时间的断裂转移到空间的断裂中来，即造成同时代的"地面"与"地下"，"主流"与"非主流"之间的两极分化的现象。从动力因的方面来看，这种斗争哲学恰好提供了最为方便快捷的历史解释学模式。更有意思的是，倡导自由的发掘者与他们所反对的"文革"时期的阶级斗争哲学享有一个共同的理论资源。本文无意在方法论上停留过多，我要指出的是：正是在"个人化"现身的地方，诗歌文本透露出完全相反的信息。在这种"颠覆性"解读方面有学者已经取得了不少成果[1]，他们的讨论恰好构成了本文的起点。

（一）情感基调的趋同性

食指的诗歌绝大部分都以抒情诗的形式出现。但食指的抒情方式与"文革"主流诗歌的直接、浅薄、口号化不同，他的情绪沉稳、饱满、含蓄。尽管食指有时候也会以祈使句的形式发出号召，但这些情感大多数时候都有一个形式的限制，正如他的诗观一样是"窗含西岭千秋雪"。然而食指的诗也体现出这样的特点：尽管从低沉出发，但食指的诗歌总是能导向明亮的、积极的一面。正如张桃洲指出的，"在总体上，食指诗歌的基调是明朗的、向上的，成为时代阴霾里的一丝亮色。"[2]在这一点上，他与"文革"主流诗歌的高昂激越又有着内部的趋同性。

《相信未来》这首诗被认为是具有普希金式的抒情风格。作为俄罗斯浪漫主义诗歌的集大成者，普希金的政治抒情诗是对暴政的反抗，对自由的歌颂，具有强烈的个人色彩。相比之下，食指的"个人化"总是让人怀疑的。食指曾以红卫兵的身份多次在诗里表达过对毛主席的忠诚，"一套毛主席选集／贴身放在火热的胸前／一枚毛主席像章／夕阳辉映下的金色灿烂"（《海洋三部曲·给朋友们》），"至于热血沸腾的心窝／和那突突跃动的脉搏／不属于你，也不属于我／她只属于党和祖国"（《给朋友》），"毛泽东的旗帜／高高飘扬在／共产主义

---

1. 参见李宪瑜：《食指：朦胧诗的"一个小小的传统"》，《诗探索》1998年第1辑，中国社会科学出版社1998年版；程光炜：《一个被"发掘"的诗人》，《新诗评论》2005年第2辑，北京大学出版社2005年版；张桃洲：《驳杂与共生："地下诗歌"的限度——以食指为例》，《新诗评论》2005年第2辑，北京大学出版社2005年版。

2. 张桃洲：《驳杂与共生："地下诗歌"的限度——以食指为例》，《新诗评论》2005年第2辑，北京大学出版社2005年版，第201页。

大厦／更高的一层"(《我们这一代》)。

食指写于 1968 年的《胜利者的诗章》一诗充分体现了他对进步历史观的信服。在这首诗里，过去被描述为"乌云""废墟""死树"，而未来则是"希望""火光""北斗""朝阳"，诗人"仰望着乌云间光辉闪烁的北斗／寻找着毛主席亲手指点的方向"，并由衷地相信"在由胜利者书写的历史上／要留下我们那不朽光辉的诗章"。与《相信未来》相较而言，《胜利者的诗章》很少有人提及，前者往往被描述为反抗者面向未来的坚定信念，后者则表现出一个红卫兵对革命的忠诚，但实际上这两首诗不仅写作于同一年，而且在诗歌的深层观念上也显示出惊人的一致。由于迷信未来（实际上也就是迷信他所"反抗"的权力逻辑），食指诗歌的语调总是积极的，其情感也总是明亮的。不管食指写作《相信未来》的初衷为何，他的诗歌的确隐含着"反抗者"无意识深层与他所"反抗对象"的同构关系。

（二）意象组织的同质性

意象的运用往往被认为是食指诗歌区别于"文革"主流诗歌的重要指标，甚至也构成他与后来的朦胧诗之间的精神联系。但实际上，食指对意象的运用仍然没有脱离"文革"主流诗歌的模式。仍然以《相信未来》这首诗为例：

> 当蜘蛛网无情地查封了我的炉台，
> 当灰烬的余烟叹息着贫困的悲哀，
> 我依然固执地铺平失望的灰烬，
> 用美丽的雪花写下：相信未来。

当我的紫葡萄化为深秋的露水，

当我的鲜花依偎在别人的情怀，

我依然固执地用凝露的枯藤，

在凄凉的大地上写下：相信未来。

诗歌的前两节运用了密集的意象组合。"蜘蛛网""炉台""灰烬""雪花""紫葡萄""露水""鲜花""凝露""枯藤""大地"，与"文革"主流诗歌里的"高山""红旗""太阳""北斗""兵舰""舵手""螺丝""巨浪"不同，这些意象带有更多的个人色彩。但是"文革"主流诗歌的常见意象并没有从食指的诗中完全引退，相反，食指的诗仍然需要不断借用这些具有固定含义的意象。紧接着的第三节，"我要用手指那涌向天边的排浪，我要用手掌托住那太阳的大海"，整首诗又重新回到主流诗歌陈旧意象与自我膨胀的抒情方式的老路上。

其次，即便是带有食指个人色彩的意象也显示出程式化的趋向。"蜘蛛网"是"无情的"，"灰烬"是"失望的"，"藤"是枯萎的，"露水"是"深秋的"，"大地"是"凄凉的"，而"雪花"是"美丽的"，"花"是鲜艳的，"曙光"是"温暖漂亮的"，由于总是在二元对立中蕴含着强烈的情感取舍，食指诗歌中的意象组织方式再现了"文革"期间非此即彼的革命逻辑，这也注定了它们难以逃脱语言规约的命运。因此，食指在意象的运用方面虽然用力很勤，但往往由于缺乏想象力而陷入语言的牢笼。

（三）诗体形式的同构性

食指的诗具有严格整饬的诗体形式。这与新中国成立后格律体、半格律体诗的流行密不可分。食指自己也承认在诗体形式上，何其芳与贺敬之都对他产生过影响。食指的诗习惯采用四言或六言一行，其实这也是"文革"主流诗歌最常见的形式；在押韵方面，食指喜欢压尾韵，并偏爱 en、an、ang 等敞韵，这也使食指诗歌的朗朗上口、积极明快与"文革"主流诗歌有不少相似之处。

情感基调的趋同性，意象组织的同质性，诗体形式的同构性暴露出反抗的另一面——对反抗对象的依傍与借用。正如有学者在谈论"文革""地下诗歌"时指出的那样，食指的诗与"文革"主流诗歌也处于一种驳杂与共生的状态。[1] 但问题在于是什么决定了这种驳杂与共生呢？或者说这种驳杂与共生依存于什么样的载体之上呢？在我看来，情感基调、意象组织与诗体形式分别对应于诗歌话语的语调、组织方式与结构特征，因此我上述的分析并没有脱离话语分析的层面。正是借助话语分析的视角，以上三点可以归结到食指诗歌的一种更普遍的现象，那就是其杂语性。这里的杂语是一个宽泛的语言学概念，既包括社会的整体性语言与整体性语言之下的各种层次的语言，也包括具体的个人话语。杂语性也就是指诗歌文本中存在的多语交杂的现象。

杂语性的存在使得食指的诗歌总是包含着不同的声音。最明显的恐怕就是食指个人话语的声音与主流话语的声音，这一点早就有学者指出。作为斗争哲学的语言学变种，个人话语与主流话语总是处在压抑与反抗的对立之中，于是食指的诗歌历程就被描述为从一开始由个人话语与主流话语之间的激烈斗争，到后来以个人话语占据上风而告

---

1. 参见张桃洲：《驳杂与共生："地下诗歌"的限度——以食指为例》，《新诗评论》2005 年第 2 辑，北京大学出版社 2005 年版。

终。正如前面已经指出的，这种斗争哲学人为地制造了空间的断裂，仿佛个人话语与主流话语之间存在着一个不可逾越的鸿沟，但实际上个人话语与主流话语从来就不是泾渭分明的，相反它们在各方面都显示出相互之间的暧昧关系。

在进行具体讨论之前还必须对主流话语进行一番界定。所谓的主流话语是指特定时期在社会上占据主导意识形态的话语。"文革"时期的主流话语应该是革命话语、红色话语、阶级斗争话语。新中国成立后，这套话语伴随接二连三的政治运动与大众教育深入人心，成为公共领域内的通行语言。但这并不意味着其他的语言就此消失不见。日常语言、职业语言、社团语言、地方性语言、不同年龄层的语言、各种流派的语言、带个人修辞特色的语言同样存在于话语使用的不同层面。当革命话语占据主流的时候，这些语言的使用空间或许会遭到压缩，但并不会对其生存构成威胁。试想"文革"时期的一个年轻的科学工作者，他很可能吃饭时用的是日常语言，工作时用的是一套严谨的科学语言，开批斗会时用的是阶级斗争的语言，在路上碰到熟人时又会采用私人之间的隐秘语言，晚上回到家里与妻子的对话又可能换成情意绵绵的私人语言。生活在各个历史阶段、各种不同社会空间中的人实际上总是处于杂语环境之中。各种语言与主流话语之间的关系也是复杂的，它们可能互相争辩，也可能互相协作，可能相互抵制，也可能相互依附。主流话语对其他语言并不是决然的排斥性的，个人话语对整体性语言也不是纯粹的反抗性的。主流话语与各种语言之间，社会整体性语言与个人话语之间总是处于一种对话关系之中。

食指诗歌的杂语性正是建立在对话性的基础上。回到《相信未来》这首诗的分析上来，我们可以看到在食指的诗作中主流话语从来就没有消失不见，它们一直隐身于诗歌话语之中，并通过与个人话语对话维持了一个杂语的文本环境。这种杂语性也广泛存在于《海洋三部曲》《鱼儿三部曲》等早期诗作中。通过对社会性杂语的引入而非排斥，杂语成为食指诗歌最重要的文体特征。但也正是这种杂语而非想象中那种独占性的主流话语，反映了那个时代真正的声音状况。既然对话性或多或少地存在于一切话语领域，那么它就几乎等同于一种无意识作用。前面我们尝试分析了食指对主流话语的依附与借用，但是实际上我们仍然很难区分食指诗中哪些是个人的话语，哪些又是他人的话语。通过对话，他人话语默认了个人话语的存在，而个人话语则将他人话语纳入自身的范围。这既是一种增强，但同时也是一种消耗。由于在诗歌中引入对话性，一方面增强了他人话语的渗透力，另一方面也损害了个人话语的纯净性。这一点后面还将详细讨论。即便食指果真像人们想象的那样是在用个人话语对抗着主流话语，（假若把这种描述看作诗歌自我确立的依据，这又何尝不是真实的呢？）但他并不知道两种话语的边界是在哪里。他所能看见所能听见的只是一个处于不断对话中的杂语世界。

前面已经从多角度分析了食指早期诗歌中那些与想象图景不相协调的因素，但若要深入了解食指诗歌的杂语性还必须对食指1969年到1971年（从插队到入伍）期间写下的那些诗歌加以讨论，而这几乎已经成为食指研究的一个死角。直到今天这些诗要么被评论者略而不计，要么即便被提及也总是把它们视作食指不成功的尝试。这种有意的视而不见使得这一时期的十余首诗形同虚设，似乎食指由于精神分裂而导致的失语也已提前到来。

从表面上看，这一时期的食指似乎是退居边缘了，但实际上却是进入到另一个杂语中心。自从 1942 年毛泽东在延安文艺座谈会上的发言以来，文艺就确立了要向人民大众学习的方向。民歌成为改良文艺最好的载体。新中国成立后，全国范围都掀起了向民歌学习的风潮，并得到部分诗人的配合与提携。1958 年新民歌运动可谓是这场文艺民粹运动的高潮。从城市革命话语中心转移到乡村民间话语中心之后，食指明显感受到了一种来自民间话语的新鲜活力。插队期间食指不仅到处搜集当地民歌，还创作了《新情歌对唱》《窗花》《杨家川》这样具有乡土气息的诗作。《新情歌对唱》被认为是食指最富民歌气息的作品。

> 男：五个手指有短长
> 妹妹要比织女强
> 有心上前问一句
> 织女可肯嫁牛郎
>
> 女：红花绿叶谷穗扬
> 万里锦绣作嫁妆
> 待到织出丰收景
> 妹妹才肯嫁牛郎
>
> 男：喜事喜讯喜鹊多
> 喜鹊搭桥过星河
> 哥哥桥边饮老牛

妹妹桥上采云朵

女：喜事喜讯喜鹊唱
公社金桥架天上
哥哥有心桥上会
妹妹桥上等情郎

整首诗以男女对唱的形式展开，不仅模拟青年男女的口吻，而且在语言风格上也追求民歌简单质朴的效果。但如果仔细分析，这首诗仍旧透露出了异质的信息。求婚不再如同旧民歌中所唱的那样只需你情我爱便能私订终身，而是取决于私人情感之外的标准——丰收（不是一亩三分地的丰收而是万里河山的丰收）。在经过前面五节的潜伏之后，对公社的赞美之情终于在诗歌的最后一节跃然纸上。由于把公共空间的标准强加到私人情感领域，情歌就只剩下了一具空壳。整首诗在情歌与政治抒情诗之间的游移实际上也就是在民间话语与革命话语之间的游移。尽管我们没办法具体划分出这首诗哪一句属于民间话语，哪一句属于革命话语，但两套不同的话语的确又都清晰可辨。

尽管食指插队时的农村已不再是一个单纯的民间话语氛围（革命话语主要在四五十年代通过土改工作队渗透到农村，"文革"时农村的话语环境已经是杂语性的），但比起政治局势风起云涌的城市，它仍然提供了一个可供想象的空间。在这个意义上，1968年知青下乡也就是两套话语发生碰撞与对话的一次机会。既然食指的诗歌具有杂语性的特点，那么对话环境的改变自然影响到了食指的诗歌写作。这一阶段食指的诗歌出现一个巨大的转变：文本重心由个人话语与主流话语之间的对话更多地移向了民间话语与革命话语之间的对话。由于试图找到一条整合民间话语与革命话语的途径，个人话语的对话功能自然就被削弱了。这也正是那些戴着"个人化"有色眼镜的研究者对这些诗作视而不见的原因。

与城市的分离一方面带来的是个人话语的弱化，另一方面也使得食指重新强化了对城市革命话语的好感。《这是四点零八分的北京》这首诗正是这种分离的产物，在这首诗里诗人通过将母亲与北京形象的叠加极力地抒发了他对城市的恋恋不舍。任何怀念都容易以移情的方式进行。怀念北京其实也就是怀念城市，怀念亲人，很难说这份怀念是否也指向了充溢着城市上空的革命氛围。但有一点却是确凿无疑的，那就是食指诗歌中的革命话语终于又从对话关系中凸显出来。这种凸显一方面是由于食指对革命话语的移情，另一方面则是因为缺乏了个人话语在对话中的制衡力量。于是我们可以看到，同样写于这一时期的《农村十一抒情》《南京长江大桥》《我们这一代》中民间话语的对话功能逐渐减弱，而对革命话语的借重几乎就成为对"文革"主流诗歌的翻版。

从话语分析的视角来看，1971年食指入伍同样是一个重要事件。部队的话语环境比起农村来恐怕要更单一也更具备革命氛围。生活在这样的环境下无疑加剧了食指走向革命话语的速度。这一时期的食指写下了《新兵》《澜沧江，湄公河》《架设兵之歌》，这些诗作比起入伍前的作品在革命性方面有过之而无不及。但也正是在部队服役期间，食指的精神状况开始出现了问题。对于食指精神分裂的原因猜测颇多，但从话语分析的视角来看，精神分裂的原因早就埋藏在他的话语方式之中。分裂总是从语言开始的。历史上的疯癫一直以两种不同的语言状态存在：一种是胡言乱语，一种则是失语。前者体现为个人话语的膨胀，后者的个人话语则处于压抑郁积的黑暗中。食指属于后者。正如前面分析的，食指的诗歌写作一开始就无法拒绝对杂语的引入，但个人话语总是依靠与他人话语的对话来维持着自身的完整。当个人话语与他人话语并行不悖的时候，个人并不会感受到这种来自话语的冲突。但问题在于食指始终有一种将他人话语纳入个人话语的冲动。对话的丧失使得他人话语处于失控的状态，强行纳入不异于一次引狼入室的行为。他人话语逐渐控制了诗人的舌头，而个人话语则被驱赶到黑暗意识的深处。但个人话语并没有消失，它如同鬼魅一般随时会返回诗人的自我。于是诗人食指很可能陷入这样的困境：他听见自己的声音，但写下的却是他人的话语。《红旗渠组歌》写于1973年到1975年食指精神状态极不稳定的时期，从诗歌中我们几乎看不到任何疯癫的痕迹。相反，这首诗斗志高昂，情绪明朗，结构整饬，押韵齐整，即使放到"文革"主流诗歌里也是中规中矩的典型。在话语构成上，这首诗虽然再次启用了民歌与政治抒情诗结合的形式，但唯独缺少诗人自我的声音。如果在《新情歌对唱》《杨家川》中我们还能看到诗人整合不同话语的主体愿望，那么在这首诗里诗人则完全消失了。我们看到的仅仅是一片他人话语的荒漠。

疯狂从来都是以它的对立面——理性的语言来划界的，这在广义上是一种政治性的行为。理性借用自身来排斥疯狂，这与"文革"的逻辑具有高度的同构性。借用革命话语排斥非革命的存在（非革命常常被等同于反革命），接二连三的政治运动总是从"人民"中剔选出大量的"疯人"，这样看来，"文革"不过是一个无墙的疯人院。由于驱逐了对话性，食指诗歌中的杂语很自然地从理性走向了自己的反面。但严格地来说，疯狂从来就不是理性的反面，而是从理性自身中排挤出去的一部分。在这个意义上，食指从来没有从强权和强音的残酷历史中逃脱。尽管他不参与其中的游戏，也不关心其中的规则，但他已不可避免地成为这场游戏和规则的一部分[1]。

　　我对杂语性的叙述最终将回到食指诗歌的接受情况上来。杂语性不仅构成了食指诗歌文本的重要文体特征，它同时也提供了这些诗歌在"文革"期间的接受环境。食指诗歌在"文革"期间的广为流传与其说是与当时青年人的普遍心态有关，不如说是它再现了当时青年人的话语形态——压抑与激情的混合物。当事人在追忆那段历史的时候往往把革命话语看作一种压抑性力量，而激情则对应于个人话语对革命话语的反抗与破坏。但实际上，压抑与激情其实就是一回事，他们都源于革命话语自身的悖反性。作为一种集体狂热，革命话语排斥个人的存在，但它在将个人纳入集体洪流的时候又总是以充满激情的个人反抗的形式出现。整个 20 世纪，革命话语一直在为中国人提供一个释放激情的想象空间。以反抗来遮掩压抑，这就是深藏在革命话语之后的政治逻辑。"文革"期间，这种逻辑甚至演变为席卷整个社会的普遍意识形态。于是出现了一种奇特的现象，那就是"文革"中斗得死去活来的各个派系始终共享着一个同样的革命话语。他们所反抗的东西其实就是他们自身。他们看不到自己身上的妖魔，却总能在别人身上发现它们狰狞的面孔。如果说他人提供了关照自身的一面镜子，那么"文革"期间疯狂的派系斗争不过是希望通过砸碎镜子来消

---

1. "郭路生从强权和强音为标志的残酷历史中逃脱了。他不参与其中的游戏，也不关心其中的规则。"见崔卫平：《郭路生》，《积极生活》，中国人民大学出版社 2003 年版，第 56 页。

灭自身的镜像。

在这种环境之下，食指的诗歌提供了另一种关照自身的方式。通过个人话语与革命话语之间的对话性的引入（而非强化自我与他者的敌对），食指的诗歌让人们看到革命话语中与个人解放相一致的一面，而压抑的一面则被转嫁到社会上流行的派系斗争。食指在回忆《鱼儿三部曲》的写作经历时就曾明确地表示这首诗创作的初衷是因为红卫兵运动受挫和发自内心的对毛主席的热爱[1]，而非后来强调的对时代的控诉。由于以"个人化"的激情遮蔽了压抑，革命话语再一次安全地着陆了。尽管没有脱离革命话语自身的逻辑，但个人毕竟在集体话语中现身了。这一点尤其难能可贵。但是由于陷入革命话语自身的逻辑，食指的诗歌最后仍然不可避免地走向了革命话语的极致——即制造一种新的压抑。从激情到压抑，食指诗歌在"文革"期间的那段历程可称得上是 20 世纪中国社会与革命话语之间复杂纠葛的缩微图景。

正是因为食指诗歌的这种复杂性。当时青年人对食指诗歌的接受既是因为其"个人化"的一面，也是因为其革命性的一面。比起前者来，后者更接近于一种无意识状态。文本杂语性在一定程度上反映了当时社会杂语性的状况，反过来社会杂语性则提供了文本杂语性的接受环境。在这个意义上，对食指诗歌的接受需要一个特定的群体，这个群体不仅要谙熟文本中的杂语环境，而且还要对这种杂语性抱有一定程度的认同。离开了这个特定的群体，食指的诗歌也就失去了其广泛的影响力。但更重要的是，食指诗歌的接受无法脱离它所赖以存在

---

1. 参见郭路生：《写作点滴》，廖亦武主编：《沉沦的圣殿》，新疆青少年出版社 1999 年版。

的杂语环境。进入 80 年代之后，社会的杂语环境发生了剧烈的变化，革命话语失去了主导地位，取而代之的是启蒙话语、自由主义话语和更具活力的个人话语。食指"文革"之后的诗歌并不见得就比"文革"时期的诗歌写得差，但是由于失去了一个革命性的杂语环境，食指诗歌的接受与当时的社会杂语环境也就显得越来越格格不入。即便是当年喜爱食指诗歌的同一批人也将眼光更多地投向了个人色彩更浓厚的朦胧诗和后朦胧诗。诗人的沉寂也就不可避免了。

由此看来，食指诗歌在 90 年代的重新发现就成为特别有意思的一个事件。正如前面提到的，时间的距离给食指诗歌的这两次接受带来了偏差。由于把食指建构成了一个反抗者的形象，人们只看到食指诗歌里诗人自己的声音，却排斥了更重要的杂语成分。实际上，对食指的重新发现一直遵循着朦胧诗的逻辑：即朦胧诗是作为意识形态的对立面而被提出的。因此，朦胧诗更多的是一个功能主义的概念，它遮蔽了被划归到朦胧诗名下的众多诗人的独特性，同时也埋没了未被划归其名下的众多诗人的存在。如今，朦胧诗的命名已经遭受越来越多的质疑，但潜藏在这种命名背后的逻辑却丝毫没有弱化的迹象。90年代对食指诗歌的重新发现正是这种逻辑的一个历史主义的变种。在这个意义上，食指并不是作为"朦胧诗的一个小小的传统"，而是作为朦胧诗的"儿子"被"重新发现"的。在"重新发现"的过程中，"文革"时期对食指诗歌的接受起到重要作用的杂语被个人话语所取代，尽管个人话语曾经也是食指诗歌中最具魅力的所在，但它却又是如此的虚弱，以至于无法逃脱革命话语的漩涡。回忆是摆脱过去的最好方式。一个新的食指诞生了，但这种诞生背后却潜藏着一代人终于得以舒缓的沉重的喘息。

　　　　　　　　　　　　　　　　　　　理 论 的 边 际

自从抒情诗与史诗分离以来，诗歌就在逐渐排除自身的杂语成分。相对于小说而言，诗已经成为了这样的一种体裁，即它是自言自语。在诗歌中，诗人只面对他自己。诗人对自己说话，他净化自己的语言。净化，也就是努力从个人话语中去除他人话语的成分。诗不是容器，它是漏斗。最好的诗也就是最纯净的诗。而食指早期的诗歌总包含着对他人的言说，有时候这种言说甚至以请求、号召的形式出现。不难发现，这种姿态背后潜藏的仍然是集体情感时代遗留的宣泄方式。诗人要为时代立言，他就不可避免地要对他人言说，而对他人言说是一切杂语的入口。这样一来，食指诗歌的杂语性也就不难理解。

杂语性为食指诗歌在"文革"时期的接受提供了不可或缺的条件，但也正是这种杂语性制约了食指诗歌的美学高度。在坚持诗歌的自言自语方面，食指后期的诗要做得更好。20世纪90年代以来，他就一直远离尘嚣，过着清苦的自我放逐的生活。诗人总是在自我放逐中才能听见自己的声音。但由于早年经历造成的强大的诗歌惯性，食指净化语言的过程显得尤其艰难。在与他人话语的搏斗中，他仍然时不时地会陷入精神的折磨。就对精神折磨的主动选择而言，食指的确是一个让人肃然起敬的诗人。但如果说这样的选择让他成为了一个抽象意义上的反抗者，那么这种反抗却又无时无刻不在透露着自身的局限。

2007年6月24日

（原刊于《对话》创刊号）

破碎自我的再生成
——《梦与诗》中的"跨体对话"

　　自 20 世纪 90 年代以来刘恪的作品就被认为是具有先锋意识的超文本实验。他的新作《梦与诗》依旧延续了超文本写作的思路。小说以《梦与诗》为题可见其向内转的视线："梦"是对无意识领域的挖掘，而"诗"则是对语言的思考与捕捉。长久以来，刘恪的写作一方面保持了对梦语和诗意的追求，这给他的作品带来了扑朔迷离的色彩；另一方面，他又倾心于对词语进行感性和理性的双重辨析，这使他的作品具有一种讨论的姿态。《梦与诗》正是把两个方面的风格发展到了极致的结果。

　　我一直以来都比较关注刘恪的创作，不仅仅是因为其文本实验所体现的强烈的先锋性，对我来说，最吸引我的地方还在于其小说反映出来的自我内部的复杂图景。在我看来，好的文学都是在讲述自我，而不是在讲述他人。自我其实就是时代的一个缩影，而文学总是通过自我来触摸世界。这是我解读《梦与诗》的初衷所在。两年前，我在关于刘恪《城与市》的评论中着重讨论了碎片化叙事，同时也附带提到了复调特征和超文本体式，但限于篇幅没有深入讨论。《梦与诗》的出版首先让我看到刘恪在这两个方面的新变化。

一、"跨体对话"与多声部叙事

刘恪的小说一直以来都有复调的色彩。[1] 在这部《梦与诗》里虽然只有"我"一个人的声音，却仍然体现出强烈的杂语喧哗的效果。对这些喧哗效果的思考让我发现《梦与诗》里实际上隐含着复杂的对话关系，我把它称为"跨体对话"。顾名思义，"跨体对话"包含了两层意思："跨体"和"对话"。

首先来看"跨体"。"跨体"是对超文本性的一个改写和补充。王一川教授最早注意到刘恪小说的超文本性，并用"跨体小说"加以指称。[2] 这里所谓的"跨体"并不只是对文体界限的打破，同时也包括对文本界限的打破，对文本与现实界限的打破。也就是说，"跨体"是在文本间性的层面来讲的，也即是杰拉尔德·热内特所谓的"跨文本性"，包含了"互文性"和"超文性"这两个被定义为文学写作的现象和技法。[3]

再来看"对话"。"对话"是巴赫金理论中的一个重要概念。作为互文性理论的先驱人物，巴赫金强调了"对话"的重要性，并认为所有的表述都具有对话性质。在对陀思妥耶夫斯基小说的解读中，巴赫金发现了作者与主角间的对话关系，从而提出了复调的概念，也就是一个文本中具有多种不同声音的现象。在陀思妥耶夫斯基的小说中，

---

1. 参见吴义勤：《无限性的文本》，《当代作家评论》2002 年第 4 期。
2. 参见王一川：《中国形象诗学》，上海三联书店 1998 年版，第 178 页。
3. 参见［法］蒂费纳·萨莫瓦约：《互文性研究》，邵炜译，天津人民出版社 2003 年版，第 23 页。

对话还包括了"微观对话"和"大型对话",前者往往体现为人物的对白和独白,后者则上升为社会思想的对位关系。可见,巴赫金的"对话"主要关注的是文本内部的作者／主角关系。

所以,"跨体对话"可以视为不同文体,不同文本,甚至文本与现实之间不同声音的表达、争辩与协调关系。

"跨体对话"首先体现在《梦与诗》独特的叙事结构上。小说由六个部分组成,但六个部分并不是严丝合缝的,而是六个相对独立的音区。六个部分都有各自的中心:A 部是哑平,B 部是小姑娘,C 部是艳芳,D 部是祖母,E 部是湘、雪莹、浩东、海明、玉梅之间的情感纠葛,F 部是"我"的梦的连缀。六个部分的叙述者都是"我"。如果说,六个部分是小说写作的六个拐弯,那么"我"的体验与感受就是一以贯之的河流,读者顺流而下,在每个拐弯处都会遇到不同的风景。正是这六个部分,共同构成了一个"跨体对话"的场所。

尽管《梦与诗》的文本表面存在着一定程度的断裂,但我们仍然可以注意到这六个部分中始终有一些反复出现的意向或者主题。比如梦,据我的统计,小说中关于梦的比较集中的描述和思辨出现次数至少达 55 次之多,如 A 部中的"梦中花树""漂泊之梦""荷而拜因艺术"等,B 部的梦更加杂乱无章,从红毛衣女孩到江南,到乒乓球,到"梦中情人",再到具体的"飞翔之梦""死亡之梦""窘迫之梦""饮食之梦""亲人之梦"以及关于梦的评述,C 部的梦基本上与女人有关,介于爱与欲之间,D 部主要是围绕家族和童年的梦境,E 部的梦延续了 C 部的情欲与恐惧,而 F 部则完全是由 20 个梦连缀而成的,其中包括了对 B 部中五个梦境的复现,以及附加的两篇精彩的梦论。这些描述和思辨寄身于叙事体、学术思辨体、散文体、诗歌等不同的文体形式中，有时候共存于同一个文本，有时候又在多个不同的文本间遥相呼应。它们从不同角度就梦这个主题进行着"跨体对话"，既相互诠释，又相互抗辩，既相互矛盾，又相互支撑，既沉溺其间，又超脱于外。类似梦的"跨体对话"的例子在《梦与诗》中可谓比比皆是，比如关于诗的"对话"出现了七次以上（还不包括文中出现的十余首诗和作为诗体的目录），关于语言的"对话"出现了十次以上，此外还有关于"忧郁""寓言写作""文学""时间""生命""梦想""权力""叙事""自我""人"等主题的"跨体对话"也曾反复出现。

在叙事情节上，六个部分也通过"跨体对话"相互渗透，相互弥补，从而使支离破碎的情节变得更加完整。例如 B 部中患病并死去的小女孩晖晖的父亲就是 A 部和 E 部出现的海明，E 部里所有阴谋的罪魁祸首却是 A 部的主角哑平，等等。《梦与诗》的每个部分都充斥着一些像梦呓般突然而来又戛然而止的碎片，表面上看来它们都无关紧要甚至是晦涩难懂，但实际上它们却悄悄地栖身在文本缝隙间成为其他部分的潜叙事。

此外，六个部分内部也充满了论辩的声音，这些声音来自不同的人物，不同的文本，甚至不同的叙事身份。B 部中，对卡夫卡的评论与小说的叙述之间就形成了一种若即若离的"跨体对话"关系，甚至刘恪以前与现在的文本之间也发生各式各样的"跨体对话"，比如《梦中情人》《一往情深》《孤独的鸽子》《城与市》等前文本都以不同的姿态出现在了《梦与诗》中，这些文本已不再是历时性的序列，而是具有共时性的同生复合体。

在"跨体对话"的关照下，《梦与诗》中的碎片不再是杂乱无章、任意漂浮的，而是能够相互生发、共生共存的意义单子。它们的相互作用确保叙事不至于走向无意义的呓语。按刘恪的话来说，"连贯的只是我的生活与自己的感受和体验"，那么"跨体对话"则充分发挥了暗河的作用以保证生活之流的持续贯通。可以说，正是文本内外的这些"跨体对话"共同构成了一个一呼百应、众声喧哗的文字世界。

二、"跨体对话"与自我的分裂

"跨体对话"维系了文本的完整性，但是具体的对话者都是些什么人呢？他们为什么会进行对话，又各自在对话中扮演着什么样的角色呢？所有的问题都必须转到对叙述者的研究上来。

表面上看，《梦与诗》的六个部分都由"我"叙述的，但这个"我"不是完整的连贯性的，而是分裂的变化的。我发现，文本中六个"我"具有不同的性格特征：A部的"我"理性，B部的"我"怀疑，C部的"我"迷狂，D部的"我"失落，E部的"我"忧郁，F部的"我"慌乱。（当然，这只是一个相对而言的概括，同一个部分有时候也会包含不同的声音）除此之外，还有两个"我"在文本中贯穿始终，那就是思考的"我"和叙述的"我"。这些"我"不停地在不同的文体和文本之间"对话"，质疑，提问，争辩，协调，斗争。例如在如何对待女人上，B部中的"我"对梦中情人充满了深情与回忆，C部中的"我"面对多个名叫"艳芳"的女人（与康丽等其他女人也不同程度地发生性关系），放纵在欲望和诱惑的想象中，D部中的"我"则把祖母与情人的形象合二为一，具有典型的"恋母情结"，从而解释了B和C部中的情欲根源，E部中的"我"穿插在雪莹与浩东之间，无奈地守望，而对深爱自己的胡玉英只能够深怀愧疚，F部中的"我"在不同程度上体现出了对女人的恐惧（通过对梦境六、七、八、十二、十四、十五、十六、十八的分析能很明显地得出这个结论）。

《梦与诗》的叙述具有强烈的"自我"间离化效果。不同的"我"之间是有距离的，甚至是陌生的，但有时候他们又能协调一致。这取决于他们之间的对话效果。而对话是一个双方的行为。巴赫金在他的对话理论中指出，"在对话中我是相对于他人形成自我的。"[1]一个人怎么能对话呢？除非是与另一个自己，一个内含的他者。在《梦与诗》中，分裂是"我"最大的特征，也正是分裂在自我中制造了他者。因此，"跨体对话"实际上也就是发生在"自我"内部的对话，一个不断地辨认、分离、包容他者的过程。对此，刘恪自己在小说中也有所表述：

> 我是谁？我既是我，我又非我。
>
> ……我，非我。非我便是他者，他者又是谁？异己也，从我而异，他者又是我，暗合了你中有我，我中有你。异化，化为什么，化为自我需要的奴隶。
>
> ……我进入文本，我发生了变化，变成十分可疑的人物，我是一个综合性质，我既为自我的代表，又是一个复杂声音的他者。
>
> ……自我也是一个复杂声音的他者……我异化为自身的对象……自我便是他者。[2]

---

1. ［苏］巴赫金：《对话，文本与人文》，河北教育出版社1998年版，第194页。
2. 刘恪：《梦与诗》，中国青年出版社2006年版，第64—66页。

这段絮絮叨叨的论说充分呈现了自我内部的争辩。现代心理学承认每个人都有轻微的分裂倾向，只有当分裂达到无法确认自我的时候才是一种人格分裂症的表现。陀思妥耶夫斯基的小说中就有不少患有典型人格分裂症的人物。从这个角度来讲，《梦与诗》也可以作为一个精神病理学的材料来加以解读。文本中发生在"我"内部的"跨体对话"实际上就是不断地在进行"自我认证"的过程。大多数情况下，每个部分中的"我"还算是能够确保自己作为一个完整的叙事者。但有时候，"我"也常常因为无法确认自我而滑向分裂症的边缘。除了前面讲到的"我"的内部时常涌现的他者声音外，这种状态也表现在叙事者身份的模糊不清上。

尽管大多数情况下"我"都是叙述者，但常常也会面临被降格为叙述对象的危险，以至于成为湘，成为K。"我"在叙述"我"的事情的同时也叙述湘的事，叙述K的事，有时候甚至叙述刘恪的事。很明显，"我"在面对自己时出现了指称混乱，这种混乱其实就是人格分裂的一种表征。此外，"我"的分裂还具有不能分辨他者的表现，"我"的话语往往会被想象成是他人的话语。我总是处在自言自语的境地而不自知。在C部里有一段被描写得如真似幻、扑朔迷离的一夜激情，其中最有意味的是"我"与艳芳做爱时的那段对话：

>　　——你过来，不用怕，我是干净的小动物。
>　　——不，我不能，窗外正刮风，擦干雨中的事物。
>　　你看看，用手指，指点一下江山，嗯，触得很好，像梦的流水滑过记忆的天空，对，在那凹凸不平的裸面，啊，它弹起来，点燃光明，看清了么，这是真正的江山，最精华是那枣红色的一点。

　　　　　　　　　　　　　　　　　　理 论 的 边 际

——无限风光在险峰，最高处，是最高的体验，坠下去呢，坠下去便粉身碎骨。

——粉身碎骨便是极致欢快的体验。体验是有层次的……

——这个婆娘真啰嗦，你能不说话，不会把你当哑巴卖。

——不能，女人是啰嗦的产物，啰嗦是什么，是反反复复是世界的本质，初始你会觉得啰嗦是一种无意义重复，重复多了，是一种单调，最后化成纯一的时间你会明白，人就在重复的网络里。愉快是一种重复它是不断索取的欲望。

——女人就是一个啰嗦麻烦的东西。

——不对，你要从啰嗦和麻烦中找到乐趣。女人要保持这种重复的变化进入时间的纯一状态。

——我看女人就是欠操。

——没错。[1]

我们仔细分析会发现，艳芳（不管是白艳芳还是胡艳芳，或者是其他任何一个艳芳）的话具有强烈的修辞性，属于一种文学化的思辨性语言。"擦干雨中的事物""像梦的流水滑过记忆的天空""点燃光明""无意义重复""纯一时间"，这些话都不是日常口语，更不会从一个普通女人口里说出来。实际上，这些话并不陌生，我们总是能在别的地方遭遇同样的腔调同样的逻辑，因为它们与文本中那个不断出现的思考着的"我"的话语具有一致性。所以，这段对话与其说是我与艳芳的对话，不如说是"我"的一次内部争辩，艳芳仅仅是一个想象

---

1. 刘恪：《梦与诗》，中国青年出版社 2006 年版，第 163—164 页。

的他者，是"我"的认证危机的又一次体现。

可见，《梦与诗》中的"我"是一个分裂的自我，他在自我中制造了多个他者，这就为"跨体对话"构筑了基础。通过在自我中发现他者并与之进行"跨体对话"，"我"在确证了自我的同时似乎也消解了自我的完整性，"我"不再是一个理性的能够自我实现的自我。

三、"跨体对话"与自我认证

这样看来，《梦与诗》实际上是一部关于自我的小说。它探讨的是自我的问题，这既是一个哲学问题，也是一个心理学问题。

在西方，自我概念经历了一个漫长的历史轨迹。笛卡尔的认识论哲学首先确立了自我作为认知的主体（很大程度上自我问题可以置换为主体性问题），此后哲学一直沿着自我意识的道路前进。直到尼采宣告上帝死亡之后，后结构主义彻底动摇了主体性的历史，罗兰·巴特宣告了作者之死，福柯甚至更进一步宣布了人的死亡。现代主体不再是完整的，而是始终处于分裂中。

面对这种状况，现代精神分析的自我意识不得不建立在自我认证危机的基础上。阿德勒的个性心理学特别强调自我的一致性，而弗洛伊德、拉康都特别关注自我问题，弗洛伊德把自我引入了无意识的领域，拉康则在语言与无意识的同一性上来思考这个问题。拉康认为，无意识具有语言结构，同时无意识还是他者的话语。在镜像阶段，自我借助映像把自己与他者认同和区别开来，在无意识的差异中产生了主体的意识。无意识只是作为他者的话语，而不能作为主体的话语。

按照这条思路，小说被命名为《梦与诗》本身就是一个隐喻。梦是无意识的流动，而诗则是对语言的思考，这两条路径一直以来都是刘恪关心的焦点和致力的重心，也是通向自我认证的交汇点。小说中"我"的梦是支离破碎的，是通过语言来表述的，而语言本身也是支离破碎的，语言在表述梦境的时候也陷入了自身的困境。他者在梦境中浮现，也在语言中与自我对话。我们可以发现，"我"在叙事中时而是清醒的，时而又陷入混乱，语言时而逻辑清楚顺畅达意，时而又絮絮叨叨自我拆解。其实就是因为有一个他者总是处于无意识与意识之间，处于语言与自我认证之间。于是，自我被撕裂了。"我"中总是包含了一个自己的映像，一个隐藏的他者。他者并不是主体的对立面，而恰恰就是主体自身。可见，"我"的无意识最终转了一个圈转变为他人的话语，这样一来，主体与他者之间就建立了一个神奇的莫比乌斯带。

进一步来说，他者不是一个具体的实体，而是真实寄存的场所，是不断地处于分化过程中的"我"的内部所呈现的事物。这在《梦与诗》中体现得尤其明显，"我"的叙事总是不知不觉地滑向另一个方向——一个他者的叙事，可是"我"又不断地把叙事拉回到原来的位置，接着又是一次偏移……"我"在分裂与完整之间努力地维持着一个平衡，这个平衡是通过"跨体对话"来加以调整的。"跨体对话"在无意识的层面运作，通过诉说分裂来维持自身的完整性。既然"主体的世界是黑夜"，那么，"我"除了对自己诉说自身的分裂外别无选择。正像瓦莱里描述的那样，"我总是从我的自身逃走，在逃脱之时紧紧地依附在自身的轮廓上。"[1]换句话说，自

---

1. ［德］彼得·毕尔格：《主体的退隐》，南京大学出版社 2004 年版，第 135 页。

我的逃逸注定了"行而不远",它最终将蜕变为他者的话语并返回自身。

《梦与诗》中的"我"既是分裂的,也是完整的,既是变化的,也是稳定的。完整靠分裂来体现,这是一个动态的过程,也就是拉康所谓的主体的分裂性早已存在于儿童的幻想之中,而且这种分裂性永远不会消失。[1] 现代的自我经历了一个不断退隐的过程,而后现代的自我已完全被打碎成任意飘浮的碎片,人们欢呼雀跃似乎在迎接一次彻底的解放。但人们只看到拉康、福柯、德里达、罗兰·巴特等人破除自我范式的一面,却对寻找更加自由的自我的原始冲动视而不见。形形色色的后现代理论彻底抹平了哲学的主体范型,推崇语言范型。他们认为语言是第一位的,主体不过是在语言中预留的一个位置。[2] 而拉康关于自我分裂的理论成为后现代主义支持者常常引用的资源,但他们往往忽视了拉康理论是建立在语言与心理的同一性的基础之上的事实。语言不光与意识具有同一性,也与无意识具有同一性。自我认证离不开无意识与语言的双重作用,无意识通过语言表述出来,"我思故我在"实际上也就转换成了"我说故我在",这个"说"指向的就是无意识领域的他者。可以说,语言论转向后,主体性在崩溃的极度兴奋中的消失,标示出的只是现代主体场域的一个边界,但并没有跨越它。同时,另一个工作也已经摆在面前,那就是如何重建主体性,如何拾回那个丢失的自我。

"跨体对话"实际上可以看作是刘恪在面对后现代分裂自我的一次描述,也是一种应答。这样一来,《梦与诗》既是一个病理报告,

1. 参见方汉文:《后现代主义文化心理:拉康研究》,上海三联书店 2000 年版,第 78 页。
2. 参见〔德〕彼得·毕尔格:《主体的退隐》,南京大学出版社 2004 年版,第 3 页。

也是一剂治病良方。"跨体对话"是一项否定性的工作，即减少自我的错觉。通过向一个内部的他者诉说，"我"才认识到自我，并通过"语言的恩赐"摆脱分裂的压力。这个"我"既是刘恪又不是刘恪，而是一个中介，一个处于文本与现实之间被异化的对象。实际上，刘恪很明显已经意识到了"我"被异化的状况。他在小说里反复地诉说，"这时候我作为文本的叙述者实际上已经被异化了，这种处境是很尴尬的，一种似我非我的状态。"他希望回到真我，但又总是处于怀疑中，"那是真我吗？我总觉得我戴了一个面具。"认证"自我"对于叙事者的"我"来说，是不断地痴人说梦，对于刘恪来说，则是不断地写作。在这点上，刘恪类似于卢梭的处境。卢梭是最早发现了现代自我困境的人之一。他意识到自我是难以规划的，因此他求助于不断地自传式写作，以求在自省的基础上获得一个个性化的自我。但是自我不能停止的写作却反过来说明，"真正的我"是独立于写作者的。这是一个关于自我的悖论。

　　但不同于卢梭式自省的是，刘恪的自我认证建立在"跨体对话"的基础上。不停地写也就是不断地与潜藏在无意识中的那些他者对话。"我"既是刘恪的自我，也是刘恪的他者，他常常以不同的面目出现在文本中。通过"跨体对话"，自我才能始终维持在完整与分裂的动态平衡之间。刘恪在《梦与诗》中特别强调"真"，生活的真，情感的真，在小说前言中他也自承这是一个私人化的文本，就我了解到的情况来看，小说中很多人物和细节也都是真实发生过的。这样看来，《梦与诗》的写作是刘恪关于自我认证的一次历险，尽管它显得那样的虚无缥缈，那样的如幻似真。

四、"跨体对话"与后先锋话语

要充分把握"跨体对话"的意义还必须把《梦与诗》放到当代文学的演变中去考察。当代文学关于自我的书写经历了一个由"大写"的我到"小写"的我再到无我的转变。这一系列转变与文学自律性有关,也是文学遭遇思想碰撞与社会冲击的结果。

发轫于 20 世纪 70 年代末的"伤痕文学"唤醒了人的倾诉欲望和反省意识,紧接着的"改革文学"更是赋予了人改造现实的能力。一时间文学的话语模式发生了剧烈的转型,人重新回到了文学的中心,朦胧诗的领军人物北岛发出了"要做一个人"的宣言,而戴厚英甚至直接就以《人啊,人!》作为小说题目。可以说,主体性话语的出现正是为了弥补新时期之前那段"人"的空白,而其高涨势头一直延续到 80 年代中期。反思成为那一时期文学中流行的自我认证方式。比如张贤亮的《绿化树》和《男人的一半是女人》中的主人公章永璘的自我认证始终离不开对政治迫害的反思。章永璘的性无能是长期政治压抑造成的,而他与黄香久的离婚实际上正是其身份认同的结果。[1]同时大写的"我"的膨胀直接导致了英雄主义和理想主义的高涨。张承志的《北方的河》乃是其中的代表。《北方的河》中的主人公"我"是一个大有作为的青年研究生,尽管"我"也曾为身世苦恼,但"我"寻找并征服北方大江大河的举动终于战胜了自我的怯懦,从而在 80 年代文学群落中树立了一个主体性神话。

---

1. 参见南帆:《后革命转移》,北京大学出版社 2006 年版,第 58—78 页。

理论的边际

80 年代前半期的文学对主体性神化的过度推崇实际上导致了其后半期对那个无所不能的主体性的厌倦和反动。第三代诗歌和先锋小说都是以"自我"的掘墓人的形象出现的。此后的新写实小说中的"我"也逐渐退缩到日常生活的一隅,仅仅满足于做一个柴米油盐的"小我"。这个由"大写"的我到"小写"的我的转变很大程度上来源于先锋小说造成的主体撤退。在先锋小说家那里,"人不再有主体的意义,他变成了语言与暴力的载体"[1],余华就说:"我并不认为人物在作品中享有的地位,比河流、阳光、树叶、街道和房屋来的重要。我认为人物和河流、阳光一样,在作品中都只是道具而已。"[2]孙甘露小说中主体引退于无边无际的语言游戏,而格非的小说总是不断地把自我消解为幻象。[3]先锋小说的极端实验使作为主体的"自我"走向了分崩离析。

进入 90 年代以后,先锋纷纷后撤,余华痴迷于苦难,北村皈依基督,而刘恪却以单枪匹马的姿态杀回已经四面楚歌的先锋之阵。在一个"历史的先锋"早已死去的时代,在一个形式实验已被穷尽的时代,"后先锋"究竟意欲何为?仅仅是"影响的焦虑"使然,还是出于理论求证的需要?面对这些诘责与质疑,[4]"后先锋"如何为自己提供合法性依据?是对 80 年代先锋的亦步亦趋,还是需要建构自己的话语形态?对于"后先锋"而言,这些都是迫在眉睫的问题。我以

---

1. 转引自尹昌龙《1985——延伸与转折》,山东教育出版社 1998 年版,第 118 页。

2. 同上书,第 119 页。

3. 参见张旭东:《自我意识的童话——格非与实验小说的几个母题》,《批评的踪迹》,生活·读书·新知三联书店 2003 年版,第 296 页。

4. 参见赵勇:《反思"跨文体"》,《文艺争鸣》2005 年第 1 期。

为，不管是"先锋"还是"跨体实验"，形式变革的动力首先应该来源于作家内心的诉求，而这种诉求与作家作为个人在社会现实中的存在体验密切相关。在这个意义上，历来的文学都具有自我拯救的性质。如果说 80 年代的先锋派对主体性的瓦解承担了其历史任务的话，那么在支离破碎无主体无深度的后现代社会，如何建立一个新的自我模式将是当下文学不可回避的使命。

　　不少人已经从主体角度思考过类似的问题。张旭东认为朦胧诗的自我确立与先锋小说的自我消解实际上意味着经验主体向语言主体的转变，所以先锋小说与所谓"后现代主义"的语言迷宫和"人的终结"的结构相似性不得不被理解为"人的诞生"，理解为新的主体的"写诗的欲望"的更为自由奔放的表露。[1] 这是极为睿智的看法，但问题也许是这种认定还仅仅停留在理论的层面。先锋小说的早夭使得张旭东预言的语言主体胎死腹中。但张旭东对新的主体模式的预言在今天看来似乎更有意义。因此，在作战策略上，先锋话语必须实现向后先锋话语的蜕变，即由对旧的主体模式的解构转变到对新的主体模式的建构上来，这也是 80 年代先锋派留给我们的历史重任。

　　实际上，后先锋话语不仅仅只属于像刘恪这样的从事文本实验的"后先锋"作家们，它应该作为 90 年代文学主体性缺失的反讽性再现。从 90 年代开始发端的私人写作如今已经泛滥成灾，仿佛只有性、快感、隐私、肉体、下半身才应该是文学关注的重心。这种文学表面上的繁荣实际上正是主体缺失的表现。我们可以发现，时下流行的第

---

1. 参见张旭东：《从"朦胧诗"到"新小说"——新时期文学的阶段论与意识形态》，《批评的踪迹》，生活·读书·新知三联书店 2003 年版，第 253 页。

　　　　　　　　　　　　　　　　　　　　理论的边际

一人称叙事中的"我"其实并不是作为主体的自我，甚至也不是借以确认自身的他者，而仅仅是关于自我的欲望幻象。如果说，先锋小说曾经还寄希望于在语言中再造和把握作为自我的经验，那么时下的文学似乎早已习惯了把自己当作客体性的消费品。主体性的缺失、形式实验的失效、语言的困境似乎共同构成了当下中国文学的现实处境。

正像张旭东指出的那样，集体经验不再是自我认证的唯一材料，作为个体的新主体必须在语言的构造中生成。但进入 90 年代之后，大众文化的冲击非但没有使主体变成个体，反而使主体陷入了新一轮的集体无意识的漩涡中。因此，自我认证必须求助于个体内部。依靠与潜藏在无意识深处的那些他者对话，自我才能重新圈定了自己的界限，从而维持了自己在分裂与完整之间的动态平衡。如此，时间经验和空间经验不但可以从内部把握，而且就是作为语言内在地生成于自我之中的。当然，探寻新的主体生成并不是一件简单的事情，它的出现也许要文学写作者不断地发现自我生成的可能性因素，也需要社会语境和公众心理的自觉调适与改善。可喜的是，《梦与诗》让我看到了这种自我拯救的可能性，尽管这种可能性还不一定被刘恪意识到。

2006 年 11 月 1 日

（原刊于《山花》2007 年第 2 期）

在碎片的监狱中行走
——《城与市》的碎片化叙事

在 2004 年我的阅读视野中，没有比刘恪的《城与市》更让我震惊的"国产"小说了。这是一部充满了梦呓与冥想的作品，优美高贵的笔调，晦暗忧伤的情绪足以使每一个读者陷入深重的阅读迷雾中。先锋文学的阅读障碍一如既往地横陈铺染，在读者的心中造成的陌生化效果是不言而喻的。可以说，《城与市》作为一部超文本小说，也因此具有了阅读的无限可能性。"一千个读者心中就有一千个哈姆雷特"，在这里才真正地实现了表层与深层的一致性。每一个读者都有自己的《城与市》，他们的阅读正是在个人体验的基础上与文本实现了沟通与互补。换句话说，《城与市》是一部需要作者与读者共同完成的小说，它是复调的、多义的、开放式的。

王一川教授和吴义勤教授都给予了这部作品非常高的评价。在形式方面，这部小说几乎用尽了先锋小说有史以来的一切手法，超现实、戏拟、魔幻主义、隐喻、意识流、寓言、反神话、反乌托邦、元虚构等手法杂乱纷呈，交相辉映，可谓是先锋小说技巧的教科书。因此赢得了"当代中国先锋文学的集大成之作""中国作家在叙事实验方面所能达到的最后的可能性"[1]的美誉。

如此极端的形容词很容易让人想到言过其实，但是，当你真正静下心来阅读它的时候，你会发现《城与市》的确是一部苦心孤诣的杰作，至少在当下的主流叙事中足以形成一股冲击波似的力量。它的目标是对传统小说封闭性、主题意识，以及一切僵死的叙事常规的反叛，并以极端的形式形成死水中的一击。

在叙事模式再度开始僵化的时候，刘恪又让写小说的人们看到了些许的希望。90年代之后，昔日炙手可热的先锋热逐渐退却，刘恪却反其道而行之进入纯粹的先锋实验中，这本身就是一个值得钦佩的行为。正如大江健三郎所说的"永远都处于边缘的写作状态"，也许才能真正地触摸到时代精神。刘恪以《城与市》为题目，其初衷是显而易见的。在小说中他怀抱于胸的不是文、冬、祥、姿这些袅娜万端的人物，而是北京这座时代变迁中的城市，或者推而广之，其目标指向的是人类生存状态的流失与失落，是物欲与精神的无数次对抗与妥协，是灵与肉的嘲弄与交媾。如同评论者所说的，《城与市》是一部"O城人的精神病学史"，小说中的每一个人物都在疯狂地将自己的灵魂挤压扭曲，都在一种阴郁的城市夜晚中苟延残喘。

《城与市》将"城市"一词拆而为题，本身就意味着断裂与破碎。而《城与市》的文本也呼应了这种暗示，将碎片化叙事发挥到了一种登峰造极的程度。"城与市"构成了后现代社会的一个巨大隐喻，即人类生活在自我建造的监狱中。而小说中的O城则更好地诠释了这种封闭式的囚禁状态。《城与市》凭借着支离破碎的呓语、记忆、幻

---

1. 吴义勤：《无限性的文本》，《当代作家评论》2002年第4期。

想与梦境构筑了一座巨大的监狱，监狱里的每一个人都是自由的，但同时又是被囚禁的；监狱里的人每时每刻都在想着如何逃离，却又无处可逃；监狱严丝合缝、密不透风，却又无墙无壁、画地为牢。监狱的每一寸空间都充满了不确定的碎片，它们成了人们无法逃避的罪。

拼贴——叙事的碎片化模式

《城与市》是中国超文本小说的一个范例。文学中的超文本作品常常是在打破文体界限的形式中实现的。各类文体在小说中互相印证、借鉴、交叉，从而形成一种互文的关系。但是要成为一部真正的圆熟的超文本小说，各种文类之间必须形成相互渗透的体势，而不能流于机械的拼贴和转抄。《城与市》就运用了大量的文类形式，如实验诗剧、论文、诗歌、词条分析、文字考证、图表、散文诗、日记、随笔、笔记等。如何将这些千差万别的文体融合在一起呢？刘恪选择了碎片化的叙事模式。碎片化，也是读者阅读《城与市》时能够首先感受到的冲击。

碎片化是《城与市》的叙事基础。在现代小说叙事艺术之中，陌生化、夸张、变形、象征、隐喻已经成为惯用的手法，这些手法的使用不是使意义更加明显，而是将意义隐蔽起来。当然这种隐蔽不是使意义消灭，而是要使其在艺术化的手法中以数量级增幅的效果彰显。因此，隐蔽成为一种策略，而不是目的。就是在这个意义上，作为先锋实验的先驱的现代派艺术才重新开辟了一个以否定、颠覆、模糊和支离破碎为标志的领域。

先锋小说的形式革命其实是作家内心的惶惑不安在文本上的投

射。这种割裂根植于时代的大背景中。传统小说的主题，以及小说的线型结构都被瓦解得支离破碎。意识流和新小说以来，碎片化、非线性化的叙事在现代小说叙事中扮演了重要的角色。乔伊斯的《尤利西斯》、阿·德布林的《柏林，亚历山大广场》、格里耶的《橡皮》、杜拉斯的《情人》都是其中杰出的代表。《城与市》也正是运用了大量碎片化的叙事来展现宏大的时代背景。小说是以文、祥、冬的自述故事结构而成的，其中穿插了姿、虹、淑媛、淑梅、小薇、美美等人的故事。而"我"则在小说叙事中扮演了重要的角色，正是依赖于"我"对文、祥、冬三者故事的寻找，才使得三个独立的故事串联起来。"我"是整个小说的外层叙事圈，"我"在寻找遗失故事的过程中还不断地猜测臆想，并在整理拼贴的同时进行了补写甚至改写。而文、祥、冬的故事则构成了小说的内层叙事圈，但他们的线索并不像是传统小说那样按照线性结构进行交叉，而是把他们各自的叙述都打碎成了独白式的呓语或者回忆式的意识流。他们在小说中不呈现任何的规律性，而是如同鬼魅般地随时出现，随时湮灭。

《城与市》的碎片化不仅来自叙事人、叙事角度的转换，也来自文类的频繁更迭。这些碎片使得整部小说一直处在众生喧哗的复调格局之中，每一个人物都以自己的方式说话。这首先体现在叙述方式的变化上，正如同文中所说的，"文忧郁，冬世俗，祥理性"。与传统单一叙述人的小说不同的是，《城与市》拥有三种不同的叙事语调，它们像音乐中不同的音符一样使得小说叙事的腔调跌宕起伏。在某种程度上，三种叙事语调的互用撕裂了文本的一致性，但"我"的外层叙事又将三者和谐地统一到了一起。与任何一部复调小说相比，《城与市》都显得更为复杂，更加支离破碎。每个叙事人在固守自己的叙述方式的同时，又不断地颠覆之前的叙事。在文的叙事中，黄旗袍姑娘一直是一个谜样的存在。她是谁？是姿？是另一个女人？又或者只存在于文的想象？后来她成为了一种影子，对相思苦恋甚至偷情的激动叙述又都成为虚设。在冬的叙事中，雅丽、亚宇、小薇、美美、钟翎、廖丽梅，每一个肉体都在颠覆前一个肉体，叙事在自我复制又自我否定的状态中没完没了。

可以说，《城与市》的叙事本身就是一场战斗，不仅是文、冬、祥三者叙事之间的斗争，也是刘恪在小说叙事上的一次突围。当现实将人类心灵切割得体无完肤以后，现代艺术的各个领域都充满了断裂与碎片。巴塞尔姆就说："碎片是我信赖的唯一形式"[1]。事实上，碎片也是《城与市》里每一个人物信赖的形式，包括作者刘恪在内。碎片成为小说解构与拼贴的基础，成为展现技巧、深入人类心灵的捷径。

过于琐屑的碎片也给小说的阅读带来了巨大的障碍。尤其是当小说突然由叙事进入诗歌、词条分析、文字考证的时候，不免让习惯了被动接受故事讲述的读者觉得像是吃鱼时被鱼刺卡住了喉咙。当然，由于刘恪一直擅长的修辞叙事在不温不火的描写中淡化了这种插入带来的突兀感，此外，意识流也为碎片的流畅添色不少。值得一提的是，《城与市》与《尤利西斯》似的意识流不同，它采取的是一种心理外化形式的意识流手法。小说中频繁出现的梦幻与记忆的碎片与其说是思维的流动，毋宁说它们展示的是生活的外在印象。城市以自己的反射，在人们的心头构成了它的第二存在。

可以说，刘恪的《城与市》是在继承和创新的基础上把碎片化发

---

1. ［美］唐纳德·巴塞尔姆：《白雪公主》序言，哈尔滨出版社 1994 年版，第 10 页。

　　　　　　　　　　　　　　　　　　　理 论 的 边 际

挥到了一个登峰造极的地步。它从《尤利西斯》那里学会了意识流，但却改进为一种心理外化形式的意识流；它从巴塞尔姆那里学会了超文本拼贴，但却打破了拼贴的主客界限；它从新小说那里学会了空间化，但却是一种向内转的立体叙事……然而最重要的，碎片化叙事成为这些手法赖以存在的基础和最终的指向。

讨论——语言的碎片化实验

除了碎片化的叙事之外，《城与市》的另一个显著特点就是讨论的姿态。事实上，讨论的姿态与碎片化的叙事模式的选择是分不开的，它构成了碎片化叙事向语言实验方向的一次延伸。如果说拼贴和意识流构成了《城与市》碎片化的叙事基础的话，那么，讨论则在语言的层面将碎片化进行到底。

刘恪的博闻强识是让人佩服的。《城与市》的触角不仅深入人文社会科学的普遍领域，甚至引入了自然科学的知识。在小说中，刘恪乐此不疲地讨论很多个词汇，如物、灵魂、神秘、自由、记忆、行走、细节、叙事、孤独、复述、虚构……这样的姿态让我想到了同样热衷于在小说中进行讨论的米兰·昆德拉。对两者的比较也让人看到了讨论的不同式样。昆德拉的讨论是与故事紧密联系的，他往往在故事叙述到紧要关头时开始与读者分析讨论起故事中人物的命运。这样的讨论对于习惯故事的读者来说是新奇的，但却是可以容忍，甚至饶有趣味的。而在《城与市》中，讨论是脱离叙事进行的，我们可以试着将这些词条分析、文字考证从小说中抽取出来，它们的空缺丝毫没有对小说的故事产生多大的缺陷。表面看，讨论妨碍了读者急切的对于故事的需求，但是如果沉下心来比较，讨论的缺失却无疑会使《城与市》成为一座空洞之城，讨论赋予叙事的意义正是把个人的经验上升为一种城市生活的普适经验。讨论，已经通过刘恪惯用的修辞性叙事融合到了文本之中。

我们可以看看文中关于"死亡"的讨论：

> 人的无语，便是人的死亡。
>
> 死亡，不是存在的结束，而是走向结束的存在。
>
> 死亡，是对生存的自身的理解。死亡是理想，理想走向结束的存在是以人类的文明成果是以其生命的否定形式的综合。
>
> 死亡的绝对结论：生命只是一种可能性的选择。
>
> 死亡，是个人进程中，生命对历史一种自然的付与。……

"死亡"在这里已经不仅仅局限于是对冬的爷爷的死亡在故事中的情节设置，也不再是孙女琴对于爷爷之死的童真领悟，而上升为对死亡本身的追问，对存在意义的探求。这些讨论不仅语言是断裂的，意义也不再是连续的。死亡已经越过每个人物的消逝，而成为整个人类的死亡象征。文中充满了这样对于词语的警句式或者分析式的段落。正如同叙事是支离破碎的一样，讨论也是碎片化的。讨论的碎片无处不在，除了整篇整篇的词语分析外，叙事中也夹杂着大量即兴的讨论片断。例如：

> 人初，性＝神秘
>
> ［注释］即指为生殖的含义，引申为欢乐的根源。性，不是

别的，解字，性由心而生，因而性不是肉体的想象物，发乎于情，止乎于礼……

乡俗：灵魂便是你自身的影子。

认识原本是一种障碍，它阻止事物与人生的深度。

讨论仿佛是刘恪难以遏止的自然流露。作为一个老练的小说作者，刘恪当然知道讨论对于叙事的妨碍，但是他仍然选择了讨论的姿态。这样的选择当然是有其目的的。通过对讨论的观察，我们会发现，《城与市》的主角不再是人物，而是语言本身。"语言是你赖以存在的居所……语言说话，是以人能成为事件与物象叙述的可能性，成之为必要条件。"刘恪在《城与市》中几乎是如饥似渴地阐述了自己对于小说与语言关系的理解。人物的行为转嫁为语言的行为，语言或反思，或超越，或坍缩，或膨胀，《城与市》完完全全的成为了语言狂欢的舞台。在这里，语言不再是逻辑性的、工具性的、连贯性的，而被撕裂成大大小小的碎片。语言在解构惯常意义的同时，也在生成一种支离破碎的语言生态。符号不再具有指涉功能，不再指向任何事物，只是自我指涉。语言是我们赖以生存的环境，语言的碎片也正是后现代社会碎片式的生活最完美的写照。

"世界的言语只是世界自身的言说。"我以为这句话可以作为《城与市》的总纲。整部小说都是在这句话的统摄下完成的。《城与市》要记录O城（北京）就只能让这座城市自己来言说。文、冬、祥、"我"的叙述都只是城市言说的一个组成部分。而《城与市》这部小说则完成了一部时代与城市的宏大叙事。

尽管在《城与市》中刘恪把一种脱离叙事的讨论处理得很好，但是讨论与叙事的断裂还是存在的。这是两者一种不可能消除的先天对立。小说也因此处于一种既支离破碎又谐和完整的紧张关系之中。"片段的实质是支离破碎，是不可能的符号，被阻塞的期待，全然的不知。"[1]讨论的碎片切断了叙事的流畅，打碎了常规的表达方式，但却带来了意义增殖的可能性。

我以为刘恪在《城与市》中的讨论的意义不在于语言实验，而是形成了一次对于叙事本身的否定。讨论解构了传统的叙事原则，又通过对于小说元素本身的讨论完成了一次意义的重聚。人物、故事、情节、交代、细节都被刘恪重新设定，小说在刘恪这里焕发出新的面貌。

进入 20 世纪 90 年代以来，先锋作为一种文学潮流已经退潮。在后现代语境中，再没有什么是新奇的，先锋已经告别了集体姿态而进入个人化的零散写作的阶段。也许这样的状态才更符合于先锋的使命。先锋的出发点应该是作家内心对旧秩序的反抗，而不只是技巧上的标新立异。因此，我以为把《城与市》推崇为"当代中国先锋文学的集大成者"不免言过其实，因为在《城与市》里结集的先锋写作的技巧并未具备原创性。新只能新一次，没有一直新下去的道理。但是，《城与市》仍然不啻一部杰出的先锋小说，不过，其意义不在于五花八门的先锋叙事技巧，而在于：1.通过碎片化叙事完成了一次将各种文本熔于一炉，并能够相互映照生发的超文本尝试。在这个意义上，中国有了第一个具有原创性的优秀的超文本小说。2.通过讨论的姿态对传统小说，甚至对现代小说都进行了一场全面的消解和否定，

---

1. 转引自唐纳德·巴塞尔姆《白雪公主》，哈尔滨出版社 1994 年版，第 11 页。

从而重构了一种新的后现代小说体式。

重构——隐藏在碎片的背后

上面我们分析了《城与市》的碎片化在叙事和语言上的体现。但是，如果仅仅停留于表象仍然难以进入这种极端的支离破碎的形式的核心。事实上，我们说《城与市》是一部后现代主义的小说文本是与刘恪对于后现代社会的体验密不可分的。

吉尔兰·罗斯在《破碎的中间》中已经指出了现代社会中人类所面临的尴尬境地。"中间"表示在"开端"和"结束"之间延伸的空间和穿梭的时间，也就是个人所赖以存在的时空场域。"中间"本来就是含糊、矛盾和模棱两可的所在。卡夫卡指出，"我是结束或者开端"，于是焦虑产生了。文学也正是从卡夫卡开始踏上了一条遥远而漫长的焦虑之路。按齐格蒙·鲍曼所说，正是焦虑产生了罪恶，而罪恶最终又演变出令人痛苦的不确定。[1]

K 努力地在法庭上寻找答案，但却一无所获，法庭任其自由来去，没有人来解释案情，也没有人充当检举人。于是，K 自始至终找不到自己罪恶的开始。卡夫卡在日记中写道，"我的不完整不是天生的，不是养成的……自我责备的原因存在于我的内心。"从现代社会以来，人们都生活在这样一个不确定的破碎的焦虑状态中。人们把自己囚禁在"破碎的中间"，每个人都有自己的监狱。只是到了后现代社会，监狱的墙壁被拆除了，"里面"和"外面"的界限消失了，于

1.　参见［英］齐格蒙·鲍曼：《生活在碎片之中——论后现代道德》，郁建兴等译，学林出版社 2002 年版，第 77 页。

是整个世界都成了监狱，每个人都生活在碎片之中。

现代性用了两个世纪的时间阻止无序和不确定性进入人们的生活事务，或者说是在逃避不确定性的道路上疲于奔命。但一旦进入后现代社会，它们不仅在人们的视野中重现，而且是赤裸裸地出现在那里。尽管在现代社会世界似乎已经得出自身无根基的结论，但这种困扰并未纳入人们的日常事务，人们也并不为缺少控制混乱的机构而烦恼。事到如今，理性的完美的高楼大厦已经面临全面崩塌的处境，后现代乌托邦在呼吁人们放弃现代理想而获得解放的同时，也将不可避免地将人类抛入一个个设施完善的碎片监狱中。

刘恪深刻地感受到了这种来自生活的支离破碎，《城与市》正是在呼应作家内心的基础上完成的。《城与市》中的每一个人都焦虑不安，或者为爱情，如文；或者为欲望，如姿；或者为罪恶，如祥；或者为金钱，如冬；或者为命运，如淑媛……人物被取消了，人也不再是完整的，而只是一种心理替代品；情节被取消了，情节不再环环相扣，而被意识的流动洗刷殆尽；故事被取消了，故事不再遵循线性原则，而被梦呓和记忆占据。人成为碎片，情节成为碎片，故事成为碎片，能肢解的东西全都肢解，能拆裂的事物全都拆裂，从形式到内容，从语言到意义，完整性在《城与市》中已经不复存在。

新的社会模式导致了现代人新的内心结构，而作家内心结构的变化又需要新的文本加以反映。如同现代主义在 20 世纪初以迅雷不及掩耳之势瓦解了传统文学的僵死原则，后现代社会在人类内心产生的变化也牵引着一种新的叙事方式的生成。而刘恪的《城与市》则呼应了这种对新的叙事方式的诉求。

也正是在这个意义上，我们发现《城与市》的碎片化叙事虽然在表面上具有解构的特征，但却是在完成一种新的建构。如果仔细考察，我们会发现这些碎片都有着自身的构造。那些看起来支离破碎的片断其实并不是漫无目的的，而都是指向着一种建构的目标，即建构一种体现后现代社会碎片生活的叙事方式。这种新的叙事方式不再像传统叙事方式那样并未意识到"中间"的不确定，也与现代主义以来发现"中间"的不确定但意欲逃避这种不确定不同，而是发现了逃避不确定之不可能，因而采取了安之若素的姿态。同样的姿态也存在于后现代小说大师巴塞尔姆那里，"我的每个句子皆为道德而焦虑，因为它们试图与未确定的东西打交道。"[1] 一直以来，人们的行为都在怀疑和试图逃避这种不确定，然而却只能是加深了它的存在。于是"中间"承受了永无休止的咒语，而且永远不会结束。这是《城与市》中每一个人面临的生存困境，任何一种逃逸都是不值得信赖的，逃避的姿态越是彻底，就越值得怀疑。每一次逃避的努力都只能恶化试图改变的状态，我们注定了要生活在碎片的"中间"。

面对这种无法逃避的不确定，刘恪的叙事只呈现，不逃避。这种呈现并不是返回到现实主义式的对世界的再现，而是努力重新呈现利奥塔所说的某种更加不可呈现的东西，并且将"不可呈现性录入'现实'之转化的无限性中。"[2] 与乔伊斯等现代派面对碎片的态度相比，碎片化对于刘恪已经不只是一种策略，而成为生活本身。碎片既是土壤，又是空气，也是水和大地。意识流让人们意识到世界是思维的流动，新小说解除了物与人的界限，而《城与市》的碎片化则将内容

---

1. ［美］唐纳德·巴塞尔姆：《白雪公主》，哈尔滨出版社 1994 年版，第 10 页。
2. ［法］让-弗朗索瓦·利奥塔：《非人——时间漫谈》，罗国祥译，商务印书馆 2000 年版，第 141 页。

和形式都指向了后现代社会的本来面目。《城与市》让小说读者第一次都感到碎片的形式是那样的真实，那样的可触可感，那样的如影随形。我们就生活在碎片之中，这是我们无法逃避的监狱。

2004 年 9 月 14 日

（原刊于《文化与诗学》第 6 辑）

理 论 的 边 际

"80 后"诗歌的谱系与身份焦虑

　　当代诗坛从来都不是一片宁静的乐土。洪子诚先生曾经表示过，出于对新诗，特别是"当代诗坛"的敬与畏，以至于十多年很少涉及新诗的研究。[1] 当 20 世纪 90 年代以一场争论 [2] 而成为历史之后，诗坛内部的分化——"知识分子"与"民间"——逐渐成型，并在新世纪里产生着持久的影响。尽管一开始就有很多人对这种分化提出了警惕和批评，进而又有了"另类""第三条道路""70 年代出生诗人""70后""中间代"等等提法，但这些命名并没有解决任何实质性的问题，反而使当下诗坛的情况更加复杂化了。

　　在诗歌史上，命名从来就不是件稀罕事。命名一方面是为了诗歌批评和研究的需要，具有滞后性、学理性，如"九叶派""朦胧诗""后朦胧诗"等；另一方面也便于诗学主张的提出，如"新月派""非非""知识分子""民间"（这里暂时搁置后两种命名的合理性问题）等，具有宣言性和新颖性。尽管目的各不相同，但这些命名至少都是从诗学内部出发的（不一定都是始于诗歌内部），而稍后的"70

---

1. 洪子诚、刘登翰：《中国当代新诗史》修订版序，北京大学出版社 2005 年版，第 1 页。
2. 即 1999 年 4 月的盘峰诗会，而紧随其后的龙脉诗会（1999 年 11 月）则延续了这一论争。

年代出生诗人""70后""中间代"这些命名以"出生年代"来对诗人，进一步来说是对诗歌（难道诗歌也是被生出来的？）进行强行划分，已经明显地从诗学跃入社会学的范畴。可以说，这些命名一开始就与诗歌无关，或者说它们始终指向诗歌以外的东西——话语权力，关于这一点后面将进行详细讨论。

"80后"与上述的命名一样，从一开始就继承了这种简单而粗暴的话语方式。在对"80后"进行进一步的考察之前，我们有必要事先进行一番反思和质疑的工作：即这种命名本身是否能够指涉诗学内部的演变关系，并具有时间维度上的断裂的必要？是否遮蔽了新一代诗歌创作的复杂状况？是否重新陷入话语权力的角逐？又是否在制造一种新的二元对立？……我相信这些质疑都有助于我们更清醒地认识到"80后"诗歌的现实状况，从而使对"80后"的考察成为自反性的认识路径。也许有人会指出这篇文章仍然在使用这个已经被我否定的词语，但这种使用却是以充分考虑到"80后"诗歌内部的异质性和复杂性为前提的，并在此基础上对话语暴力带来的意义趋同有所警惕。只有在完成了对意义的悬置后，"80后"才不再是一种命名，而成为一种描述。正是在对这一乌托邦性质的追逐过程中，本文才具有反思的可能性。

"80后"诗歌的谱系：一次考古观察

按照比较公允的说法，"80后"的最早提出是在2000年，2000年8月《诗参考》率先刊出"80年代出生的诗人的诗"，这一年也正是诗歌领域"70后"揭竿而起的时间[1]。时间上的接近在某种程度上印证了"80后"对"70后"这种命名方式的有意模仿，甚至有人直接指出"80后"乃是对"70后"提法的沿袭[2]。而"80后"诗歌在主流诗歌杂志上的集体露面主要是在2002年和2003年[3]。此后他们创建网络论坛，组办民刊，编选诗集和理论集[4]，逐渐成为新世纪诗歌写作中不容忽视的一部分。当然，这首先和"80后"诗人的创作实践密切相关。正如前面所说，"80后"并不是千篇一律、白板一块，而是一个异质性的指称领域。在考察"80后"的诗歌谱系之前，我们不妨先看一下"70后"概念倡导者的一席描述：

> 接触知识分子的诗人呈现出"学院派"的风格，与民间写作的诗人来往的又是"口语"写作。有一部分诗人既不是"学院"，也不是"口语"，而是另一种独立的诗歌元素，他们的诗歌方向和风格各不相同。[5]

---

1. 黄礼孩编选民刊《诗歌与人》2000年卷《中国七十年代出生的诗人诗歌卷》，并正式出版《70后诗选》(海风出版社)。在推出"70后"诗人上，黄礼孩等人的贡献很大。本文对诗学概念的质疑并不牵涉对其现实贡献的评价。
2. 黄礼孩：《70后：一个年轻的诗歌流派》，康城、黄礼孩等主编：《70后诗集》，海风出版社2004年版。
3. 《诗选刊》从2002年开始每年的最后一期"中国诗歌年代大展特别专号"都把"80年代诗人"放在刊首，2003年9月推出专号"80年代出生的诗人作品选"A、B卷；《诗刊》也从2002年起开辟"校园系列"收入80后诗作；《诗潮》则从2002年起设置"校园诗抄"，作为80后诗人作品专辑。
4. 曾经存在和继续存在的80后民刊主要有《八十年代》《思与诗》《弧线》《秦》《新文学观察》《蓝星》等，出版诗集《八十年代后诗选》(春树主编，2002年)、《独立——E世代诗人作品选》(老刀主编，2002年)，理论集《蓝星·80后文论卷》(丁成等主编，2002年)。
5. 黄礼孩：《70后：一个年轻的诗歌流派》，康成、黄礼孩等主编：《70后诗集》，海风出版社2004年版。

既然是不同的"诗歌方向和风格"又如何能同属一个"流派"？虽然上文接着指出另一些"70后"诗人具有"另一种独立的诗歌元素"，却又对这种独立的元素语焉不详，可见这一命名本身就值得怀疑；且后文接着补充道："'70后'渗透进文学的每一个角落，并催生出'中间代'诗歌流派。"[1]这种文学史上的后辈戏剧性地反过来决定前辈的做法，立刻引来了伊沙等人的反对[2]。然而，以上的语句虽然暴露了命名方式的问题，却又潜在地具备了勾勒诗歌谱系的尝试。在某种程度上，"学院"和"口语"的分野其实也可以看作是"知识分子"与"民间"的分野。大多数"70后"诗人的创作始于90年代，是在99"盘峰诗会"之前。可以看出，这种分野其实早已隐埋在后朦胧诗和第三代的诗学实践中，只是在世纪末的焦虑中才一触即发。"80后"的诗歌谱系实际上也必须上溯到这个时期，甚至更早阶段。在文学史上，影响并不完全是代代相传，而是具备某种间断性或跳跃性，很多诗人就往往从更早的诗人那里直接受益；在接受影响的同时，诗人们也因为"影响的焦虑"而对传统进行不断地"修正"。"天底下没有什么新事物"，所有的分歧都处在历史延续的过程中，并在各种力量的偶然性建构中隐藏或突现。我们在追寻"80后"诗歌来源的复杂序列时必须坚持那些在诗歌自身散落中发生的东西。

"80后"的内部其实也存在类似的分歧。枕戈认为80年代遗留下来的是"神性—半神性"的传统，90年代则是"口语—物欲"的

---

1. 黄礼孩：《70后：一个年轻的诗歌流派》，康成、黄礼孩等主编：《70后诗集》，海风出版社2004年版。
2. 伊沙：《拒绝命名的焦虑》，《诗潮》2002年11、12月刊。

传统，而且"上述两种传统都给我们打上了强烈的印记，有的人在两者之间游移而不能自拔，有的人则在作持续的激情衰退，更多的人则纷纷戴上面具以求自保"[1]。情况可能还要复杂得多。"80后"诗人弥撒提出过一系列繁琐的划分方法[2]，不管他的归类是否准确，但很有价值的是他提出了"老八零"和"新八零"的划分，这种"80后"内部的新老划分事实上引起了新一轮的权力分化，可见代际划分在更新速度更快的"80后"身上已然失效。

　　事实上，我并不赞成这种没有经过时间冲刷的文学史书写方式。正如敬文东在对"70后"诗歌的评论中指出，"70后"的风格还处在不断地变化中，诗人很可能会在第二天早上起床突然转向而颠覆了风格规划的意义。面对瞬息万变的"80后"，我更加感到要把这些还在探索初期的诗人沉淀为某种风格的艰难（事实上，这种工作也意义不大）。我也不赞成上述那种"神性"与"物欲"的划分方法，类似的提法还有"神性写作"与"反神性写作"，"圣化写作"与"俗化

---

1. 枕戈：《80后诗歌创作现状及展望》(此文后来有所修改，现更名为《80后之"神性写作"与"口语写作"》，特注明)，http://www.cul-studies.com/bbs/printpage.asp?BoardID= 10&ID=2651。

2. 八零后诗人弥撒归纳说："对于八零后诗歌：集中在春树下、秦论坛和诗江湖论坛的一些口语诗人，其中大部分倡导并且跟随下半身写作，代表诗人有春树、木桦、张稀稀等；还有另外一部分，既活跃在门、原、诗选刊、诗歌月刊等论坛的诗人，他们的主要风格偏向于知识分子写作，其中有知识分子写作与他们、非非风格的杂糅，亦有知识分子与乡土诗的杂糅，代表人物有刘东京、熊盛荣、张进步等，八零后口号由他们提出来，他们叫老八零一代。道不同不相为谋，最近一年来，提倡开放性和兼容性的一伙人又从老八零中分裂出了一派人，年龄比老八零年轻一两岁，主张口语写作与知识分子的写作兼容。主要有丁成、啊松啊松、十一郎、弥撒、秦客等等！"转引自枕戈：《80后诗歌创作现状及展望》(此文后来有所修改，现更名为《80后之"神性写作"与"口语写作"》，特注明)，http://www.cul-studies.com/bbs/printpage.asp?BoardID=10&ID=2651。

写作"[1]。（我不赞成任何形式的划分和对号入座，划分隐含着"内"与"外"，注定会遗漏世界的完整性）在我看来，这种本质主义的划分方式必然导致本质决定论的机械性，造成时间上的人为割裂，忽视、压抑了事物的诸多层次。我更愿意把这种分野看作一种历史延续的过程，一个福柯所说的"呈现那些被想象成自身一致的东西的异质性"[2]的过程。

（一）朦胧诗——后朦胧诗——知识分子

"80 后"诗人的一种写作延续了新诗的抒情传统。这种传统根植于在朦胧诗、后朦胧诗的写作中，向前还可以追溯到"九叶""政治抒情诗""象征派"等更早时期。当然，这种写作还试图融合知识分子写作的精神纬度的反思和探索，试图整合 90 年代诗歌的叙事和口语资源。这些资源都以异质的形式共存于当下的 80 后诗歌中。我们不妨来看一看熊盛荣（熊焱）的诗《后半夜》：

> 后半夜，我是一只失眠的钟
> 我的孤独，在滴滴答答地走动
>
> 除了影子之外，我找不到说话的人
> 我的身体里缓缓地吹着一阵风
> 风吹着我的乳名、姓氏。吹着我变粗的喉结

---

1. 参见李震：《神性写作与反神性写作》和吴思敬：《当今诗歌：圣化写作与俗化写作》两文，收入陈超主编：《最新先锋诗论选》，河北教育出版社 2003 年版。
2. ［法］福柯：《尼采，谱系学，历史》，杜小真编选：《福柯集》，上海远东出版社 1998 年版，第 152 页。

分泌的荷尔蒙……哦，风吹着风

风吹远童年的幻象、少年时期的爱情

风吹响我的皮肤、肋骨。吹响这后半夜、这孤独

这失眠的钟、这二十三年的岁月的河流

　　熊盛荣的诗都比较长，很多是关于贵州这片土地上的人和事，如《在黔南》《大田坝》等，具有浓烈的风土气息。这首《后半夜》一如他的风格，意象浓密，语言流畅，抒情性强，直接继承了从朦胧诗到后朦胧诗的传统。事实上这也是 80 后诗歌抒情一脉的共同风格。除了抒情性与意象性外，也有部分的诗人表达了自己对一些精神主题的感受、反思和探讨。如谷雨的这首《小夜曲》：

一个人死了，在夜里，脸上冒着湿气

仿佛一直没关上的抽屉

在火柴盒里，吐出鱼刺和咖喱

生锈的钟表，停在那里

时间：深夜十二点

一个人死了，在夜里，面对着墙壁

墙壁上有壁虎爬过的痕迹

但不能说明任何问题

一个人死了，我们看见的悲剧和葬礼

我的呼吸，停在那里

时间：凌晨八点

事情就是这样，我们无法逃避

一个人死了，他的呼吸回到了夜里

深夜十二点，或者更远

　　同样是面对夜晚，谷雨想到的就不仅是对童年和岁月的感慨，他深入到了对死亡和时间的同一性的思考。谷雨的诗有效地克服了抒情诗的不及物性，从对日常经验碎片的敏锐感受和生存体验出发，开始他思辨的精神诘问。同样具备这种精神探索的还有丁成，他的《村庄腹地的火焰》关注到农民的现实处境，并通过对于农村、农民、祖先的一系列反思道出了这样的感受：

在黑暗中途经农村

目光不能断裂

有一种姿势不能轻易改变

我们现在作为城市的居民

更多的我们得保持生命原初的记忆

　　丁成后来的写作试图把抒情与叙事统合得更好，但似乎并没有达到谷雨的纯熟。相近的还有唐不遇、刘东灵、张进步、阡陌尘子等人。这些诗人（当然，只能是其部分诗作）显示了"80后"诗人作为个人存在介入当下的能力，使抒情的诗歌也具有了及物性和世俗关怀。诗评家陈超早在1993年就断言"（抒情诗）姿态降低了写作的难度，抑制了灵魂求真意志的成长，使诗走向新一轮的集约化、标准化生产。它难以有效地处理复杂的深层经验，和把握具体生存的真实性，丧失了诗的时代活力。"因此，"先锋诗歌要有勇气和力量直接地、刻不容缓地指向并深入时代。这样做是危险的，但不这样做确实更危险。"[1]陈超的话极富洞察力地揭示了先锋诗曾经存在的困窘和对未来的规划。

抒情诗在经过90年代的叙事和口语的双重冲击下早已成了亡国之君。事实上，这种排挤和疏离正是以"反抒情"的形式来完成的，正是这种"反抒情"使得90年代的诗歌史的"整体性"出现了很大的"破裂"，而不仅仅是"知识分子"和"民间"的"破裂"，不可否认的是两者都曾高举过这样的大旗。当"成规"遭到排挤性剔除的时候，也就意味着一种"成规"走向了另一种"成规"。整个90年代诗坛，诗人谈的都是叙事、叙述、口语、知识分子、民间、中年写作、本土化……，这些关键词在被不断地赋予意义，不断地解构和重构的同时成为诗学的时尚。我们可以统计一下90年代的诗学论争中对抒情诗的正面论述，简直是少之又少。曾几何时，抒情成了一种落伍，成了过街老鼠，这正是二元对立造成的新的意识形态规避，是一种话语建构的附带结果。当然，抒情从诗学中被剔除出去并不等于它不再在诗歌实践里生效。我相信没有哪个诗人敢理直气壮地说诗与抒情无关。90年代的一些优秀诗作中，抒情并没有缺席，而是通过直觉地把握保持了与其他元素的技术平衡。但是，在经验相对贫乏的年轻诗

---

1. 陈超：《求真意志：先锋诗的困境和可能前景》，陈超主编：《最新先锋诗论选》，河北教育出版社 2003 年版，第 3、5 页。

人中，直觉把握的失效使得口语诗大行其道，沦落为不入流的口水诗与打油诗。对抒情的重新重视已经提到了诗学的议事日程之中，诗人徐江在《诗歌断论》中肃清了抒情与叙事，抒情与语感的关系，并指出两者都不能构成对抒情的"超越"[1]。事实上，"超越"从来就不是建立在二元对立关系上的，"超越"也不能简单地解释为一种纯粹的批判话语，而应该是行动本身。

现在的情况是，新世纪诗歌更好地整合了过去的诗学资源，这是新世纪诗歌的普遍倾向，而不是哪一代，或者哪一派的单独成就。具体到"80后"诗歌中，这种倾向不仅体现在有学院派风格倾向的80后诗人中，也深入到"第三代——口语——民间"诗歌一脉。

（二）第三代——口语——民间

在各种选本中，口语诗似乎在"80后"诗歌中占据了主流地位，这种情况也同样存在于"70后"诗歌中。这种局面一方面是因为编辑的品位，另一方面也的确是90年代诗歌整体性"破裂"的结果。现在的局面是，"知识分子"因为其精英位置和诗学追求本身的高难度的知识储备而使得初学者和读者都望而生畏，"知识分子"在艺术领域"反崇高""去中心""平面化"的后现代潮流中被想象为理应打倒的对象；而"民间"凭借其"人民性"先天性地具有与大众的亲和力（尽管也有很多人认为口语诗不是诗）。事实是，它无形中降低了诗歌的门槛，在技术上保证了每个人都有成为诗人的可能性。以至于似乎会说话的人都会写诗，最终导致的是口语诗的良莠不齐，这也在某种程度上降低了口语诗的质量。

---

1. 徐江：《诗歌断论》，《诗选刊》2005年4月。

口语诗似乎肇始于第三代（准确地说应该是"非非""莽汉""他们"），但事实上，这个谱系可以向前推到"新民歌运动"、40年代解放区诗歌和更早的胡适的《尝试集》。经过90年代的诗歌实践和诗学论争后，如今口语诗的合法性危机已经不复存在，它已经被构建为新世纪诗歌实践的主流形态之一。口语诗狂飙突进的年代正是"70后""80后"诗人开始创作的时期，其中很多人对口语诗产生了强烈的认同，即便是不同路数的诗人也不得不以承认口语诗的合理性为前提。当然更有价值的是，一些诗人在诗歌实践中有意无意地克服口语诗的表现局限，在口语中进行了多方向的探索。可以来看一看木桦的诗《花火》：

就是在和房东吵架之后
从他家蓝色的玻璃后面
我顿生了这个念头
我想牵着女友的手
沿着笔直的铁轨，向西
到一个叫喀布尔的地方
去看一次烟火
在铁轨上
我就作火车头
女友作车厢
我们在茫茫的草原上穿行
我以为我们脚下长了轮子

这种口语诗发掘了口语中柔软的一方面，并通过"日常想象"（而不是形而上的哲学沉思）的发散赋予了诗歌一个开阔的空间。甚至可以说，这首诗的抒情并不弱于任何意象式抒情，近于于坚的部分探索。口语的柔软和抒情性完美结合可以说是木桦致力的一个方向，再看这首他的《烟花》：

> 我很想成为一只海螺
>
> 我马上就会因为这只海螺
>
> 而想起大海
>
> 凌晨一点的大海
>
> 我也就想想你吧
>
> 想想你上面的轮船
>
> 想想我不在的时候

简单的几句话就具备广阔的空间和浓烈的情感表达。另一个极端是土豆，同样是口语诗，他却发掘了口语的坚硬。如这首《死》：

> 一个中年男人
>
> 站在阳台上
>
> 然后跳下去
>
> 在这之前
>
> 他把手里的砖头
>
> 砸向一个想救他的警察

楼下面的气垫

没有接住他

他选择了这种死法

没留下一句话

只是被记者录下

在中午时分

播了两遍

　　这种砖头一样的语言和不动声色的叙述让死亡产生了一种不寒而栗的效果。在不同方向上进行口语诗写作的"80后"诗人还有旋覆，受到布考斯基影响之后的旋覆，语言更有冲击力，诗作也越来越无所拘束；鬼鬼的诗意趣盎然，奇思怪想，但有时候却过分简单；赖小皮的口语诗则更重视口语的随意性，也在口语中加入了反思的维度；春树的诗在叛逆精神和语言的干脆爽朗上下功夫，但我希望她能够走得更远；石子（小村）的诗语言节奏明朗，更重视肉体经验的表达……这些口语诗人在网络上非常活跃，主要活动在"秦""春树下""诗江湖"等论坛。

（三）日常——下半身

　　值得提出的是"下半身"诗歌对"80后"的影响。"下半身"的提出是在2000年，主要成员都是"70后"诗人。"下半身"是在盘峰诗会之后提出的，而他的主要成员也几乎清一色的是"民间"的赞同者[1]。"下半身"继承了口语写作与"日常性"的传统的同时又具

1.　"下半身"发起人沈浩波就是盘峰诗会"民间"立场的极力鼓吹者。

有强烈的反叛性。在"怎么写"的形式革命走到尽头的时候，他们从"写什么"的方面提出"诗从身体开始，到身体为止"的口号，把内容革命降到了反道德的底线。事实上，在面对长久以来隐埋的意识对身体的长期统治和规训的局面下，"下半身"有其合理之处。第三代提出了"回归日常"的口号，而"回归身体"则把这种对日常经验的重视转换到身体经验上来。2000年后开始创作尝试的"80后"，很难逃脱这种极富叛逆精神的诗学主张。很多人长期光顾"下半身"的网络论坛，并尝试按照"下半身"的标准来写作，如：春树、李傻傻、阿斐、巫女琴丝等都深得"下半身"前辈的喜爱。可以说，这最后的一场诗学革命是"80后"直接从"70后"那里吸取的资源。"下半身"因为自身创作与诗学主张的脱节，由身体走向了性器官，很多"下半身"的成员如尹丽川、朵渔都对"下半身"诗歌的实际状况提出了批评。"下半身"运动逐渐平息，成员各自分化，但对身体经验的重视却保留下来，成为新世纪诗歌写作的又一资源。很多"80后"诗人正是从"下半身"开始走向了自己不同的创作道路，但"下半身"在对"80后"的谱系考察上是绝对不容错过的。甚至可以说，没有"下半身"运动，"80后"诗歌将会呈现另一番情景。

上面简单勾勒了"80后"诗歌的三个谱系，很多诗人沿着这些谱系继续推进，更多的诗人则游移在三条谱系之间。当然，也有少数诗人存活在另一些诗歌谱系之中，如所谓的"纯诗"，他们直接借用了里尔克、艾略特、米沃什、叶芝、奥登、斯曼德尔斯塔姆等国外诗人资源，进行着孤独的"纯诗"写作，比如哑孩子，她的诗始终用一双纯洁的眼睛来面对世界的本质。她的诗写得纯洁、干净而质地新鲜。我相信，像这样的"局外人"还有很多。

诗学焦虑，还是身份焦虑？

正如前面对"80后"诗歌的谱系考古揭示的，"80后"绝不是无根之木、无源之水。正如"80后"这个词语蕴含的时间概念，它是根植在当代诗歌史的传统中的。有人为了凸显"80后"这个命名的合法性，人为地制造一种"断裂"的假象。作为一种现象，这种"断裂"运动有其合理性的一面，但却忽略了新诗本身的延续性和诗学根基的建设。

"断裂"基于"浮出水面"的强烈冲动，这一口号在集体出线的2002年尤其响亮。被誉为"80后"第一本诗学理论集的《蓝星·80后文论卷》中大部分的文章在强调这种"断裂"论调，但却普遍缺乏"断裂"的理论根据。事实上，这本与其说是诗学理论，不如说是宣传手册的集子充满了偏激、叛逆，甚至是幼稚的言论。文中很多的观点和立场其实在90年代的诗学论争中有了详细而周密的论证，而这些所谓"80后"的诗论家则硬是凭借其初生牛犊不怕虎的气势对那些冷静而富有启示意义的言论弃而不顾。在面对诗学主张匮乏的情况下，他们更多的是凸显自己作为年轻人被压抑、受排挤的局面，企图通过对群体激情的唤起来实现"断裂"的目的。例如春树在《八十后诗歌的速食一代》中号召"所有八十后联合起来"的原因有三：

1. 我们的诗歌还没有形成气候；

2. 没有人关心我们，没有人扶植我们，我们自己关心自己，我们自己扶植自己；

3. 可能也是太无聊了吧，青春本来就需要轰轰烈烈的事件来点缀。

请注意这和"70后"提出之时的宣言"历史不给我们位置，我们自己给自己位置"如出一辙 [1]。仔细地来考察这三个原因，可以看到，它们分别来自现状、处境和内心的空虚。言外之意就是，我们的诗歌没有形成气候是因为没有掌握话语权，为了掌握话语权所以必须自力更生、跻身主流，而这一切的原始冲动仅仅是因为无聊，是青春本能的发泄，从而把青春作为颠覆的合法理由，建立起一种情绪化的话语机制，试图把一切受压迫的对象集中起来。这种革命性质的运动方式在文学史上并不罕见，但运动的结果却总是会带来新一轮的混乱无序。旧的权威倒下后又会有新的权威出现，老的范式的失效总是以新的范式的建立为代价。稍了解新诗史的人都知道，80年代的朦胧诗从对意识形态话语的对抗开始的，但却很快地陷入新一轮的意识形态话语和集体无意识中，这些又成为第三代竭力推翻的对象，新诗筚路蓝缕直到90年代才摆脱意识形态话语的控制，确立了个人化写作的局面。"80后"这种命名方式却希望通过集体的想象式认同而把诗歌写作重新拉回到集体无意识的盲目混乱中，可以说是在大开历史的倒车。

事实上，"断裂"的背后隐藏着一种新旧对立的二元对立模式，而模式隐含的原则又总是"新"比"旧"好。这种现代性意识似乎已经根植在了现代人的头脑中。社会学研究已经证实了以十年为一代作

1. 转引自老刀：《命名·民刊·后现代以及其他——〈蓝星·80后文论卷〉阅读手记》，http://www.poemlife.com：9001/PoetColumn/laodao/article.asp?vArticleId=24597&ColumnSection=。

为社会学研究的参考系有其合理性，"代际换位"有时候甚至被看作是社会进步的动力因。但如果把这种划分方式放到前现代社会几乎一无是处，而在后现代社会代际换位则又更加迅速。"80后"内部的分歧似乎并不比"80后"与"70后"更小。对于"80后"来说，"断裂"与其说是来源于诗学上的革新冲动，不如说是一种权力话语的对抗方式。渴望获得话语权，渴望"浮出历史地表"，渴望"自己主宰自己的命运"，统统来源于一代人的身份焦虑。正如前面对"80后"诗歌谱系的考察我们已经看到，"80后"诗歌已经不存在什么诗学上的合法性危机，他们更多的是在深化前人的诗学主张，并在此之上进行的后续整合。决定"重出江湖"的徐敬亚指出，"70后""80后"诗人的作品中越来越多地出现细致的情感、琐碎的生存，他把这看作是中国诗歌"本土意识"的增强[1]，可以说这也正是"深化"的结果。

与前辈诗人不同的是，"80后"普遍地缺乏诗学危机感，他们更多地强调一代人有一代人的生活方式和思考方式，是时代造就了他们，并以此作为"断裂"的根据。这种转移事实上也是诗学——社会学转移（我并不否认社会因素对诗歌的影响，但值得注意的是我们是否又重新回到物质决定论的老路上，而诗歌的演变有多少是来自诗歌本身的历史化过程）。敬文东在评论"70后"诗歌创作时指出"时尚培养了（或实验出了）他们（70后诗人）的形式风格……追求个人在现世中的享乐甚至狂欢，成了'70后诗人'比较打眼的外在标志。他们的动作是较为私人化的；甚至可以说，他们的私人性动作是中国历史上第一次以群体的方式出现的……90年代的时尚喂饱了

---

1. 徐敬亚：《原创力量的恢复——新世纪"诗歌回家"之三》，《文艺争鸣》2005年第6期。

他们。"[1] 在敬文东那里，社会因素是一个参考因素，而在"80后"的宣传中却以决定论的方式出现[2]。而敬文东提到的"90年代的时尚"似乎只需换成"二十一世纪的时尚"就能原封不动地扣在"80后"的脑袋上。

在文学史上，诗学焦虑和身份焦虑实际上也许从来就是一种综合征。布卢姆在《影响的焦虑》中遇有创见地指出了焦虑症在文学史上的积极意义，他甚至指出没有焦虑的诗人实际上已经沦为仅仅是一个读者[3]。但是在"80后"诗人身上，诗学焦虑普遍失效，身份焦虑却成为"断裂"的绝对动力，并通过想象建构作为敌人的父亲，并通过阉割父亲来确认自己[4]。可以说，身份焦虑在某种程度上实现了社会学对文学的僭越。

尽管新世纪的诗歌在进一步地深化，更重视生命体验，"母语思维"也得到增强。但是现状是，90年代的诗歌问题并没有完全解决，它们仍将存续在新世纪的诗歌实践中，而有待在写作实践中破除迷雾，实现"超越"。最近徐敬亚提出了诗歌回家的六个方向[5]，对新世

---

1. 敬文东：《没有终点的旅行——也谈"70后诗人"》，陈超主编：《最新先锋诗论选》，河北教育出版社2003年版，第119—120页。

2. 相关文章见枕戈：《80后诗歌创作现状及展望》，http://www.cul-studies.com/bbs/printpage. asp?BoardID=10&ID=2651；李原：《新时代的诗歌写作》，http://yanruyu.com/jhy/author/ 35806.shtml。

3. ［美］哈罗德·布卢姆：《影响的焦虑》，徐文博译，生活·读书·新知三联书店1989年版，第57页。

4. "他们或者有意地倡导传统的汉诗（如杨炼），或者有意地学习西方（如欧阳江河），或者陷入古老的世纪英国（如王家新），或者不中不西（如韩东），他们都走向一个没有尽头的极端，以致完全失去自己的本真，即使看问题也戴着有色眼镜，而不能自拔。"见李原：《新时代的诗歌写作》，http://yanruyu.com/jhy/author/35806.shtml。

5. 徐敬亚：《诗歌回家的六个方向——新世纪"诗歌回家"之二》，《文艺争鸣》2005年第5期。

理论的边际

纪诗歌建设有着积极的参考意义。其中一条思路是回到"业余"，回到"业余"也就是回到原生点，回到"个人"，回到"场外"，从而避免新一轮的意识形态遮蔽。幸运的是，已经有"80后"诗人在这样做了。

2005 年 11 月 28 日写于铁狮子坟

（原刊于《中国诗歌研究动态》第 2 辑）

第 四 辑

阅读的印迹

从孟子到鲁迅：想象一部另类的文学批评史

　　在中国现代文学史上，被称为批评家的人犹如过江之鲫，但其中恐怕没有哪一位能如李长之这样对批评抱有九死不悔的执念。对此他曾坦言："谁说批评家不好，我也要当这个声名不好的批评家。从前玄奘到印度取经的时候，有人在关口阻拦他，但是，他说让他往西去是可以的，如果让他往东折回一步就不行。我也是这样想，谁要帮助我的批评工作进一步，我就感激；谁要想拉我从批评上退下一步，我就决不答应。江山易改，此性难移呵！"早在就读清华大学期间，李长之便确立了做一名批评家的志向。尚未大学毕业，他便已写出《〈红楼梦〉批判》《王国维文艺批评著作批判》《张资平恋爱小说的考察》《论茅盾的三部曲》等批评文章，1936 年的《鲁迅批判》一书更直接奠定了其作为批评家的最初声誉。除了从事批评实践外，李长之还写下了不少关于批评的理论文字，其中大部分被收录进《批评精神》一书出版。在这些文章里，李长之系统地阐述了批评的对象、标准、知识储备与方法，其构建文学批评学科的自觉意识，在中国现代文学史上可以说无人能出其右。要创立一个学科，除了理论之外，还必须有自己的学科史，文学批评概莫能外。在《论伟大的批评家与文学批评史》一文中，李长之便提出了要写一部自己心目中的文学批评史的构想。

实际上，在李长之提出这一构想的前后，国内学术界已然有多本名为《中国文学批评史》的著作面世。第一本是陈钟凡出版于 1927 年的《中国文学批评史》。陈著作为国内最早的一部中国文学批评史，虽筚路蓝缕开风气之先，但也存在明显缺陷，比如体例上失之庞杂混乱，朱自清便评其"随手掇拾而成，并非精心结撰"，观点上亦有偏颇处，如其断言先秦"实无批评学可言"，两汉文学批评"仍不脱儒家之窠臼"等。继陈著之后，郭绍虞、罗根泽于 1934 年出版了各自的《中国文学批评史》。这两部著作虽然都属未完成状态，郭著从上古写至北宋，罗著则止于六朝，但无论是在体例的统一还是在观点的审慎上，两部著作都较陈著有了进步。在这三部著作之外，方孝岳的《中国文学批评》，同样也于 1934 年出版，虽然并未以史为题，但其自承"以史的线索为经，以横推各家的义蕴为纬"的思路，仍可视作文学批评史的著作。1944 年，朱东润出版了《中国文学批评史大纲》。虽然在时间上最晚，却是这几本著作中第一次完整详备地勾勒中国文学批评从先秦到清末历史全貌的著作。正因为如此，朱著也常常与郭著、罗著一起被推崇为中国文学批评史学科的开山之作。上述几部著作在十数年间的相继出版，无异于在学术界刮起了一股文学批评史的旋风。

对于这几部著作的出版，始终密切关注批评问题的李长之，自然不可能不知。在 1946 年的《统计中国新文艺批评发展的轨迹》一文中，李长之便历数了陈钟凡、郭绍虞、罗根泽、朱东润的著作，并评价称"后来者居上是自然的趋势"。不仅如此，在更早的一篇题为《论研究中国文学者之路》的文章里，李长之已然直言不讳地批评了陈钟凡的"浅薄"：

> 他所知道的批评只以为非标明文论文赋或者诗话诗说是不断
> 在范围以内的，未免太近视了。殊不知文学既不是独立的，大批
> 评家也就不限于只批两句诗文了，倘若真正做文学批评史的话，
> 中国的大批评家不是归有光姚姬传的八股先生专讲"义法"之
> 流，乃是在除了刘勰钟嵘严羽金圣叹之外，更其重要的，却是孟
> 轲王充司马迁朱熹崔述一般人。批评家所重的是在他的批评精神
> 及批评方法，并不在他用没用过朱笔，圈没圈过诗文。像陈钟凡
> 的办法，是拣小而遗大的。

虽然这一批评只是针对陈著而发，但事实上也未尝不适用于其他
几本同类著作。不难揣度，正是出于对已有中国文学批评史著作的不
满，李长之才有了推出自己的文学批评史的冲动，而他用以与这些著
作颉颃的标准也异常简洁明了：批评精神。《论伟大的批评家与文学
批评史》开篇便将这一标准抛出："我常这样想，一部文学批评史的
着重点应当在伟大的批评家，而对于伟大的批评家的着重点应当在他
的伟大的批评精神。"

围绕批评精神的核心标准，李长之阐述了他心目中的文学批评史
的三个独特处：

第一，文学批评史的重点应在批评而非文学。"从根本上看，文
学批评家就等于批评家，不过这批评家乃是把他们的批评精神应用
到文学上去了而已。批评家而不止于批评文学，或少部分地批评文
学，甚或没有批评文学，这是仍不失其为批评家的，同时也就是根本

上并没有失掉其文学批评家的资格，反之，触到的纵然是文学，然而缺少批评家的精神，这便不是批评家了。同时也并不能称之为文学批评家。"

第二，文学批评史看重的应是批评家而非文学思潮。文学批评史与文学思潮史不同，文学思潮史的重点在时代思潮，但由于批评家常常是反潮流的，具有反抗精神的，因此，文学批评史的重点不仅应该放在少数的批评家身上，更应该着重于其中更少数的伟大的批评家身上。

第三，文学批评史必须经得起批评精神的烛照。"对于一个批评家而不加批评，这是批评家的罪人。所以我们还得以批评精神而鉴定其是否为批评家之外，要更系统地更根本地窥察出他那仍未解放的所在，以建立我们的正当途径，只述而不作，这不是批评史的方法。"这意味着文学批评史必须以批评的方式来写就。据此李长之抛出了自己心目中的文学批评史的写作构想：

> 以时代背景为副，以伟大的批评家为主，选择伟大的批评家的标准宁在伟大的批评精神而不必斤斤于他所批评的对象是否文艺，而且不能述而不作，还要加以批评，这是我们所要求的文学批评史。倘若有人问我刚才说过的那样文学批评史有过没有，则我敢说没有的，没有是没有，然而不能因此而碍于其当有。

从这个写作构想来看，这确乎是一部相当另类的文学批评史。不过，遗憾的是，这部不能因为"没有"而碍于其"当有"的文学批评史始终未能成为"有"。终其一生，李长之也未能写出这部他心目中的文学批评史，但这是否意味着他从来没有过朝向"当有"努力呢？恐怕未必！只要翻阅一下《李长之文集》，我们便不难发现其中存在大量围绕批评精神写就的文章。正是这些"形散神不散"的文章，为我们想象这部未完成的文学批评史提供了线索。

窃以为，一旦李长之有机会动笔来设计这部他心目中的文学批评史，第一章定非孟子莫属。早在 1935 年，尚未结束《鲁迅批判》写作的李长之便萌生了要写作一本关于孟子的书的计划，其出发点便是批评精神："我原先对孟轲的兴趣，是只注意到他批评精神的一方面的，我觉得他是中国第一大批评家，犹如屈原是中国第一个大诗人。"尽管这本计划中的《伟大思想家孟轲》同样未能完成，但将孟子视作伟大的批评家的思路却在 1940 年的《批评家的孟轲》一文中得到了落实。文中不仅列数了孟子的美学（美学被李长之认为是批评的基础）、批评标准和方法，甚至还大胆宣称，即便是没有这些，也丝毫无碍于孟子成为一位伟大的批评家，原因所在便是孟子有着批评家的性格，有着批评家的精神："什么是批评精神呢？就是正义感；就是对是非不能模糊。不能放过的判断力和追根究底性；就是对美好的事物，有一种深入的了解要求并欲其普遍于人人的宣扬热诚；反之，对于邪恶，却又不能忍让，必须用万钧之力击毁之；他的表现，是坦白，是直爽，是刚健，是笃实，是勇猛，是决断，是简明，是丰富的生命力；他自己是有进无退地战斗着，也领导人有进无退地战斗着。孟子是这样的。"在李长之眼中，孟子俨然已成为批评精神在中国的源头。

紧接着孟子为开篇，先秦时期必定会成为这部文学批评史中浓墨重彩的一章。在李长之眼中，先秦时期作为百家争鸣的时代，也是批评精神的黄金时代，这使得他在中国历史上尤爱先秦。除孟子外，墨子（《功利主义之墨家及其文学观》）、庄子、荀子（《产生批评文学的条件》）、韩非子（《韩非子的文学论及其批评》）身上，都不同程度地体现了批评精神，而降至秦汉之际，杂家（《秦汉之际的人们之精神生活及其美学》）身上同样保留了批评精神的火种："在这一个时代，我们虽然很难指出什么大批评家的名字（或者荀卿算一个！）来，但是这样犀利而有条理的批评精神，却是很普遍的。他们能了解，能批评，并能欣赏《易传》中的《系词》即是关于这种空气之下的。"批评精神在秦汉之际的繁盛，不仅产生了《易传》《诗序》(《易传和诗序在文学批评上之贡献》)，也出现了《论六家要旨》(《司马迁之人格与风格》)这样的批评论著。而司马迁正是以批评精神的继承人面目出现的："司马迁是富有天才、识力和同情的大批评家，他具备着所有伟大批评家所应当有的条件。虽然他不曾些什么条分缕析的批评论文，但他用叙述的方法把他深刻而中肯的了解织入他的创作（那可说是中国所仅有的史诗！）中。他像近代欧洲文艺传记家一样，描写就是批评。……我们可以说，他的书是时时在创造着，也时时在批评着。"(《司马迁在文学批评上的贡献》)

司马迁之后，李长之还会写到哪些人呢？但凡注意到《产生批评文学的条件》这篇小文，便会有喜人的发现。正是作为说明中国缺乏产生批评文学条件的例证，李长之列举了历史上不受欢迎的批评家名单："中国的批评家，在过去都很不受欢迎。孟轲是儒家中最富有批评精神的人，他在圣庙中的神位便动摇过好些回。就是刘知几，到现在还被恶谥，称为'性情既失之刚正，而又少涵养'。严羽是被讥为'野狐禅'、'外道'的。金圣叹更不用说，明末清初的文人甚而以他为坏人的标准，评一个人，往往就说那是入于金圣叹李渔之流了，这是一查那时人的案牍就可知的。实则能够保持着对一作品好坏皆论，富有美感经验及理论（论及美与丑），又能从文学的专门上就文论文，金圣叹是自有千秋的。可是对他的丑诋，自生前一直到现在（林语堂也并不能认识他的真价值）。独有刘勰，人待遇他好一点，但也不是欣赏他的批评眼光，而是为他的词藻，他只是沾了'选学妖孽'的光而已。中国人何尝喜欢批评？不喜欢批评，而要产生批评文学，难矣！"由此我们知道能被李长之视为批评家的至少还有刘知几、严羽、金圣叹、刘勰，加上在批评陈钟凡时提到的钟嵘、王充、朱熹和崔述。若把眼光放得更远些，这一名单中或许还应加上曹丕、陆机、挚虞、李充、葛洪（《中国文学史略稿》第七章）、张彦远（《唐代的伟大批评家张彦远与中国绘画》）、刘熙载《刘熙载的生平及其思想》和章学诚（《章学诚的文学批评》）。

如果说孟子构成了批评精神的开端，那么，这本未完成的文学批评史又将结束于何处呢？则我以为必定是鲁迅。鲁迅不仅是李长之最尊敬的现代作家，也是他一生用力最多最勤的批评对象，不过，李长之一开始是反对将鲁迅视作批评家的。《鲁迅批判》的要义便在于指出鲁迅在本质上是诗人和战士，诗人超越了时代，而战士则只具备时代的意义。为了说明"诗人鲁迅"的超越性，李长之甚至不惜贬损鲁迅作为思想家的存在：尽管鲁迅在理智上是健康的，"然而鲁迅不是思想家。因为他没有神髓的哲学脑筋，他所盘桓于心目中的，并没有幽远的问题。他似乎没有那样的趣味，以及那样的能力。"而这些能力却被李长之认为是作为批评家所必备的。正是伴随李长之以批评精神来构建文学批评史思路的渐趋成熟，"批评家鲁迅"的面相才逐渐凸显。在《鲁迅对于文艺批评的贡献》一文中，李长之已然从批评家角度提出了对鲁迅的新阐释：作为批评家的鲁迅不仅重视批评，有着对批评的深刻理解，也发展出了自己独特的批评方法和批评实践，更重要的是，他身上有着批评家的战斗精神："批评家之所以为批评家，在他的批评精神，批评精神的核心是战斗，鲁迅先生够这个资格！"

从孟子到鲁迅，再加上中间那些大大小小的批评家，或许便是李长之心目中的文学批评史的大体轮廓了。虽然只是出于我的想象，但我相信，若先生泉下有知，也未必不会首肯的吧。

相较于前面提到的几部立足于文学的中国文学批评史著作，李长之这部未完成的文学批评史显然是另类的。虽然名为文学批评史，但文学并未构成对批评的限制，这使得李长之在批评家的选择上往往能另辟蹊径。通常文学批评史喜闻乐道的人物，未必能入李长之的法眼，而通常文学批评史上只字不提的人物，则未必不会为李长之所青睐。譬如张彦远与崔述。假如说张彦远论画的《历代名画记》还算得上文学批评史的近邻的话，那么，崔述考古辨伪的《考信录》，虽常被推举为近代疑古思潮的先驱，却几乎从未进入过文学批评史的视野。再譬如司马迁。尽管常常受文学家推崇，但把司马迁称为批评家，认为《史记》是以叙述方式进行的批评，恐怕还是破天荒头一遭吧。更不要说《庄子天下》《荀子非十二子》《韩非子显学》《易经系辞传》《论六家要旨》这些哲学与思想史领域的名篇了，在李长之这里，它们统统被推崇为文学批评的典范。即便是论及那些在通常文学批评史中时常出现的人物时，李长之的关注点也往往与之不同。譬如孟子。通常中国文学批评史里提到孟子，关注点多在诗说及养气论，而李长之的着眼点却在批评精神。这使得他大胆宣称，即便没有与文学相关的论述，也丝毫不影响孟子作为一位伟大的批评家的存在。

除了不够文学外，这部文学批评史也远不够历史。尽管有偏爱的时代，譬如先秦，譬如秦汉之际，譬如六朝——李长之称它们为"批评的时代"，但他却从未将批评视作历史的产物（这是他反对将批评史写成思潮史的根本原因），也无意于总结出批评的历史规律。在李长之看来，历史与批评本来就属于不同的事物。为此他曾专门区分了文学史与文学批评。前者的对象是文学（Literatur），后者的对象是纯文艺（Dichtung），前者从属于时代，后者则超越了时代。因此，文艺批评史虽名为史，却本就建造在批评这个超越于历史的基石上。批评的任务并非还原历史，而在于创造历史。真正的文学批评史也就必须用批评的方式来写就。这样的文学批评史的存在并非为了让批评进入历史，而是要用批评来打开历史。对伟大的批评家身上的批评精神的发掘与阐扬，正是为了重建历史通往现实的通道，用李长之自己的话来说："真正发现一种古代文化的完全真相也许是不可能的，只是在这发现之际，就可以表现一种发现者的人格了。就是这种发现者的人格，可以形成一运动；可以产生很大的机制，因此，了解包含了一种精神上的共鸣，了解即创造。"这样的文学批评史注定了只能来自真正的批评家，而李长之正是这样的批评家。假如说我们在想象这部文学批评史的时候还漏掉了一个人，那么，这个人最应该就是李长之自己！

（原刊于《书城》2019 年第 10 期）

观念与实践的互动：从中国革命看朱光潜

朱光潜是不是一位马克思主义文艺理论家？恐怕并非不言自明的问题。尽管朱光潜并非从一开始便信奉马克思主义，而是在新中国成立之后才经历了告别资产阶级美学、接受马克思主义的思想转变，但在朱光潜 1949 年以后的著述中，马克思主义毫无疑问地占据着关键性的位置。通过对马列主义的主动学习（甚至为此自学俄语）和持续不断地自我批判，朱光潜不仅以新的姿态加入了美学大讨论，成为客观与主观相统一观点的代表人物，而且还经由对马克思早期文本的解释，提出了艺术作为社会意识形态和艺术作为生产实践之结合的观点，因而常常被后人追溯为实践论美学的开创者。在晚年接受采访时，朱光潜更多次强调自己是一位马克思主义者。不过，也有学者对这一观点持截然相反的看法。早在美学大讨论中，朱光潜的论敌蔡仪和李泽厚，便坚持认为朱光潜对马列言论的解读是对马克思主义的歪曲，而朱光潜的实践论美学也被批评为不过是主观唯心论改头换面的新形式。后来更有学者从新时期以后的"后见之明"出发，认为朱光潜实践论美学的实质在于经由对青年马克思的解释为新时期的人性论、人道主义打开了大门，甚至猜度朱光潜对马克思主义的接受不过是"明修栈道，暗度陈仓"，由此其自我批判的文章也被视为政治高压下的违心之论。

由于牵涉马克思主义学说的内部差异，尤其是青年马克思与成熟期马克思的思想张力，这一争论自然并非三言两语就能盖棺论定。不过，在我看来，在这一问题上简单地回答是或者否，恐怕又都无益于对朱光潜与马克思主义之关系的内在理解。深究起来，这两种看似截然相反的回答，其实又都共享着同样的方法论基础，即强调首先从观念上去把握马克思主义的真义，然后再以这种真义作为判断朱光潜是否属于马克思主义者的依据。固然，搞清楚马克思的思想发展历程在马克思主义学科史上存在着毋庸置喙的重要意义，但若直接以之作为宣判朱光潜是否属于马克思主义者的标准，却显然忽视了朱光潜乃至中国革命在马克思主义接受上的特点。事实上，不仅朱光潜对马克思主义的接受并非在观念的真空中进行，中国革命的成功也并非处处谨遵马克思的规划，而是将马克思主义原理与中国革命实践紧密结合的产物。因此，与其追问朱光潜是不是马克思主义者，不如将朱光潜与马克思主义的关系放置到中国革命实践的历史进程中来考察。假如说青年马克思的实践观确实构成了朱光潜在接受马克思主义上的重要落脚点，那么，这一接受是如何形成的？它与中国革命的实践环节存在着何种关系？反过来，考察这一接受过程又能对我们理解中国革命有何裨益？

实际上，新中国成立之初朱光潜对马克思主义的接受并非一蹴而就，而是经历了一个逐渐深入的过程。尽管选择留在大陆后的朱光潜以积极配合的姿态写下了《自我检讨》，此后更通过自觉学习马列著作，努力向马克思主义靠拢，然而，这种"书本上的马列主义"却在很大程度上限制了其思想改造的深入程度，尤其是在阶级斗争理论与阶级分析方法上，朱光潜仍旧与马克思主义存在龃龉。就此而言，

1951 年 2 月朱光潜随西北土改参观团赴陕西省长安县参加土改的经历就显得特别重要。虽然时间不长，但从朱光潜参加土改后所写的三篇心得体会中，我们却不难见出参加土改对其思想改造的影响：一方面，通过亲身参与土改工作，朱光潜经由情感上的改变达至阶级意识的自觉，另一方面，在对中共基层土改工作的观察与体会中，朱光潜也对过去从书本上学到的群众路线、阶级斗争、民主专政等概念有了更为丰富和深入的理解，这些收获不仅使得朱光潜由衷赞美新中国的伟大，更促进了其对马克思主义心悦诚服的接受。如若将朱光潜参加土改后的《最近学习中的几点检讨》《澄清对于胡适的看法》与参加土改前的《自我检讨》相对照，便不难发现其思想改造上的突飞猛进：阶级斗争理论和阶级分析方法在两文中已被其娴熟运用于自我批判以及对胡适的批判。

　　然而，朱光潜参加土改的收获还不止于马克思主义接受上的新境界，更在于促使其体认到实践环节在思想改造上的重要性："像这样情感的变化不是读书听讲所可得来的，它必须由实际斗争经验才能体验到。所以我以为知识分子如果要在阶级立场上取得进步，最好的途径是参加土地改革，参加实际阶级斗争。"[1] 并且进而意识到了思想改造与实践相脱节的危险：当批评与自我批评变成了互相揭发或者被改造者单方面的反复认罪、反复检讨，当群众路线变成了自上至下的发号施令和部分人的包办代替，它们也便失去曾在土改实践中发挥的教育功能。正是这一体认，为朱光潜从自我批判转向批判教条主义提供了思想基础。在 1956 年"双百方针"的语境下，朱光潜便立足于这一理

---

1. 朱光潜：《从土改中我明白了阶级立场》，《光明日报》1951 年 4 月 13 日。

　　　　　　　　　　　　　　　　理 论 的 边 际

解对现实中的教条主义弊端进行了批评："简单地肯定'唯心'或'唯物'是个比较适合懒汉口胃的省事的办法，所以也是比较流行的办法。权威思想有时也在作祟，贾宝玉和李后主经过一些权威人士估价过了，那就是'定评'，不容再有异议。这些思想上的毛病是我们多数人在不同程度上都时常犯的，它们都是主观教条主义的不同形式的表现，是批评与自我批评的障碍，也是百家争鸣达到定于一是的障碍。"[1]

事实上，这种"简单地肯定'唯心'与'唯物'"的教条主义做法，也正是朱光潜在同时期美学大讨论中观察到的困局：论辩各方都试图牢牢占据"唯物"的理论制高点，并将"唯心"的帽子戴到对手头上。在朱光潜看来，这些做法"在主观意图上虽想运用马克思主义，而在思想方法上却都是形而上学的、教条主义的"[2]，而问题的关键又在于仅仅从认识论和反映论的角度来理解文艺。既然教条主义被认为是与实践相脱离的产物，那么，重新求助于实践也便成为克服教条主义的途径，而青年马克思著作中的相关论述自然成为最权威的依据。正是依据马克思早期手稿中关于劳动与异化的论述，朱光潜提出了从生产劳动观点去看待文艺的思路，并强调文艺不仅是认识过程，更是实践过程，辩证唯物主义应将两者统一起来。在此基础上，朱光潜进一步将实践观点与直观观点阐发为马克思主义美学与非马克思主义美学的区别所在：前者强调客观世界与主观能动性统一于实践，后者仅仅把现实世界看做单纯的认识对象。部分美学家"单提'艺术是现实的反映'而不提艺术是人对现实的一种掌握方式，侧重艺术的认识的意

---

1. 《百家争鸣，定于一是》，《朱光潜全集》第 5 卷，安徽教育出版社 1989 年版，第 42 页。
2. 《论美是客观与主观的统一》，《朱光潜全集》第 5 卷，安徽教育出版社 1989 年版，第 62 页。

义而忽视艺术的实践意义。这就是仍旧停留在美学的直观观点。"[1]

由此可见，朱光潜之所以重视青年马克思著作中的实践观，是出于批判教条主义的需要，而这一理解归根结底又在于其在参加土改的实践环节中所受的教益。换言之，朱光潜的实践观并非单纯知识构造的结果，而是在观念与实践互动中产生的。这种对实践性的重视，本就是马克思主义中国化的应有之意。毛泽东延安时期的《反对本本主义》《改造我们的学习》《实践论》等文本中便包含了对照搬书本知识的批判，而实践性更被其视为马克思主义的精髓。朱光潜不仅经由参加土改的实践环节实现了思想意识的改造，更难能可贵的是，他还达到了对这一机制的自觉认识，并由此获得了窥见教条主义危机的视野。而他从青年马克思的著作中去寻找资源，以实践论来对抗反映论，也正是这种纠偏的努力。由此反观，新时期以来仅仅从观念层面将朱光潜追认为实践论美学的开创者，甚至出于"后见之明"猜度其"明修栈道、暗度陈仓"，其实遮蔽了观念与实践的互动环节，非但无益于理解朱光潜接受马克思主义的内在理路，更造成了对之的非历史的认识。虽然今天马克思主义文艺理论建设在文献掌握与理论辨析上都较过去有了长足进展，但仅仅从观念层面来回望中国革命，仍不免存在隔靴搔痒的问题，而如何从观念与实践的互动视野来推进对作为历史经验的文艺理论的认识与整理，或许正是从中国革命看朱光潜的启发所在。

（原刊于《文艺理论与批评》2018 年第 6 期）

---

1. 《生产劳动与人对世界的艺术掌握——马克思主义美学的实践观点》，《朱光潜全集》第 10 卷，安徽教育出版社 1993 年版，第 215 页。

短篇小说："横截面"里的故事与诗

　　在中国现当代文学的历史视域来谈短篇小说，不能不从胡适那篇发表于 1918 年的《论短篇小说》谈起。这篇文章不仅在新文学视野下首次集中论述了短篇小说，而且还将之提呈为新文学的重要文体。文中胡适在批评了中国文人对短篇小说的无知后，便抛出了自己的定义："短篇小说是用最经济的文学手段，描写事实中最精彩的一段，或一方面，而能使人充分满意的文章。"[1] "用最经济的文学手段"意味着短篇小说对谋篇布局的讲究，"凡可拉长演作章回小说的短篇，不是真正的'短篇小说'；凡叙事不能畅尽，写情不能饱满的短篇，也不是真正的'短篇小说'"[2]，而"描写事实中最精彩的一段，或一方面"则强调短篇小说"以小见大"的社会政治功能。正是在对后者的解释中，胡适运用了著名的"横截面"比喻："譬如把大树的树身锯断，懂植物学的人看了树身的'横截面'，数了树的'年轮'，便可知道这树的年纪。一人的生活，一国的历史，一个社会的变迁，都有一个'纵剖面'和无数'横截面'。纵面看去，须从头看到尾，才可看

---

1. 《论短篇小说》，《胡适文集》第 2 卷，北京大学出版社 1998 年版，第 104 页。
2. 同上书，第 105 页。

见全部。横面截开一段，若截在要紧的所在，便可把这个'横截面'代表这一人，或这一国，或这一个社会。这种可以代表全邦的部分，便是我所谓'最精彩'的部分。"[1]正因为可作为"这一人，或这一国，或这一个社会"之代表，短篇小说尽管篇幅短小，但其意义也便不容小觑了。

虽然胡适紧接着便用这个新定义到中国历史中去发掘中国自己的短篇小说传统——不仅先秦诸子中的寓言被其追溯为短篇小说的源头，甚至于《桃花源记》，杜甫、白居易的叙事诗也都被他推崇为短篇小说的典范，但无论是对"经济"原则的强调（胡适甚至因此将短篇小说论证为世界文学的进步方向），还是"横截面"的比喻，其实又都彰显着自身的现代意涵。这种现代意涵的兴起，同时也意味着古老的讲故事传统的衰落。在著名的《讲故事的人》一文中，本雅明极为精彩地揭示了这一点。在本雅明看来，"讲故事的人"与"写小说的人"是两种不同的人："讲故事的人取材于自己亲历或道听途说的经验，然后把这种经验转化为听故事人的经验。小说家则闭门独处，小说诞生于离群索居的个人。此人已不能通过列举自身最深切的关怀来表达自己，他缺乏指教，对人亦无以教诲。写小说意味着人生的呈现中把不可言诠和交流之事推向极致。"[2]简言之，讲故事植根于前现代社会对经验的重视，而小说则是现代社会经验贬值的产物，所谓短篇小说也便在这一转变过程中应运而生了："现代人甚至把讲故事也成功地裁剪微缩了。'短篇小说'的发展就是我们的见证。短篇小说

---

1. 《论短篇小说》，《胡适文集》第 2 卷，北京大学出版社 1998 年版，第 104—105 页。
2. 《启迪：本雅明文选》，张旭东、王斑译，生活·读书·新知三联书店 2008 年版，第 99 页。

从口头叙述传统中剥离出来，不再容许透明薄片款款的层层叠加，而正是这个徐缓的叠加过程，最恰当地描绘了经由多层多样的重述而揭示出的完美的叙述。"[1]

当然，古老的讲故事传统的衰落并不等于说故事就彻底退出了文学的历史舞台。在现代文学最为重要的文类——小说中，故事仍然在以各种各样的方式被讲述着。有意思的是，相较新兴的长篇小说（Novel）而言，恰恰是短篇小说更多继承了古老的讲故事传统。无论是现代短篇小说的先驱霍桑、爱伦·坡，还是后来的大师级人物莫泊桑、契诃夫、欧亨利、海明威等，无一不是讲故事的高手，直到今天，能够讲述一个引人入胜的故事依然被视作短篇小说家的看家本领。然而，正如本雅明所言，相较于古老的讲故事传统，故事的存在方式已然发生了巨大改变：故事的存在意义不再依托于由讲故事的人和听故事的人所共同分享的经验，而是用以表现内在有深度的个人——这也是本雅明所说的孤独——以及由这些个人所组成的现代共同体（社会和国家）的手段，前述胡适的"横截面"比喻也正是在这个意义上才得以成立的。然而，通过把内在有深度的个人来置换集体的经验，短篇小说在以"横截面"的方式继承了讲故事方式的同时也从根本上改变了故事存在的意义，而这一逻辑发展至极的结果便是故事的隐退。事实上，故事的退隐在现代小说中早就不是什么秘密了。相较于那些热爱讲故事的传统作家而言，现代主义小说家们更热衷于从小说中驱逐故事。在乔伊斯、伍尔夫、普鲁斯特等人的笔下，对内在意识流动性的诗意捕捉，已然取代故事性成为了小说新的内核，抒

---

1. 《启迪：本雅明文选》，张旭东、王斑译，生活·读书·新知三联书店2008年版，第104页。

情功能的渐趋强化已然使得小说越来越接近于诗。

故事和诗，作为现代短篇小说文体机制的两个极端，同样发生于中国现代文学的"诞生"时刻。作为中国现代短篇小说之父的鲁迅，同时也是这一文体机制的真正奠基人。如果说胡适最早为新文学提供了短篇小说的权威的理论界定，那么，鲁迅则最早提供了与这一观念相匹配的杰作：《狂人日记》。这篇与胡适的《论短篇小说》发表于同一期《新青年》杂志上的短篇小说，同样也是胡适短篇小说观念的完美样板。这篇小说以"最经济的文学手段"，通过狂人这一社会病理学的"横截面"，把五四新文化运动的政治关怀展现得淋漓尽致：作为现代小说的讲故事形式已然不再是消遣娱乐之用，而是上升到了治疗国民性疾患的思想高度，也正是其中内蕴的这种政治功能，使得中国现代文学成为詹姆逊所言的"民族寓言"。然而，在民族寓言之外，鲁迅同样被认为是中国现代短篇小说抒情化倾向的开创者。在此方面不仅可以列举《故乡》为代表，甚至还可以追溯至鲁迅在《狂人日记》之前用文言文写就的短篇小说《怀旧》。捷克学者普实克便以《怀旧》为例，指出其中的抒情化倾向体现了鲁迅与欧洲文学最新潮流的现代小说的密切关系："他用素描式的勾勒、回忆、抒情化的描写，取代了中国和欧洲传统的纯文学形式。我相信，鲁迅与现代欧洲散文作家的创作所共同拥有的这些倾向，可以视作抒情向叙事的渗透，是传统叙事形式的衰落。"[1] 甚至在普实克看来，正是这个抒情的内在性才构成了中国现代文学的真正起点。

---

1. ［捷克］亚罗斯拉夫·普实克：《抒情与史诗：中国现代文学论集》，郭建玲译，上海三联书店 2010 年版，第 106 页。

在鲁迅之后，中国现代文学中的短篇小说也许便可视作在故事与诗的两极之间的摆荡。因为文学观念与审美趣味上的差异，小说家们或者在两极之间有所偏爱，或者有意无意地在两极之间游走。譬如短篇小说高手沈从文，虽然常常以善于讲述湘西边地独异风俗故事而著称，但他同时也是在小说中倡导反故事的旗手。借助着1941年在西南联大文学会上的讲演，沈从文曾将他关于短篇小说的理解和盘托出。在沈从文看来，小说所处理的不外乎人事与梦两种材料，尽管理想中的小说应是两者的混合，"必须把人事和梦两种成分相混合，用语言文字来好好装饰剪裁，处理得极其恰当，才可望成为一个小说"[1]，但为了抵抗政治与商业对文学的侵蚀——故事往往容易为这种侵蚀所利用，短篇小说更应发挥的自然是梦的面向，由此沈从文提出短篇小说不仅要向传统手工艺取经，更应从诗中获益："短篇小说的写作，从过去传统有所学习，从文字学文字，个人认为应当把诗放在第一位，小说放在末一位。一切艺术都容许作者注入一种诗的抒情，短篇小说也不例外。由于对诗的认识，将使一个小说作者对于文字性能具特殊敏感，因之产生选择语言文字的耐心。对于人性的智愚贤否、义利取舍形式之不同，也必同样具有特殊敏感，因之能从一般平凡哀乐得失景象上，触着所谓'人生'。尤其是诗人的人生感慨，如果成为一个作者写作的动力时，作品的深刻性就必然随之增加。至于从小说学小说，所得是不会很多的。"[2]虽然假托传统之名，但这一主张的背后无疑仍是现代小说反故事的观念使然。

---

1. 《短篇小说》，《沈从文全集》第16卷，北岳文艺出版社2002年版，第493页。
2. 《短篇小说》，《沈从文全集》第16卷，北岳文艺出版社2002年版，第505—506页。

这种反对用短篇小说来讲故事并将之与诗相关联的看法，同样也为沈从文的学生汪曾祺所继承。在沈从文的亲炙熏陶下，还处在学徒期的汪曾祺已然明确表达了与其师高度一致的小说态度。在1940年的《短篇小说的本质》一文中，汪曾祺提出了短篇小说应向小说以外的文体开放的观点："我们宁可一个短篇小说像诗，像散文，像戏，什么也不像也行，可是不愿意它太像个小说，那只有注定它的死灭。我们那种旧小说，那种标准的短篇小说，必然将是个历史上的东西。许多本来可以写在小说里的东西老早老早就有另外方式代替了去。比如电影，简直老小说中的大部分，而且是最要紧的部分，完全能代劳，而且比较更准确，有声有形，征诸耳目，直接得多。念小说已成了一个过时的娱乐，一种古怪固执的癖好了。"[1]同样是强调与诗等非小说文体的关联，但与沈从文对梦的迷恋不同，汪曾祺的着眼点却是讲故事传统的现代命运。因受电影冲击而要求从短篇小说中驱除故事性的做法，与前述西方现代主义小说思潮存在一脉相承的关系。尽管汪曾祺新时期复出后写就的那些著名的故事性不强的小说，常被认为是回归传统美学的产物，但其实仍暗中承续了这一未尽的追求。在新时期初为自己的短篇小说选集所写序言中，汪曾祺便重申了这一点："我的一些小说不大像小说，或者根本就不是小说。有些只是人物素描。我不善于讲故事。我也不喜欢太像小说的小说，即故事性很强的小说。故事性太强了，我觉得就不大真实。"[2]

如果说对"横截面"中诗的一极的追求内蕴着沈从文、汪曾祺等

---

1. 《短篇小说的本质》，《汪曾祺全集》第9卷，人民文学出版社2019年版，第13页。
2. 《〈汪曾祺短篇小说选〉自序》，《汪曾祺全集》第9卷，人民文学出版社2019年版，第151页。

人面向现代小说的努力的话，那么，赵树理的短篇小说则无疑体现了向古老的讲故事传统的"倒退"。作为"为农民写作"的作家，赵树理不仅始终坚持把讲故事作为短篇小说创作的基本手法，而且还在讲故事中悄然实现了对短篇小说的文体改造，比如采用群众的语言，借鉴民间说唱艺术的叙事形式等等。不少研究者注意到，这些努力的背后体现出的是赵树理小说对"可说性文本"的追求。通过将民间说唱艺术的叙事形式引入现代小说并对后者进行改造，赵树理小说实际上提供了一种新型的跨越"声音"与"文字"的讲故事艺术。这种对"可说性文本"的追求不仅使得赵树理小说与五四新文学的"可写性文本"区别开来，也暗中实现了对古老的讲故事传统的接续。假若按照前述本雅明的看法，经验的贬值是现代小说得以兴起的真正的社会根源的话，那么，赵树理小说最重要的贡献则莫过于对经验的恢复了。小说的诞生地不再是孤独的个人，而是"从群众中来，到群众中去"。通过对集体经验的分享，小说承担起了教育群众、动员群众的重大功能。当然，这么说并不意味着赵树理小说就完全退回到了前现代，最显著的证据便在于这样的短篇小说仍然服务于政治的需要，服务于现代文学构建新的民族国家的伟大使命，因而也暗中传递着"横截面"背后的现代性诉求。就此而言，赵树理的故事仍旧是"横截面"里的故事。

（原刊于《艺术广角》2021 年第 1 期）

《巴黎画记》：中国眼里的西洋景

　　巴黎，这个被本雅明称为"19 世纪的首都"的城市，在西方现代文化中一直占据着枢纽地位。1789 年以巴黎为中心爆发的法国大革命，作为改变世界历史的重大事件，标志着以资产阶级为主角的现代大戏的开启。而作为波德莱尔《恶之花》中的主角，巴黎更以其对转瞬即逝的现代美感的孕育，成为滋养现代艺术的温床，象征主义、达达主义、超现实主义、立体主义等文艺思潮，都与巴黎渊源甚深。巴黎以超凡魅力持续不断地吸引着世界各地的文人骚客驻足于此，并为之留下了数不清的赞誉。不过，在这些关于巴黎的赞誉中却少有中国人的贡献，在此方面，蒋彝的《巴黎画记》（王艳译，上海人民出版社 2018 年）可说是个例外。

　　作为一位以英文写作旅行散文的中国人，蒋彝虽然长期不为国人所知，却早就在英文世界享有盛誉。1933 年蒋彝因为政治受挫暂避英伦。虽然一开始语言不通，在朋友的帮助下，才得以用英文撰成《中国绘画》（*The Chinese Eye*）一书，向英国人介绍中国艺术——该书连同后来的《中国书法》（*Chinese Calligraphy*），长期被英文世界用作教授中国艺术的教材。1937 年，滞留英伦的蒋彝到诗人华兹华斯的故乡、英国西北部著名的湖区散心，以半写半画的方式将旅行经历写成了《湖区画记》，尽管并不为书商看好，只答应仅以六册样书作为报酬的条件出版，不料却大获成功，再版竟达6次之多。此后蒋彝便一发不可收，相继以"哑行者"（silent traveler）之名写下了《伦敦画记》《战时画记》《约克郡画记》《牛津画记》《爱丁堡画记》，1955年移居美国后他的足迹更超出英伦，接连出版了《纽约画记》《波士顿画记》《都柏林画记》《巴黎画记》《旧金山画记》和《日本画记》。尽管后来的作品再难复现《湖区画记》的神话，但大大小小的十余本游记，已足以为蒋彝带来旅行作家的声誉。

首版于1956年的《巴黎画记》，便是蒋彝成名后的作品。虽然说起来，1933年蒋彝赴欧便是经由巴黎转赴英伦，后来亦两次与巴黎擦肩而过，但蒋彝之于巴黎，始终是个过客。直到以旅行作家身份成名之后，蒋彝才终于下定决心与巴黎再续前缘。1951年12月，蒋彝离开久居的英伦前往巴黎小住，《巴黎画记》正是他数月间与巴黎亲密接触下的产物。

长时间的停留使得蒋彝避免了寻常游客走马观花的印象，与寻常游客对埃菲尔铁塔、香榭丽舍大街、卢浮宫的津津乐道不同，蒋彝虽然也曾不止一次地游览过这些标志性景点，但这些景点在其笔下却蜕变为了远景，而巴黎人的日常生活则被拉到了前台。如同本雅明笔下的都市游荡者，蒋彝穿梭于巴黎的大街小巷，虽说照例是"哑行"，但无法交流反而给予蒋彝以更多时间去悉心观察，而整本《巴黎画记》便如一位都市游荡者的记录。在阿尔诺夫人带领下体验巴黎歌舞升平的夜生活，与英国作家巴斯蒂安一道夜间游荡沉醉于绝美月光，寻访巴尔扎克故居不得的夜晚邂逅"诗人警察"，街头偶遇曾有着绝妙歌喉的卖蒜老翁，在中央大集市苦苦寻觅一碗传说中的洋葱汤，蒋彝不仅用平实的文字将他在巴黎的游荡经历娓娓道来，甚至还将目光投向了巴黎的树与鸟。正是通过对日常生活场景与日常事物的描绘，蒋彝试图捕捉巴黎生活的本质，由此，蒋彝笔下的巴黎不再是恶与美并生的欲望都市，而是充满了现实人生的烟火气与土腥味。

虽然注重对巴黎日常人生的描摹，但艺术仍旧不必避免的是《巴黎画记》念兹在兹的主题，这不仅是因为巴黎乃现代艺术的摇篮，而且也是蒋彝作为半个艺术家的身份使然。在对艺术圣地蒙帕纳斯的朝圣之旅中，蒋彝不仅交代了自己与艺术的结缘以及与方君璧、潘玉良、周麟等中国艺术家的交往，更直接到画室中体验一把人体写真的乐趣；在蒙马特高地的漫无目的的游览中，蒋彝不断追踪着雷诺阿、毕加索等艺术家的足迹，而在对罗丹作品的致敬中，蒋彝更是毫不吝惜地称赞其有着比拿破仑"更为伟大的手"。不过，书中致敬的对象并不只是艺术史上赫赫有名的艺术家，而是同样包括了巴黎市井中的手工艺人，制作戏剧假面的亨吉特先生，人行道上的瓷器修复者，手工制琴师，漆画工艺家邓恩先生，制作玻璃彩绘工艺的老匠人，编织艺人夏皮昂女士，这些默默无闻的手工艺者让蒋彝倾注了更多的笔墨。与本雅明从拱廊街透视现代艺术的物质与技术变革不同，蒋彝从手工艺人身上却再度发现了传统艺术的灵韵遗存。

从浪漫之都的想象下发掘巴黎的日常人生，在现代艺术的光环下致敬传统手工艺的灵韵，这正是蒋彝以中国眼来观察巴黎所看到的独特风景。在此意义上，蒋彝对于巴黎的观察也才并非对流行的巴黎想象的重复，而是构成了对之的补充。浪漫时尚的巴黎和柴米油盐的巴黎，现代艺术的巴黎与传统手工艺的巴黎，一边属于变动不居的现代，一边扎根于稳定恒久的传统，而巴黎便是由这两种材料铸造而成，这种新与旧在巴黎城市中的辩证交织正如书中关于新桥的评价中感叹的："历史被包裹在时尚中。时尚改变一个人的外表，但是每一个和花园里跑着的孩子一样大小的男孩、女孩，都将重复他们先辈的人生轨迹。时尚不会轮回，但可以从过去获得创新。同样地，历史虽不会重蹈覆辙，但是，很少截然不同于先前的历史。没有什么真正是新的。然而，事物在它所属的年代里被叫作新的，就像'新桥'，实际上是如今巴黎最古老的桥。"

　　同样是对现实生活的重视，波德莱尔强调对巴黎转瞬即逝之美的捕捉，而蒋彝则旨在从中发掘巴黎日常的、传统的面相，从中其实颇可见出中国文化的影响。英国作家赫伯特·米德曾在《湖区画记》的序中写道："蒋先生闯进我国的圣地，以中国方式致敬。"事实上，以中国眼来致敬西方文化，这个曾让《湖区画记》大获成功的秘诀，后来也成为蒋彝旅行写作上的方法论自觉。由此也便不难理解，为何中国总是在蒋彝游历西方城市的文字中频频现身，《巴黎画记》自然也不例外：从亨利四世与波弗特公爵夫人的传说，蒋彝想到的是唐玄宗与杨贵妃的故事，而从法国街头盛放的杏花，蒋彝似乎又回到了故乡庐山脚下的杏林，甚至于安坐于公园里看风景，蒋彝也不忘将眼前景致与中国山水画相联系："倘若有一个身着古代长袍的中国文人坐在附近的一个小木屋里，倘若这里的松树脚下长着一丛丛兰草，那么，整幅美景则像是宋代丹青大师笔下中国画的复制品。"这个字里行间隐现的中国，绝不仅仅是异域文化的新奇点缀抑或难以抒怀的乡愁寄托，而是从根本上构成了蒋彝观察西方文化的视野。

　　可以说，正是透过中国眼的观察，蒋彝笔下的巴黎才如此日常，也如此平淡，恰如书中所描绘的塞纳河畔垂钓者日复一日的身影。虽然蒋彝平易清晰的英文写作风格谈不上运用了多少高超的文学技巧，他的画作也很难称得上是杰作——我们对之实在不宜太过拔高，不过，无论是他的文字还是画作，又恰恰与之所见之巴黎形成了相得益彰的关系，这便足够了。不难揣度，蒋彝生前恐怕并未料到他的画记有朝一日竟会被译为中文出版，因为他从来都很清楚，自己的写作对象只是英美的读者。尽管并未直接讲述中国文化，但蒋彝以中国眼来观察西方的独特方式，正如他那些以中国画技法描绘的巴黎街景，却又足以为英美读者制造既熟悉又陌生的跨文化体验，由此英美读者不仅对自身文化有了新的认识与领会，也对中国文化有了更多的尊重与理解。因此，在跨文化交流的意义上，蒋彝的功劳又着实是不可抹除的，也理应得到国人的尊敬。不过，令我好奇的是，假如中国人眼中的西洋景曾是蒋彝画记在西方广受欢迎的原因，那么，今天的中国读者又能从这些被翻译为中文的作品中读出些什么呢？

（原刊于《新京报·书评周刊》2018 年 10 月 27 日第 B09 版）

因为开放，所以封闭

——读艾伦·布卢姆《美国精神的封闭》

评述艾伦·布卢姆的这本《美国精神的封闭》（战旭英、冯克利译，译林出版社 2007 年）从来就是件吃力不讨好的事情。1987 年该书的出版在美国构成了一个轰动性的事件，除了盘踞畅销书榜首长达一年之久外，在学术界的影响也完全可以称得上是"一石激起千层浪"。一时之间，围绕此书的评论充斥着美国大大小小的媒体，几乎整个学术界与知识界都被拖入一场旷日持久的大论战中，论战的激烈程度堪称南北战争以来所罕见。

事实上，该书的题目就足以构成惊世骇俗的效果。因为在一般人眼中，美国是世界上最民主也最开放的国家，而布卢姆却反而指出美国精神已经走向封闭。在布卢姆看来，这种封闭恰恰是因为过于"开放"，以至于价值标准混乱，虚无主义横生，而封闭的深层原因是因为价值以及价值承赋被一种相对主义的语言所污染。这种语言扎根于启蒙运动的"天赋人权"，并在美国文化对德国思想的浅薄吸纳过程中病入膏肓。因此，该书虽然表面上谈论的是美国的大学教育与青年状况，但实际上却涉及对美国和西方文明的整体性批判。

布卢姆把美国危机或者说西方文明的危机归结到思智层面。从这个层面来看，美国建立在一个由马基雅维利、霍布斯、洛克等人开创的现代性的基石上，这个基石奠定了民主社会的基础。但是问题在于，这些现代性的缔造者在选择"权利"的同时却摒弃了更为重要的"善"。由于被赋予了自然权利，人被启蒙了，人们在理性的保障下相互缔结契约而成为公民，但"善"却被排挤到无关紧要的私人领域。自然权利保障了每个人都有追求幸福的权利，但却难以给出一个幸福的标准，价值成为可有可无的，或者至少也是因人而异的摆设。因此，这个基石尽管"低俗而牢固"，但却一开始就注定了其危险的处境，因为在它的底下隐藏的是"虚无主义的深渊"。

通过对卢梭、尼采、韦伯、海德格尔、弗洛伊德等现代思想家的讨论，布卢姆进一步地追述了这种原初的失误是如何一步一步地造成了美国的现实。在布卢姆看来，还有一个因素加剧了价值的相对化，那就是自我的膨胀。由于丧失了对于美德与善的追求，灵魂死亡了，自我成为它在现代的替代物。在科耶夫那里，现代性也就是奴隶发动的对于主人的"争取承认的斗争"，而如今，主奴关系已经被扯平，世界上再没有什么高耸的神殿，剩下的只是一个又一个孤立的自我。自我的膨胀也是伴随现代性而发生的。布卢姆在书中这样写道："美国虚无主义是一种情调，一种忧郁和变幻不定的情调，一种使人困惑的焦虑。它是没有深渊（即自我）的虚无主义。"没有自我其实正是因为自我的无处不在，这是美国危机最滑稽的悖论。

布卢姆的批判实际上源于斯特劳斯学派对于现代性的"反动"。作为列奥·斯特劳斯的衣钵继承人，布卢姆的论述也正是在斯特劳斯建立的框架中进行的。如果说斯特劳斯在世的时候很少言及美国当下的政治，那么布卢姆则一头扎进了纷繁复杂的美国社会。相比生前默默无闻的斯特劳斯来说，布卢姆的这本书对于斯特劳斯学派的浮出水面也起到了推波助澜的作用。有意思的是这本书出版后遭到了来自不同阵营的攻击。民主派和自由派公然宣称布卢姆是民主的敌人，是用"哲学家暴君"来取代美国的民主政治，而左派则指摘布卢姆犯了绝对主义的错误，忽视了人们在种族、性别、阶级方面的压迫。似乎只有保守派乐得其成，但他们对布卢姆书中那些政治不正确的地方也抱着嗤之以鼻的态度。面对着来自各方的误读与抨击，布卢姆喟叹也许只有四五十年代的萨特与《现代》杂志方能与之相比。

也许这本书最受诟病的地方就在于，布卢姆究竟是不是一个保守主义者，或者说他的保守主义有什么不同之处？尽管斯特劳斯学派整个地被扣以"保守"的帽子，但布卢姆却拒绝说自己是一个保守主义者。就在该书出版的第二年，布卢姆应邀在哈佛大学演讲时这样说道："保守主义是一种可敬的态度，为了坚持和忠于在大学中已经不再那么受欢迎的东西，它的拥护者通常不得不在人格上保持坚定。我恰巧不是那样的人。"这是很有意思的一个辩护。的确，该书中布卢姆的态度会时不时地陷入含混，一方面他称赞民主社会带来的平等，但另一方面又对民主的前景痛心疾首。然而尽管布卢姆自称还不够格做一个保守主义者，但他对保守主义的认同却是昭然若揭的。当然，布卢姆的"保守"并不同于美国政坛上那些捍卫既得利益的保守派。在布卢姆看来，既然民主是现代性的产物，那么民主的宿疾必须求助于前现代的方案。因此，其保守主义的标准并不是来源于德国浪漫派式的对中世纪的伤感缅怀，而是指向了苏格拉底—柏拉图的政治哲学。

布卢姆认为在一个退而求其次的层面来说，民主为了不至于导致绝对主义的复归，它就必须容忍非民主观点的存在。在教育方面，也就是要容许大学成为世俗社会最后的精英保留地。布卢姆的理由是，"这样做不是为了建立贵族制度而是为了民主制度本身"，大学"必须提供民主社会中没有的经验"。韦伯曾经呼吁过学术中立，但在布卢姆这里，大学完全不必为自己的精英倾向而脸红。因此，布卢姆对于 60 年代的学生运动颇多微词。在他看来，大学必须改变现今过分专业化与对科学的过分推重的局面，转而推行一种叫作通才教育（liberal education）的人文教育。这种教育旨在使学生认识自我，唯有如此，当他们在面对价值决断的时候才不至于陷入一个又一个陷阱而不自知，而实现这一通才教育的唯一方法就是通过研读经典来与伟人们对话。

现在我们已经不难理解布卢姆所谓的"封闭"了。它指的是民主社会对于非民主经验的完全拒斥。为了重新"开放"起来，美国社会必须恢复大学的精英化教育，以此抵抗民主社会带来的单一经验。我不得不承认，在重寻反思现代性的路径方面，布卢姆以及整个斯特劳斯学派的观点都是极具魅力的，但是对于他们的政治解决方案我却一直持怀疑态度，然而当我在面对布卢姆对大学的反思时却又难免不会变得再度含混。在布卢姆的诊断中，民主社会因为开放走向了封闭，但问题在于它的逆命题是否也能够成立。"因为封闭而再次走向开放"，这个逆命题无疑会让我们变得无比紧张，就好像我们面对着一次招魂，当地狱之门再度打开，天国之门则会向我们永久关闭。

（原刊于《科学时报》2007 年 11 月 22 日第 B02 版）

黑暗年代还有多远？

——读简·雅各布斯《集体失忆的黑暗年代》

鲁迅在杂文《立论》里提到一个人，别人孩子满月的时候他说："这个孩子将来是要死的"，虽然是真话，但却总是难免遭人记恨。毫无疑问，简·雅各布斯就是这样的人。在《集体失忆的黑暗年代》（姚大钧译，中信出版社 2007 年）这本书里她试图告诉我们的是：我们的文明即将衰落，我们正处于下一个黑暗年代的转折点上。

《集体失忆的黑暗年代》是雅各布斯第二本被译成中文的书。第一本《美国大城市的死与生》2005 年已经由译林出版社出版，上市不久即销售一空。比起写于 1961 年，并给雅各布斯带来巨大声誉的《死与生》来，《黑暗年代》算是雅各布斯很晚近的作品，2004 年才由著名的兰登书屋出版，三年之后立刻就有了中译本。这当然与前一本书在中国的畅销密不可分，但同时也可以看作是中国读书界对 2006 年辞世的雅各布斯的及时纪念。

2006 年初我就有幸读到了《死与生》。因此得知雅各布斯辞世的消息，我便开始在网上搜寻她的信息。让我惊奇的是，雅各布斯典型北美白人老太太的形象与她在知识界声名远播的声誉形成的巨大反差。因为看照片你实在很难把这个和蔼的老太太与让北美城市规划部门伤透脑筋的公共知识分子联系起来。然而事实上正是这种平民姿态成就了雅各布斯独特的反学院式风格。在雅各布斯看来，是身为妻子和母亲的妇女——而非那些居于象牙塔内的专家或朝堂之上的官员——才是真正关心城市生活的人。雅各布斯一生的著述不仅仅是从理论上揭穿那些被称为科学的专业化知识的无知（在她看来，城市规划与中世纪的放血疗法一样都是自称为科学的迷信），同时她还身体力行地参与到各种实际的抗议活动中去。反对高速公路对社区的破坏、反越战都留下了她的身影，并屡次因为抗议活动而遭到拘捕。

从对社区的重视和对僵化的科学与管理方式的反对来看，该书可以看作对前一本书的延续。不过在这本书中，雅各布斯不再仅仅作为一个城市规划的反对者，而是把视野扩大到了对整个文明史的诊断。对黑暗年代的预言，表面上看起来似乎并不是一个新鲜的说法，艾略特、约翰·罗斯金等人都宣称自己正处于文明的衰退期。但与艾略特等人强烈的基督教末日情结相比，雅各布斯则是一个身体力行的预言家与实践家。

在雅各布斯这里，宗教从来就没有成为笼罩一切的阴云。相反，她始终恪守着启蒙运动的理性批判遗产，尽管另一方面她又反抗工具理性带来的严重后果。《黑暗年代》试图回答的核心问题是：究竟什么是导致文明衰亡的原因？一般人往往把罪责归咎到道德堕落、战争或者疾病，但在雅各布斯看来，黑暗时代的到来不是因为别的，却恰恰是人类自身的集体遗忘。在这本书中，雅各布斯勾勒了两种文明衰亡的方式：一种是外来冲击，如欧洲人入侵造成的美洲文明的灭绝；另一种则是内部腐败，如罗马帝国的崩塌。与前者容易在对抗中建立防御机制不同，后者更加难以觉察也更防不胜防。而在雅各布斯看来，北美地区现在正在经历一个内部腐败的过程。

雅各布斯全书建立在这样的一个理论基础之上，那就是"输家面对局势冲击过于剧烈，以至原有的制度无法适度应变，而变得不再切题，终被淘汰。"（第21页）而这种"无法应变"与"不再切题"正是通过一代人或数代人的集体遗忘来实现的。文化的稳定性机制作为一种复杂的建制，每一个环节的损毁都会给文化整体带来巨大的灾害。即便是文献得以保留，但文化记忆却早已失去了它们在文化主体身上的活力，衰败的过程仍将如决堤之水不可遏止。这正是雅各布斯要写这本警世之书以告诫自诩咨询发达文化健全的北美地区的原因。

在雅各布斯看来，文化衰败是从五个方面开始的：社区与家庭、高等教育、科学以及以科学为基础的技术、税法和专业人员的自审能力。乍看起来这些因素实在难以与文化衰亡这样宏大的题目挂起钩来。但千里之堤往往毁于蚁穴。雅各布斯之所以重视这些文化的软性建制正是因为，它们才是保存与维系文化记忆的神经中枢。但问题在于，北美地区的社区与家庭正在分崩离析，高等教育正在成为文凭生产车间，科学越来越与实践脱节，税法的冲突正在使政府效能走向低下，而丧失了自审能力的专业人员正变得越来越犬儒主义。这些文化的稳定机制一旦遭到破坏，将直接危害人类文化记忆的传承。

雅各布斯拒绝将智慧看作权力的附属品。因此，当所有人把眼光投向城市规划的硬性指标和美学标准上时，雅各布斯指出高密度的、多元化的，甚至是杂乱的社区（大多数甚至是贫民区）对城市生活的重要价值；当所有人都把拯救文化衰败的秘方集中到意识形态差异、反恐战争和艾滋病恐惧上时，雅各布斯却看到社区家庭、教育、科学、政府职能和自审能力在维持文化稳定性上的关键作用。但更重要的是，这些独立的、底层的不同意见的呈现恰恰揭穿了那些冠冕堂皇的科学与政治谎言的虚伪性。

作为亲身经历了 20 世纪 30 年代经济大萧条的一代人，雅各布斯把当今北美文化的衰败看作北美社会在应对这场冲击时产生的不良反应，而这种恶性循环如同蛀虫正啃噬着文化的根基。她提醒人们，在黑暗时代的转折点完全降临之前还有转机，关键就在于如何维系文化稳定机制的正常运转，而不是摧毁它，并且"每一单项改进对整体而言都是有助益的"（第 222 页）。国外有书评人抱怨雅各布斯临近晚年还不免陷入悲观主义的情绪，在我看来这种理解并不确切。因为就一种危机意识而言，我前面已经说过，雅各布斯宣扬的并不是源自宗教的末日神话，相反，她时刻关注着人，关注着社会与文化的正常运转，她的危机源自对历史的深刻洞见。黑暗年代，在雅各布斯这里不是作为历史的必然结局，而是人类维系自身必须对抗的"他者"，它是一个坐标，而不是一个终点。在这个意义上，雅各布斯的悲观总是蕴含着反转为乐观的积极力量，而这正是一个知识分子的使命所在。

（原刊于《出版商务周报》2007 年 9 月 30 日第 31 版）

理论的边际

暧昧与焦虑：教育研究的自我叙述
——读埃伦·拉格曼《一门捉摸不定的科学》

　　教育是一门科学吗？自从教育进入象牙塔并成为一门学科的时候开始，这个由来已久的困扰就从未消散。时至今日教育研究也从来没有逃离哲学、心理学、社会学、管理学以及统计学的交叉地带。在美国教育史家埃伦·康德利夫·拉格曼看来，正是教育研究自身的这种捉摸不定使得教育在走向一门"科学"的过程中总是困扰不断。因此，教育研究的当务之急也许不是盲目陷入各种论争中去，而是需要反过来对自身的历史加以审视。

　　拉格曼的《一门捉摸不定的科学——困扰不断的教育研究的历史》（花海燕等译，教育科学出版社 2006 年）所叙述的并不是惯常意义上的教育史。它关注的既不是教育实践，也不是教育思想，而是试图为人们呈现教育学科自身的历史。换句话说，它是对研究的研究，它关注的是有关知识的知识。对知识的怀疑是 20 世纪人文社会科学领域内的一股潮流，在法国哲学大师福柯那里知识其实就是权力的运作。不可否认，拉格曼也曾受益于这种潮流，但是她对学科知识的考察并不是福柯意义上的对权力的揭示，而是致力于描绘那条捉摸不定的边界。

为了捉住那些历史中模棱两可的所在，拉格曼悉心追述了美国教育研究从 19 世纪以来的发展历程：从高级中学、师范学校、学院的大众教育到迈入大学研究的殿堂，从一门备受歧视的学科到努力将自己提升为一门科学的尝试，教育研究始终处于尴尬的竞争格局中。一开始是大学教育研究与高级中学、师范学校、学院机构之间的竞争，之后则是教育研究与其他传统学科之间的竞争。甚至在共同致力于科学化的学科内部，竞争也从不间断。早期的理论纷争首先在斯坦利·霍尔与威廉·詹姆斯之间展开，有意思的是他们都是心理学家，而教育仅仅只是他们不得已而为之的副业，这一时期心理学主宰教育研究的范式开始成形；而在年轻一代中则形成了杜威与桑代克之间的对立，由于桑代克对教育的专业化强调迎合了当时学科分立的潮流，教育领域最终成为了行为科学的天下。正是借助着行为科学的强劲势头，在 20 世纪头二十年里，美国的教育研究逐渐成为了一门专业化的知识。但即便如此它也仍然没有圈定自己的疆界。相反，历史学方法、哲学方法甚至统计学方法仍旧源源不断地被吸纳到教育研究中。由于一方面想要在知识领域进行独立建国运动，但另一方面又无法割裂对其他学科范式的借用，教育研究一直处于暧昧与焦虑并存的局面中。

拉格曼的叙述并非杂乱无章的史料罗列。从理论到实践，从管理到政策，尽管论述范围极其广泛，但该书总是会回到几个核心命题上来，诸如性别差异、教育职业化、组织机构之间的冲突与竞争，以及教育研究对行为科学所带来的定量分析方法的罗曼蒂克式态度。正是在对这些命题的反复讨论中，教育研究那种暧昧与焦虑之间的错综复杂才得以呈现。拉格曼独具匠心的钩沉让人意识到所有的问题并不

　　　　　　　　　　　　　　　　　　　理 论 的 边 际

是突然出现在面前的，相反，它们早就埋藏在历史深处。因此，教育研究的学科史其实也是一部不断生长与变异的问题史，是困扰不断地自我认识的肖像画。

由于总能在卷帙浩繁的史料中切中肯綮，这又是一本充溢着批判精神与改革精神的书。在拉格曼看来，正是桑代克对杜威的"胜利"使得美国的教育研究走向专业化的同时也走向了狭隘化。这种狭隘化包括至今仍主宰着教育研究方法论的行为主义、量化研究和遗传决定论。在描绘了狭隘化的发生与发展之后，拉格曼指出这种倾向的严重后果：即制造了教育研究的技术化和个人主义。在拉格曼看来，狭隘化正是美国教育研究不幸的根源，它使得教育学术和教育管理都成为盘根错节的问题所在，并直接造成公众反教育主义情绪的滋长。因此，拉格曼试图通过对杜威思想的回归来实现教育研究的重构。

从该书的字里行间我们可以发现作者对杜威的敬意。杜威教育思想的核心是把教育建立在社会科学而非心理学的基础上，教育也不再是训练与生俱来的能力的手段，而是培养新的社会能力，尤其是建立和保持一个民主社会所需要的技能、观点和知识的手段。这实际上这正是拉格曼所要寻找的解决当下问题的途径。由于杜威的教育思想具有打破学科和专业化范式的效果，它实际上正是促使教育研究的技术化和个人主义回归人文化与社会化的催化剂。正是借助曾被桑代克模式排挤的杜威的教育理念，该书不仅针砭时弊地指出了美国教育研究的弊病，同时也提出了建设性的方案。因此，在某种程度上该书也可以看作杜威思想在当下的复活。

对历史的重述总是为了更好地解决当下的问题，因此，拉格曼试图在历史分析的基础上实现结构重组。她对历史的叙述描绘出这样一幅惨淡图景：教育研究地位的低下与孤立、狭隘化，以及教育管理与权力结构的分散。"解铃还须系铃人"，在拉格曼看来，这种后果既然肇端于大学对教育研究资源的独占，那么解决之道仍需从大学入手。例如进行大学体制改革、消除学科壁垒、加强跨学科的合作、建立激励机制增进非教育类学者对教学的热情等等。但是由于面对着一个盘根错节的官僚体制，拉格曼的呼吁又总显得有些力不从心。在这一点上，她自己的经历就是一个明证。2002年拉格曼出任哈佛大学教育研究生院院长，一腔抱负致力革新，但是仅仅三年就黯然离去，成为哈佛大学有史以来在该职位上任期最短的院长。

作为近年在美国教育领域涌现的经典之作，该书的另一个可贵之处在于它的历史叙述具有清晰的自我意识。拉格曼从不宣称自己的叙述就是唯一真实的，相反她始终相信，"所有历史都是一种想象式重构，建立在对过去的不可避免的不完整和解释性的记录的基础上"，为此她甚至不惜做自我贬低，"虽然这样讲述故事是可能的，但我相信，这种做法不如我讲述的故事那样诚实，它会与事实相悖。"这样的姿态显示出与她所论述内容的高度一致性，即从自己身上消除焦虑的成分。因为不管对于教育研究，还是对于教育研究的自我叙述，重新暧昧起来都并不是一件坏事。

（原刊于《中国教育报》2007年12月20日第8版）

　　1926 年，鲁迅编选他的第一部文集《坟》，在重读自己将近二十年前的旧作时，不禁发出感慨道："这是我做的么？我想。看下去，似乎也确是我做的。"这也是我此刻的感受。本书收录文章中最早的一篇写于 2004 年春夏之交，我念大学二年级的第二个学期，算起来也的确是将近二十年前的文字了。不仅如此，这本集子中所收文章有一大半写于我在京求学的年代。今天看来，这些稚嫩又有些年少轻狂的文字，当然算不上什么佳构，够不上自珍的价值，且照通常习惯，我也应该"悔其少作"的，但所幸同样是鲁迅，在《集外集》序言中对"中国好文人大抵悔其少作"大加揶揄了一番，直言他自己对待"少作"的态度是"愧则有之，悔却从来没有"，这总算让我找到些许效颦的依据。

　　本书中收录的二十余篇文章，前后跨越近二十年，其间的差异在文风上就有鲜明体现：越是新近的文章，越是四平八稳、老气横秋的论文体，而越是年代久远的旧作，就越多些初生牛犊不怕虎的稚气，文风轻活，敢下断语，放在今天是万不敢如此写的。将这些新旧文章并置一起，也许正应了张爱玲的那句"青绿配桃红"。如今既要收集，只能勉强按相近主题分为四辑。

　　第一辑收录的五篇论文，都采取以小见大的写法，通过聚焦一个观念或一个文本对文学史问题进行透视，故名"文学史剪影"。这一辑中的文章在时间上比较近，前四篇都写于参加工作以后。它们或者是教学上的副产品，或者出自参加学术会议的需要，总而言之，都是在主要研究任务之外，腾出手来完成的。虽说是余笔，但写得不仅不随便，反而还寄托了在主要研究任务中无法安放的想法。探索理论与历史的结合，便是这些论文中逐渐明朗的趋向。唯有最后一篇《对视中的陌生人》，是我念博士阶段从写于 2008 年夏天的硕士论文中择要缩写出的，其中运用西方理论来解读中国文本的痕迹也最明显。

　　第二辑收录的文章与美学有关。自从做博士论文起，我便把中国现代美学确立为自己的主攻方向，且至今深陷其中未能自拔，"美学的困惑"便是这一状态的自况。其中《审美想象的政治局限》与《日常生活的美学困惑》大致写于 2010 年读博期间，算是我进入美学研究的起步之作，从中亦能见出我后来长期从事美学研究最初的问题意识。第二三两篇都与朱光潜有关，属于主干研究的副产品，可以与我论朱光潜美学的其他论文参看。《他者性视野下的美之省思与缺失》一篇在时间上最晚，写于 2018 年春节期间，原本是某杂志的约稿，但因种种原因未能采用，后来有幸被《马克思主义文艺研究》接纳。

　　第三辑中收录的文学批评文章，全部写于本科和硕士阶段。古人云："不积跬步，无以至千里"，这里的"跬步"指的只是中辍了的批评家梦想。《"80 后"诗歌的谱系与身份焦虑》写于大四上学期，在当时属于热点问题，发表后颇有点影响，曾被收入多个 80 后诗歌研究选本。为刘恪小说所写的两篇评论分别写于大三和研一刚入学时，从中可见出我将彼时时髦之后学理论运用于文学批评的尝试；论食指诗歌杂语性一篇也是研一时的作品，记得有一阵子读巴赫金读得起劲，这在文中保留了不少痕迹。剧场寓言一篇则是念博士时参加1217俱乐部认领的题目，也是我从事文化批评的首度尝试。

第四辑所收书评短札，都与读书有关，故名"阅读的印迹"。前面四篇写于工作后，后三篇则集中写于2007年下半年，也就是研二的时候。那时虽有奖学金，不用交学费，但买书癖已养成，开销渐长，手头吃紧，于是写书评赚稿费，就成为读书人以书养书的手段。除了时不时接一些报社朋友的约稿外，我还兼职给教育科学出版社写书评，由此也顺带读了不少教育类的书。一年多时间里共写下十多篇书评，散见于《中华读书报》《中国教育报》《出版商务周报》《科学时报》等报纸副刊。后三篇便是从那批书评中选出的。虽说是为了挣外快，但写得并不敷衍，收录于此，也算是读书生涯的一份记录。

四辑文章主题各异，但又可归结到"理论的边际"这个总名目下，主要是出于两个层面的考虑：一方面，我自大学时代便对理论感兴趣，后来念了文艺学的硕士和博士，可谓文艺理论的科班出身，但本书中收录的文章看起来却并不那么理论，而是游走在文学理论与文学史、文学批评、美学的边际地带，所谓"理论的边际"，首先便指涉了这一层意思。但另一方面，这个书名也有仿效经济学术语"边际效应"的意味。经济学上所谓的"边际效应"，指的是在其他条件不变的情况下连续增加某一投入，其新增效益反而出现递减的现象，本书的不那么理论，也许恰能从这一角度加以理解。事实上，近些年来，我已经越来越有意识地通过与历史的互动来对理论研究加以补充，以避免理论的"空转"。而从本书中收录的文章来看，我的这一做法并非偶然为之，而是逐渐酝酿的结果。窃以为，理论的魅力也许正在于它的"边际效应"时刻。

本书中收录的文章，回想起来，都是因缘际会的产物，由衷感谢那些以各种方式促成它们的师友们。首先要感谢的是我的恩师王一川教授，是他的循循善诱，将我领入了学术研究的大门，又是他的耳提面命，让我收敛心性，戒骄戒躁。其次，要感谢在我求学和工作中给予我关心与教益的师长：童庆炳教授、程正民教授、吕正惠教授、蔡翔教授、方维规教授、张正平教授、张旭东教授、贺照田研究员、罗岗教授、刘恪教授、陈雪虎教授、程凯研究员、胡继华教授、周志强教授、赵勇教授、陈太胜教授、吕黎教授、易晖编审、姚飞院长、曾佐玲书记等。另外，也要感谢在求学道路上一起切磋问学的朋友们和后来入职重庆大学人文社会科学高等研究院之后一起砥砺奋斗的同事们。名单太长，恕我无法一一列举。此外，还要感谢《文艺理论研究》《文艺争鸣》《中国现代文学研究丛刊》《文艺理论与批评》《中国文学批评》《读书》《马克思主义文艺研究》等刊物，为集中文章发表提供了机会。最后，谨向上海人民出版社的马瑞瑞编辑致敬，正是她严谨的态度和丰富的经验保障了本书的顺利出版。

本书中的文章，有一大半写于我在京求学时期，这十一年（其间有一年赴美国马萨诸塞大学联合培养）总是与父母聚少离多。后来回到家乡重庆工作，却因工作繁忙，也很难在父母身边尽孝，而他们对此毫无怨言，始终默默支持我在学术道路上的颠仆前行。虽然他们无法理解书中的高谈阔论，但书中每一篇文章都离不开他们含辛茹苦的奉献。谨以此书献给他们。

本书中收录的文章大体记录了我从在京求学到回到家乡参加工作并评上教授近二十年间的学思历程。如今重读这些文字，就仿佛是在与过去的自己对话，其中的稚嫩粗陋，自然难以令现在的我满意，但话又说回来，难道过去的我又会满意于现在的我么？无论答案如何，其间的冷暖艰辛，早已是过眼云烟，不足为人道，但借本书的出版，算是对逝去时光的纪念。

金浪

2023 年 1 月 31 日于重庆鸿恩寺公园西侧

2023 年 7 月 31 日改定

图书在版编目(CIP)数据

理论的边际:中国现当代文学与美学探思/金浪著
. —上海:上海人民出版社,2023
ISBN 978 - 7 - 208 - 18388 - 9

Ⅰ. ①理… Ⅱ. ①金… Ⅲ. ①文艺评论-中国-当代
②文艺美学-中国-当代 Ⅳ. ①I206.7 ②I01

中国国家版本馆 CIP 数据核字(2023)第 125143 号

责任编辑 马瑞瑞
封扉设计 人马艺术设计·储平

理论的边际——中国现当代文学与美学探思
金 浪 著

出　　版　上海人民出版社
　　　　　(201101　上海市闵行区号景路 159 弄 C 座)
发　　行　上海人民出版社发行中心
印　　刷　上海商务联西印刷有限公司
开　　本　890×1240　1/32
印　　张　10.25
插　　页　4
字　　数　233,000
版　　次　2023 年 8 月第 1 版
印　　次　2023 年 8 月第 1 次印刷
ISBN 978 - 7 - 208 - 18388 - 9/I·2097
定　　价　58.00 元